死了兩次的M

黛博拉・喬・伊莫嘉——著
林零——譯

THE CAPTIVES

DEBRA JO IMMERGUT

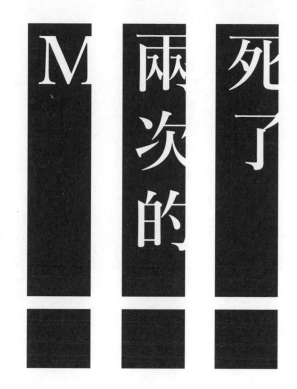

媒體書評與各方推薦

翻轉快速、狡詐的雙人戲。

——《紐約時報書評》

伊莫嘉令人驚艷的出道作，其充滿大膽驚奇的情緒，在兩個主角之間來回角力，兩人之間無法預測的未來、說不出口的過去，在其中互相呼應，層層疊疊組成一個劇情高漲緊湊的心理懸疑佳作。

——《書單雜誌》

伊莫嘉引人入勝的懸疑小說，讓主角們陷入「痴迷」和「控制」中，朝向出奇但令人滿意的結局前進。絕對值得期待。

——《圖書館雜誌》

故事一路加速抵達出乎意料的結局，往前疾衝從未停下的劇情拉著讀者全程體驗，伊莫嘉用兩個不應在一起的人物，旋轉出高潮迭起、揪緊人心的精彩故事。

——科克斯評論

兩個不應在一起的人，從敏銳的心理博弈，演變成令人驚豔的處女作，一部緊繃的心理劇，探討了角色對無法想像的未來和無法言說的過去的細微沉思。

——《出版者週刊》

《死了兩次的M》是一本強而有力的小說，複雜、黑暗而且令人著迷。故事一直在引誘你，直到令人心驚肉跳的結局出現。伊莫嘉的黑色文學品牌精巧地交織了觀點、聲音和時間變化，對話像切割玻璃一樣清晰而乾淨。實在是太棒了！

——福克納文學獎得主　凱特・克莉絲森

開始於描寫兩個人在脆弱時刻相遇時的情景，卻轉變成劇情精彩、結局出人意料之外的故事。

——《浮華世界》

將這段時日，
獻給約翰

機會

1

若客觀性有不足的可能，應避免擔任專業角色
（美國心理協會倫理原則與行為守則，準則 3.06）

發生在我身上的事很普通，我可以證明。

回想一下你在高中認識的那些人。現在，把焦點放在一個人身上，那個你幻想中的主角，當你在走廊瞥見他或她，立刻會啟動原始的感知，出現一股純然的腎上腺素重擊你的腦幹，換句話說，也就是一見鍾情。

現在，看著那人走向你，在嘈雜擁擠的走廊朝你走來，然後經過你身邊。那髮絲，那步伐，那笑容。

你的心跳稍微加快了，對吧？

這讓你見識到那股力量。在多年後，你的腦中出現一個孩子，是一個正要去上學的

笨拙小孩，然而，在你的心靈之眼中，這孩子的樣貌依舊使得大腦皮質震顫不已，打亂你呼吸的節奏。

懂了吧。工作時總會有些難以控制的情況發生。

現在，想像一下：你是一個三十二歲的男人，是個心理學家。你坐在紐約州懲戒所地下室的諮商中心辦公室裡，這是一間女子監獄，週一早上你上班遲到了，沒有時間重看手上的檔案，甚至對行程表瞥上一眼。接著，當日第一名囚犯走進來，身穿州政府發放的黃色制服。

她就是那個人。

她還是那個沿著成排「砰砰」關上的置物櫃門、緩緩靠近的孩子，驚人地一點都沒變。那髮絲，那步伐。

難道你不會有點驚訝嗎？

說實話，你真的不知道自己會怎麼做。

我立刻就認出了她。誰會認不出來？她不是那種可以輕易忘記的人。至少我沒辦法，尤其是那張臉。我也許會拿來跟媽媽種在我們家周邊花壇的鮮花比較，那些花平凡無奇，只是一般會長滿後院的那種野花，卻依舊有一種美，如果你看得夠仔細的話，它們的內在散發出些許錯綜複雜的氛圍。這張臉留在我記憶邊緣幾乎有十五年之久。偶爾會有一些稀鬆平常的事物召喚她浮現——例如當年的老旋律，或瞥到一名有著淺紅長髮的女性跑者。如果我是那種會去參加同學會的人，我願意付錢買票、乖乖釘上名牌，只為得知她的近況，看她是否會出現，看她變成什麼模樣。

現在我看到了。她坐在我對面那張水藍塑膠椅上，胸口有個黑色墨跡印得模糊難辨的 NYS DOCS[1]。

她不記得我，這十分明顯，因為她眼中並沒有閃過或燃起記憶的光芒。

所以我也沒提。我能說什麼？高聲喊出她的名字，說：嘿！妳好不好？妳為什麼會在這裡啊？這根本不可能。我一面試圖處理眼前情況——她？出現在這裡？——一面往角落的文件櫃前進，我把泡茶組放在那兒：一個小小的紅色電水壺、幾盒烏龍茶和伯爵茶、紙杯、塑膠湯匙。我簡短的泡茶儀式會帶來一種溫暖且舒適的感受，可以讓客戶稍微安心一點，因此我幾乎每次諮商都這麼表演一次。在我邊顫抖邊準備兩個杯子時，我吐出每次都會講的開場白，也就是：歡迎，謝謝妳來，讓我們先建立幾個基本原則，妳在這裡吐露的一切絕對不會離開這個房間。做了這工作六個月後，我已經可以不用腦子，倒背如流講出這些說詞。我給她一杯冒著煙的茶飲，她接下，臉上帶著一副稍微令

1 New York State Department of Corrections and Community Supervision。紐約州懲戒與社區監護機構。

我刺痛的笑容。我回到我的座位，讓雙手穩穩圈住溫暖的杯子。她的檔案上夾了一張紙條，說明她剛解除隔離監禁，所以我就問了她這件事。但我沒聽進她的答案。我忍不住又陷入回憶——這幾年來在我腦中來回打轉無數次的回憶，一如念書時期電臺放的洗腦歌。她這樣鮮活又真實地坐在那兒，我的腦袋卻在想這些事，這讓我忍不住想蠕動身軀。然而我還是勉力撐起專業架勢，不要亂動。

我記得她光裸的背，一道恍若旗幟的白，然後是她扭身從長椅拿毛巾時一閃而過的一側乳房。她的頭髮——紅中隱隱透著棕色基調——窸窣垂過這邊的乳房，完美地與乳頭相襯。傑森．狄馬亞和安東尼．李竊笑著，但我不作聲，就這樣攀掛在女子更衣室外面的牆上，指尖壓在水泥窗沿隱隱作痛，球鞋腳尖硬生生卡著磚牆。這是我的主意。我看到窗戶開了個小縫，要讓這微涼而晴朗的十一月微風吹進室內，我也看到一年級女生田徑隊有個女孩在賽後獨自走進去。我一直有幫《林肯號角報》追蹤賽事，負責學校代表隊的女子組，安東尼則是代表隊的攝影師，我想這應該能讓你稍微有點概念，知道我們在《號角報》的團隊與整個林肯高中裡處於什麼地位。傑森．狄馬亞只是週二放學後實在沒事好做，所以才跟來。他們咯咯竊笑，互相用手肘推來推去。她穿上淺藍色燈芯絨、有耀眼的花朵圖樣的衣服後，他們從突出的窗沿下來，可是我仍攀掛在那裡看。她坐在長椅上，把踝靴的鞋帶綁好，抓起捆成一團的田徑服，用來抹了抹眼睛。我只能看到她一小部分的臉和一隻精巧的耳朵，耳上有著迷人的雙耳洞，串上細絲般的銀環，上面一點的地方還有隻小小的銀色飛馬。我在三角函數課坐在她後面，悄悄觀察到了這些，並暗自思忖這個圖樣是否代表她喜歡馬，或代表什麼藥[2]，又或者是某些我永遠解讀不出來的隱藏陰暗面。她就這樣拿著那團制服揉眼睛，看起來非常悲傷，眼皮都浮腫了。然後她把眼神往上轉，望向她打開的置物櫃。她把田徑制服丟進去，伸手要打開門，那裡好像糊上了某種貼紙，可是從我躲的地方沒辦法看到。她使出很大的力道拉扯那東西，直接撕下來，然後用力把置物櫃門一關、手一甩，把那團揉縐的貼紙丟掉。但那東西黏在她手掌，她瞪著這團頑固的紙一會兒，開始放聲大哭。接著，她重新打開自己的置物櫃，小心翼翼把揉起來的東西放在裡面。她關上門，雙手遮住眼睛。過了一會兒，她走出那房間，消失在我視線中。

我打開她的檔案夾，雙眼掃過那些字句，卻一個字也沒有看進去。我稍微問了一下她在禁閉期間的狀況，直接進入往常的人格測驗。憑著記憶，我慢慢展開一連串的流程，她應答如儀，我也再次找回專注力。我仔細聆聽，關於林肯高中、她赤裸的乳房或扯下來的貼紙，以及我是三角函數課坐在最後一排的那個人……這些事我一概不提。我沒有告訴她，她參加田徑比賽的那一季，每一場比賽時我都在看臺上，還有，我知道她

2 Pegasys。干擾素，主要是肝炎用藥。拼法近似飛馬（Pegasus）。

只贏了一次，那正是在那千載難逢、陽光明朗的十一月天。我沒有告訴她我知道她父親曾當過一任國會議員，也沒有說我在高中生涯漫長且混亂的每一天都遙遙愛慕著她。她顯然不記得我。這令我困擾嗎？其實是的，但並不嚴重，那藏在其他感受之下，並非處於清楚意識到的狀態。無論在哪種情況，我都沒有說出來。

我們結束了療程，她告訴我她睡眠有點狀況。她那個單位晚上有一堆噪音和亂吼亂叫的聲音。她不斷在大腿上將拳頭握緊又鬆開，並且遲疑地問說，是否有什麼藥可以幫她。「我只是需要昏睡個幾小時。」她說。

我實在忍不住注意到她指甲上番茄色的指甲油已經參差剝落。如果你問我，有什麼東西是我每個客戶都有的，我會告訴你：那就是完美無瑕、精緻度往往令人嚇掉下巴的彩繪指甲——彩虹、椰子樹圖案，或男友的名字，閃亮的條紋、星星和愛心。這些女人不剔指甲也不咬指甲，她們要它豔光照人。可是她的指甲很短，而且慘不忍睹。

我發現自己在一張藍色便條上潦草地寫著字，建議她用樂復得[3]。我從椅子上起身，繞過桌子，遞出去給她。她站起來，身高比我矮了一個頭，她的目光低垂，纖長的睫毛下是零零落落且不明顯的雀斑。我慢吞吞地把目光轉開，肩膀往後挺，緩緩把自己原有的姿態找回來。「把這個拿去給兩扇門外的波金赫醫師的助理看就可以了。」

她讀了紙條，溫柔地謝過我。我們一起在那兒站了一分鐘。我考慮著是否要說那句我知道自己該說的話。「呃，妳猜怎麼著，」我起了個頭，結果卻說了別的事情。「我想將妳加到固定病患名單。我想我應該能幫妳找到一些解決辦法。」

她彎起嘴唇，露出一個憂傷而虛弱的微笑。「那太好了。」她說，然後轉身離開。她走出大門時，馬尾輕輕前後晃動。

然而，就這樣讓她離開，沒有說出我所知道的一切，這其實違反了倫理守則。這瞬間，我犯下了之後一連串違規的第一項。美國心理協會對於事先存在的關係有非常明確的方針。如果這樣的關係在任何層面上可能會有損客觀性，病患應該要被告知，這個療程也不該繼續。方針中其實講得十分明白。

我一定是從那時起不再遵守方針。在那瞬間以前，我不過是個跟一般人一樣，會守法也遵從方針的平凡人。

她改變了一切，雖然不是有意為之。她穿著州政府發放的黃色制服，有著一副如同後院花兒的容顏。對我來說，她還是我記憶中的那個女孩，是那個你怎麼也忘不了的女孩。

在這兒，我不能提及她的名字。不如我們就叫她M，然後我再繼續說下去。

3 Zoloft，抗憂鬱藥物。

2

一九九九年，五月

米蘭達．格林生於賓州匹茲堡，大半童年都在華盛頓特區的郊區度過，並在三十二歲那年，也就是一九九九年，在東海岸度過記憶中最美好的一個五月。她那時原本計畫要死在紐約，紐約的米德福灣。更精確地說，是在米德福灣鎮外建造在一座長滿楓樹和灌木森林中，占地六十二公頃的女子懲戒所。

一九二〇年代，不動產經紀人跟未來的買家說，某個叫洛克斐洛還是羅斯福的有錢人在米德福灣擁有一大塊地，可是很不幸，因為一些不動產方面的因素，這個有錢人熱中讓誤入歧途的女孩改過向善。於是，本來該建造狩獵小屋的地方變成感化院，往後的七十餘年，這裡變成發展完善的州立監獄，配置小型至中型單位的保全。女性不再被認為只是亂撒野了，她們是行凶者，是罪犯，需要四公尺的高強度網格圍牆，加裝尖銳的鐵絲網，外加配武器的守衛。

從米德福灣古色古香的市中心再過去兩座山丘，監獄就在那山頂上，往上會見到一棟圍有柵欄、不規則狀的綜合設施，米蘭達就在這棟設施裡制訂她的計畫。她想到的方法是用藥過量。在這個設施裡，藥物是很充足的。米德福灣超過半數的女性都是需要使用鎮靜劑的狀態：贊安諾、鋰鹽、利眠寧、百憂解，每日由醫療人員按劑量分發。檯面下特定幾人也會把它們用來買賣——當然，藥物一定是買得到，很多物資也可以，但從諮商中心拿處方箋容易多了。只要有個抑鬱症，或暴力行為，甚至社交焦慮的診斷下來，藥物可以大方發配，畢竟它們相當有用，無論在哪兒都一樣。

米蘭達之所以想死，是因為經歷幾乎二十二個月的監禁後，她看不出有什麼理由要繼續撐在這兒，等待剩下的監禁結束。坐牢的年數不斷增加，甚至到了令人憎惡的程度。她都已經不願去想準確的數字到底是多少，反而比較喜歡揣測道路消失在霧中要花多少時間。她完全沒有假釋的機會，如果她真有可能重見天日，她會比現在老上非常、非常多。不知怎麼地，總有一天能嘗到自由、感受伴隨年邁而來的渾身病痛，似乎不足以讓她貪戀塵世。她想全部甩開。

就是因為這樣，米蘭達才去了諮商中心。她不是很喜歡看心理醫生。母親曾幫她約過一次看診，那是在艾美過世後的那段混亂的年少時光，當時她拒絕上車。簡單地說：她從來不是那種會自省的人。就這方面而言，她跟父親很像。但在米德福灣，空閒時間簡直是天文數字，她實在無法不去思量她這一輩子的命運。不然還能做什麼呢？被關在禁閉室那兩週更是讓她思緒清晰到不行。

她越深入探尋自己就越確定，她不會等命運先採取行動——命運不是早就對她有所安排，把她狠狠搧倒在地了嗎？不，現在她要用自己微不足道、遭到關押的小小雙手掌握命運。

週一早晨九點三十分，米蘭達漫步在連接2A&B建築與低矮狹長行政大樓的柏油走道上。行政大樓是探視跟諮商中心的總部。她經過一個名叫歐妮達的年邁女士身邊，行政部門給了她一塊花圃，她正在那兒與心中挫敗搏鬥。歐妮達不能擁有園藝工具——凡是尖銳的金屬器具都是不被允許的。所以她以雙手和一張方形厚紙板做成的鏟子去掘那多蟲的春泥，一邊自顧自地哼著歌，她旁邊有一片當地女子園藝俱樂部捐贈的牽牛花田。米蘭達經過時，她抬起頭。「上帝是良善的，祂絕對是。」她說。

「妳真的這樣想嗎？」米蘭達回應，繼續走。她聽見歐妮達在她身後咕噥。上方的天空展開一片令人惱怒的藍，修剪過的草香與溫和的微風溫暖她的皮膚。然而她仍有點無法習慣走在外頭，上頭只有宇宙之穹頂，沒有厚厚的水泥、沒有被監禁的靈魂。她才剛離開禁閉室三天，先前整整兩週都待在隔離牢房——關禁閉，姊妹們都是這麼說。這件事不知怎麼抽乾了她的感受力，她就像是遭到擠壓、搾乾，像那種有些異國情調的壓縮木板。她有辦法重新吸收、再次重組嗎？「我很懷疑。」她自言自語地說。

她是否見過他？第一眼，他似乎閃過某種薄弱的熟悉感。那張臉——也許她以前有見過？又或者他只是看起來像她認識的某個人？灰藍色的眼睛，厚重的金髮，衣服有些亂，淡淡鬍碴底下是一副堅毅的下巴。保守來說，這男人長得不算差，你得多看幾次才會有感覺。法蘭克．隆斯特，她逕自想著，在心中試著想了幾次他的名字。

快一年來，他是第一個跟她交談但不是穿著獄卒制服的人，如果不算上家庭成員和法律顧問，這可真是詭異了。

「歡迎，」他說，有些心不在焉地移動他桌上的紙張。「謝謝妳今天來見我，」他講起話來猶豫躊躇、音調低沉。他突兀地站起身，她突然發現他挺高的。有個小小的電茶壺在角落的檔案櫃上方發出悶響、噴著煙霧。他背對她，花了很長時間擺弄那些杯子，背誦一些什麼基本原則。「妳在這裡吐露的一切絕對不會離開這個房間。」儘管如此，泡茶這行為還是很貼心，也許這就值得來這一趟。他坐下來，找出資料夾，低頭注視。米蘭達讓茶的蒸氣溫暖鼻子，打量著蓋過他前額直到眉毛的頭髮，那毛髮柔順得像是鳥的翅膀。她努力思量該如何提起藥物治療的話題。

終於，他從檔案夾中抬起頭，說：「這上面說妳剛從禁閉室出來，可以告訴我妳為什麼會被關進去嗎？」

她很吃驚。「你的檔案裡沒寫？」

「我想要聽聽妳這邊的說法。」他往後靠著椅子，眼神不斷亂飄，一下看她的臉，一下又移開視線，再次回到她的臉，然後再移開。

她不禁想，這很可能會讓我心情變得很糟。

「我這邊的說法，」她無意間露出一個不設防的微笑。「我都不知道我還可以有我這邊的說法。」

他點點頭。「我會聽妳說，」然後抹抹下巴，發出磨砂紙的聲音。「慢慢來，照妳的步調。」

她正望著頭上兩公尺處的薄窗戶，外頭飄過彷彿毛邊的一縷白，可能是雲吧。她躺在禁閉室一角，試圖從特別設計成看不到外面的窗戶看出去。她看著那縷雲，慢慢意識到一陣規律的隆隆聲，一股低沉且不斷重複的音調，喚醒藏在她心中原始領域的童年初期時光。她實在猜不出那是什麼。

她起身靠近牢門，從門上小窗看出去。那是一片大小跟廚房海綿差不多的強化玻璃，她只能看到走道對面的牢門，門後方的人是派蒂。在一次牽扯了藍十字／藍盾協會[1]

1 Blue Cross/Blue Shield 三〇年代創立的醫療保險組織。

保險費的爭執中，她殺了一名外科醫生。

她把耳朵貼在那個小金屬蓋上。每天，這個蓋子只會在遞送餐食時「砰」地打開三次。透過薄薄的鐵片，隆隆聲仍在持續。

她壓低身體、貼到地面。地上有凹凸不平的灰色油漆，滑溜溜的，總是很冷。她把嘴巴貼到門下約兩公分高的縫上。「派蒂。」

沒有回應。她又試一次。然後，她突然知道那個隆隆聲是什麼了，是派蒂在打呼，深沉又帶著鼻音，她打起呼來就跟米蘭達的父親一樣。小時候，她總會在那樣的夜晚從夢中醒來。派蒂睡得很熟，她的本名是派翠西亞．瑪馮，跨性別HIV陽性的詐騙犯，來自紐約布朗克斯，摩里珊尼亞，她發出跟前賓州二十八區國會議員愛德華．格林同樣音調、同樣韻律的打呼聲。

米蘭達坐在地上往後靠，咯咯笑了起來。她笑了又笑，但這笑聲在耳中聽來好陌生，於是她又噤了聲，再次回到靜默狀態。打呼聲持續不斷。

這是她關禁閉的最後一天，時間彷彿已延伸到永世之久。她抬頭瞇眼，望向那方天空。時間絕對過中午了。

通常，獄卒會在早上將囚犯從禁閉室放出來。為什麼延遲了？她想著自己的照片、自己的衣服，還有她的杯湯，全都放在監獄單位鎖起的收納箱裡等著她。她解開法蘭絨披肩的腰帶，披肩是暗黃色，讓她想起她和艾美曾在聖誕節從羅莎莉奶奶那裡拿到的浴袍——每次都讓她們大失所望，她們還比較想收到可以設計髮型和化妝的娃娃、儀隊女生用的那種指揮棒，或者是寵物兔。她進入這間牢房時，她的標準黃色囚服被收走，同時發放了披肩給她。她將披肩抖掉，脫去州政府指定的短褲。在禁閉室裡，妳不能穿自己的衣服，所以她屁股上甚至還橫著 NYS DOCS 的字樣。

她凝視著鐵製的馬桶，沒有蓋子、沒有坐墊，只是個大大敞開而凍結的管子。她坐上去，開始迅速地上下跳動。

十四天前，米蘭達怎麼也做不出這種事。當派蒂告訴她這個詭異的消遣，她說：「我才不會無聊到要做這種消遣。」

派蒂輕笑著。「這裡沒有第四臺，也沒《讀者文摘》可看。」

前幾天還算可以。小路在她注定去關禁閉時塞給她四顆安眠藥，米蘭達挾帶進去，一邊鼻孔塞兩顆小藥丸——她本來覺得自己用嘴巴呼吸的動作一定會害她穿幫，結果沒有。藥丸讓她安穩地昏睡。但藥已經吃完了，她只能盯著那一小塊天空，關於路易斯·派特森的一縷回憶，還有鄧肯，以及其他更糟的事物便開始飄過。沒有多久，她就因為過往畫面不斷重演而陷入痛苦，不擇手段地想要有點事做，好填滿自己的腦海，驅逐所有念頭。

因此她坐上馬桶，上下跳動。她跳了又跳，起初還心存懷疑，甚至笑了出來，這也太荒謬了。她雖笑著，卻繼續動作，就好像九歲時，她在阿勒格尼佛朗特山脈的松頂營隊坐上馬鞍，然後，她聽見有什麼東西堵住發出的迴響。很顯然，她這樣跳的動作製造出某種活塞效應，水在水管中被逆送回去，讓管子整個變空。她在馬桶旁跪下，緊緊閉上眼睛，塞住鼻子，把頭探進凹槽。

她聽到了聲音。

深色訂製西裝，紮實絲布紡織、光芒耀眼的義大利製領帶，打成飽滿的結，再加上相襯的口袋巾，一天是孔雀藍，另一天則換暗紅色加金色鳶尾花。米蘭達有時會想，她是否就是因為這樣才得到這麼一個蒙蔽良心的判決。她的律師散發著銅臭味。那些陪審團成員——披薩店二廚、開除雪機的司機——必定在心中想像著，自己是射下了一名棲在雄偉鈔票山上的公主。他們並不知道新聞上被熱烈討論著、接收了資金、數十年來靠製造摺疊餐桌、多功能沙發床以及圓背戶外椅累積家產的匹茲堡格林一家，老早耗盡家產。其中有大部分都耗費在她父親最後一次，也是慘敗的那次競選活動的宣傳費上。而那名義大利絕美領帶與口袋巾鑑賞家亞倫．布魯費德，是格林一家長年的親友、父親的兄弟會友人，也深深愛著自己母親，他總是因此給予格林家破天荒的折扣。

貝瑟．布魯費德，亞倫的女兒，她跟米蘭達的姊姊艾美同年。她們曾有段時間非常要好，會一起去雙橡商場，一起去看電影，她們會一起躲在艾美的房間，像兩名十四歲的女冒險家。米蘭達記得自己曾有一次站在門邊，看兩名少女為中學舞會精心打扮，又是吹風機、又是髮捲，聽起來、聞起來，那個空間就像一座小工廠。因為大人不在，這兩個正在打扮的孩子決定去劫掠芭芭拉．格林的梳妝臺，掃走那一大瓶香水。她們來來回回看著那些暗黑卻相當有意思的名字——鴉片，或是麝香。然後貝瑟打開愛德華．格林的衣櫃，在最下方的抽屜發現一盒保險套。她尖叫著說：「他們竟然用橡膠？」

艾美把盒子搶過去細細研究，邊皺眉邊說：「我記得我媽有裝避孕器。」貝瑟又把那盒東西從她那兒拿回來，拿出其中一小包放到口袋，然後艾美也拿了一個，才把盒子推回原來藏的地方。

米蘭達不知道避孕器是什麼。她稍後問艾美這件事，她也不肯說。

米蘭達可以這樣耗上好幾個小時，一一揀出幼年時光的碎片，那些遙遠過往的畫面中依舊有些許安穩。但不知怎麼地，回憶總會迂迴來到危險之處。現在，貝瑟已經當上了律師，嫁給另一個律師，他們在貝賽斯達租了一棟連排別墅。她的思緒總會從貝瑟跳到亞倫．布魯費德，見到他僵硬地坐在她左側，輕輕用拇指撫摸他擱在橫線筆記本上的鉛筆，看著他們的官司一敗塗地。

從這裡，雖然她極力想阻止接下來的一切，但她總會想起來到證人席上的女人。她那威風凜凜又顫抖不止的聲音，她臃腫的身體，高高在上的態度，與她的悲痛。「我的兄弟一直單身，他在西貢當軍隊的文書，是志願消防隊的隊長，我的兄弟是個優秀的人。」那個女人會泣不成聲，那個女人，她永遠不曾望向米蘭達。

□

對州政府而言，她是AS〇〇六八－N－九七。因為她是當年發配到紐約州懲戒與社區監護設施N，又名米德福灣懲戒設施的第六十八名囚犯。她住在監獄單位C一〇九，牢房號碼三十四，東棟南側的最後一間牢房。

在那個地方，獄卒貝蘿．卡孟納對她而言等同於舊約聖經裡的神，雖然嚴厲，但向來待人親和。她有很高的權力，個性難以預測，甚至到令人畏懼的地步。在米蘭達來到這單位的第一天，小路悄悄走向她，自然地一手環著她的肩膀，低聲跟她說這位獄卒主管的事。「卡孟納是那種蠢到超級聰明的人，」小路警告道：「要小心她。」

米蘭達發現，如同小路對米德福灣幾乎每件事的判斷，曾居住在莫斯科與紐約羊頭灣的小路說的一點也沒錯。她在獄中第一個月，卡孟納就給米蘭達開了十二張罰單。

米蘭達的母親芭比．格林不懂女兒怎麼會累積這麼多違規紀錄，弄到只差一次就要被關禁閉。「我在學校聽到的都是妳有多守規矩，是四年級班上家教最好的人。」她抽著鼻子，在會面室的一片嘈雜中屈著身，撕破了一張紙巾。那時芭比很努力不要啜泣出聲，但她當然又哭出來了，用掉好多好多張衛生紙，還哭掉了隱形眼鏡。「妳難道就不能守點規矩嗎？親愛的？」芭比懇求著說：「難道不能努力一下嗎？」

但米蘭達有守規矩，也有努力。她努力不要發瘋，努力遠離麻煩，只管好自己的事、服自己的刑期，這是她在第一週跟自己的約定。她甚至在艾波．尼可森的平裝刪減版聖經上寫下這誓詞。那時一進來就統御了米蘭達對面牢房的艾波堅持說：「妳就跟我一樣。」在那可怕的第一晚，她曾這麼講。陰暗走廊上，她那張圓臉上掛著極度肅穆的表情。她的臉頰古銅閃亮，有討人喜歡的深色眼睛，以及李子一樣紅的嘴巴。她提供了些許安慰，還有些許美好。「我不是在街上混的人，以前沒混過，以後也不會。」艾波曾用低沉的聲調，纏繞隱隱約約的南方溫軟口音這麼說。米蘭達已經非常信賴她的聲音了。「我做什麼妳就做什麼，這樣妳在這裡就不會出什麼問題。」

米蘭達本身的確沒問題，問題出在貝蘿．卡孟納身上。第一晚，她從接待處被移出來，拖著裝在黑色塑膠袋裡的監獄裝束。艾波帶著她的書和文具，卡孟納則在C一〇九等著她。「妳面前這位就是這個單位的獄卒主管。」艾波指著卡孟納的徽章，那頭棕色捲髮圈住她長長的下巴。卡孟納走動時，手銬和手電筒在寬大的臀部周圍彈動，卡其褲前面口袋像小耳朵一樣打開。她瞥了一眼艾波手中的那疊東西，轉身給米蘭達一個咧嘴笑。「妳會看書？我也會。這挺不錯的，我們可以討論討論，但可別讓我看到妳穿著腳上這雙人字拖。」她比了比米蘭達的藍色橡膠夾腳拖。

「這是福利社發的。」

「這是洗澡穿的，我不喜歡看到人家的腳趾。」

周遭站了幾個女人，溫順而好奇地在那邊探看，所有人腳上都穿著夾腳拖。畢竟，這單位既熱又不通風。

卡孟納跟著她的眼神，用力發出一聲誇張的嘆息。「拜託不要跟這些女士學壞，有樣學樣。毫無疑問，她們太可悲，但她們是生來就那麼可悲。我對妳呢，抱著更高的期望。」她眨了眨眼，舉起一串巨大的鑰匙。「我挺喜歡妳給我的感覺，我是說真的。現在帶妳去看看妳房間。」

卡孟納多半叫她五月小妞，其他獄卒則叫她淑女小姐，姊妹們會叫她綠寶[2]小姐，或綠寶女士。「她有那種像洗髮精廣告的頭髮。」第一週的某天，她待在單位廚房，從正在攪拌的豆子中抬起頭。琪卡注意到這件事，並對著米蘭達那頭帶有光澤又蓬厚的黃褐色頭髮揮動木頭湯匙。當時她頭髮已經長長了，超過肩胛骨。「跟我兄弟一樣，」琪卡說：「柔柔亮亮，用綠寶洗出來的頭髮。他一天洗兩次，每次都用綠寶，每次喔。」

「她用綠寶洗頭髮，完全看得出來。」另一個人補充。

所有人都是這樣當著所有人的面討論別人。米蘭達知道，大家都不需要也不想要聽她的說法，所以她只是揮手趕開葡萄果醬三明治上的一隻蒼蠅，繼續讀《黛絲姑娘》。她不介意被封為綠寶女士，完全無所謂。她一直對自己的頭髮有些自負，這也沒什麼好否認，的確也有些竊喜頭髮依舊閃亮。她有好幾週沒護髮了，那些護髮方式——大量抹上護髮產品、梳勻頭髮、等五分鐘、以水洗掉——在監獄的衛生設施裡可行不通。

琪卡是那個擁有浴墊的女人。事實上，就是這東西害米蘭達吃上第十三張罰單，被扔進禁閉室裡。那塊浴墊是馬卡龍粉，破破爛爛，邊緣稍稍有些汙痕。米蘭達第一眼看見它就好想要，因為那勾起了她在羅馬弗羅拉飯店的回憶。那時她十二歲，父親要在某個會議上發言。這趟費用全免，爸爸、媽媽、艾美，還有米蘭達，免費入住一間旅館，裡面有深綠色大理石地板，以及拍著翅膀橫過天花板的白色嬰兒雕塑。每天傍晚都會有女僕進來將床整理好，往她床頭櫃旁冰涼的地板鋪上厚厚的粉紅布巾。「讓妳踏腳的，」她母親說：「這樣在晚上最後一刻和早上的第一個瞬間，妳腳底感受到的都是舒服的感覺。」米蘭達一看到那塊浴墊就知道，只要腳底可以再感受一下那種舒適，也許，至少在某種程度上，她還有點可能維持神智正常。

某天午餐，她開啟這個話題。多明尼加人跟平常一樣都聚集在微波爐旁邊，跟一個她們喊做麻米的女人在一起。麻米油盡燈枯，在英伍德經營一個祕密藏身所，她給她們做罐頭番茄和即食米飯。單位裡大多拉美人士都不跟大家一起用餐，除了瑪西那幫人中的幾個。米蘭達在廚房圈或多或少算是受歡迎，她也心懷感激。食物挺不錯的，她只是希望自己高中時選修的是西班牙文，不是法文和德文，這麼一來她就能聽懂所有的對話。

總之，在這天，她猜想琪卡的上訴已經通過，大概一週內就能出獄。米蘭達甚至在還沒意識到之前就大聲地說出口：「琪卡，那塊浴墊可以給我嗎？」姊妹們都在嗤嗤竊笑。

---

2 Prell。五〇年代流行的洗髮精，顏色是亮綠色。

「琪卡，綠寶女士想要妳的墊子。」其中一人說。

琪卡對她微笑，一個非常和善、可以看到門牙縫的微笑。「我的大日子那天來我房間吧。我想應該沒問題。」

獄友們，甚至獄卒都把牢房稱為「房間」。一副她們真住在弗羅拉飯店的模樣。

琪卡出獄那天，整個地方都瀰漫一股特殊的緊繃感，因為晚上D單位有個女人吃了發酸的碎吐司、方糖、五爪蘋果的皮外加一些桃子口味的體香劑，被人發現正劇烈痙攣。所有人都被關在房中，整個早上都在接受牢房搜查。四名女囚被搜出藏私酒，送去隔離。走廊上直到下午都充塞著一股挫敗且憤怒的氛圍。米蘭達走到這區牢房的盡頭，發現琪卡已經打包好所有東西。走道對面有個叫朵卡絲的女人，她又瘦又高，長了一張有如拋光栗木的強悍紅臉。她說道，「法官駁回我的上訴，把機會給了琪卡。但要是朵卡絲有這種機會，獄卒他媽的才不會有活幹。」

「是是是，朵卡絲，」她身後傳來一個聲音，那是她的跟班，一個軟胖的女生，名叫凱西。她懶洋洋地躺在朵卡絲的床上，心不在焉地拿原子筆在一隻蒼白的腳上亂畫。

「妳在這裡唯一的理由就是讓獄卒有活兒幹。」

「琪卡，」米蘭達說：「妳還記得我們那天講的事嗎？」

「瞧瞧那妞兒的手臂，真是有夠細。」朵卡絲不太高興地看著她。

「還以為自己多了不起咧。」凱西說。

琪卡近乎悲傷地拿起浴墊。「姊妹，我甚至還幫妳洗乾淨了呢。這是我妹妹給我的，這東西實在是很不錯啊。」她像摸寵物一樣摸了一下這又毛又粉的地毯，遞給米蘭達。

「琪卡，我很高興妳可以離開，」朵卡絲低聲咕噥。「妳都不知道我多高興呢。」琪卡沉下臉，有些惱怒地把蓋住門口的那片已充滿刮痕的透明塑膠板拉上，這簾子是為了給她們一些隱私，她們都把這玩意兒稱做「蓋子」。它原本就被設計成透明的，不過姊妹們總有遮蔽視線的方法。她把手伸到床後面到處找，拿出一片小小的刮鬍刀片。「有時它會結點毛球，我就用這刀片來修整。」她把刀壓在米蘭達手中。「要藏好。」她小聲地說。

米蘭達把刀片塞進口袋，捲起浴墊，直接回到她的牢房。她把刀片藏在牆壁和洗手臺之間的縫裡，然後把地墊在床旁的地上鋪開，踢掉球鞋，讓腳底感受著那暖和又舒服的觸感。她往後躺，雙腿掛在邊邊，就這麼度過兩個小時，想著弗羅拉飯店，並試圖召喚那趟羅馬旅行的所有細節，比如說窗戶打開的方式有多詭異，她有多羨慕羅馬的女孩就這麼坐在男友的摩托車後座，她的母親會在古廣場上讀旅遊指南給她們聽，到處都是美到誇張的花朵和橘子樹。一頭金色捲髮加緊身牛仔褲的艾美吸引了路面電車上男人們的目光，她的父親在餐廳因為帳單大傷腦筋。那時她十二歲，家人都在一塊兒，完好無缺。

就在晚點名之前，卡孟納出現在她門口，身邊跟著朵卡絲和凱西。

「我就告訴妳吧，」凱西說：「真的在這裡。」

「好吧，五月小妞，」她從床上坐起來時，獄卒大步走向她。「我真的是很失望，妳竟然從那可悲的傢伙那裡偷了條浴墊。」

「放屁。」

「妳是想要我控告妳出言不遜嗎？」

「妳就是應該控告她出言不遜。」

卡孟納轉向朵卡絲。「媽的給我閉嘴。」

她再次面向米蘭達。「如果不把那條浴墊給我，我就控告妳出言不遜。這東西不是妳的。」

米蘭達坐在墊子上。「這是琪卡給我的。」

凱西耍脾氣似地尖聲高喊。「琪卡是要給我，她每次都說她會給我，她也真的給我了。」

「我實在很難相信現在到底是什麼鬼情形，我竟然為了一張浴墊在跟人吵架。」

「妳已經不住在公主城堡裡了啦。」朵卡絲滿意地說。

「我要給妳一張偷竊的罰單，妳會被傳喚到聽證會。現在把那該死的玩意兒給我。」獄卒拖著腳走向米蘭達，她坐在浴墊上，緊緊地用雙手抓住。「我不要。」

卡孟納伸手去抓浴墊，米蘭達躲開、肩膀一轉，「砰」地打到守衛亂揮的手臂。那瞬間，一小群觀眾在牢房門外聚集起來，因為知道接下來會發生什麼事，她們開始興奮地尖叫。

「這是襲警！」卡孟納挺直身體往後退，得意洋洋地高喊。「五月小妞，妳死定了。」

這些女人一陣興奮，像在駭人的意外現場圍觀的鄉民。卡孟納在揮手把她們從門口打發走的同時，從後口袋拿出一本罰單。

「那我的浴墊呢？」凱西哀求著說。

「妳很快就可以拿到了。」卡孟納說。群眾解散，獄卒大步走回工作站，揮著她那一大疊罰單，從口袋拿出一隻筆，用牙齒咬掉筆上尖尖的蓋子。

米蘭達把眼皮閉得更緊，耳朵往流出的水再更靠近一些。再也不可以住到這裡來，她對自己這樣承諾。

「我媽好喜歡約翰・韋恩。」米蘭達認出這聲音，是薇薇，住在第一間的女人。她那間也可以看到桌子。她插嘴請薇薇看看押送的獄卒來了沒。

嗚響聲流過水管。「等我，我看一下。」薇薇說。

水管陷入寂靜，卻傳來了壓低的憤怒低喃。「那傢伙出去了。」

薇薇再次回來。「親愛的，那個守衛在這兒，在處理些文書的樣子。妳很快就要出去了。」

米蘭達在馬桶旁的地上坐好，頭往後靠在冰冷的牆上。卡孟納寬廣又紅潤的臉出現在窗中，眉毛以上被截掉，看不到。「回家吧，五月小妞。」她的聲音彷彿是真的有著感情。「都沒事了。」

米蘭達實在不知道禁閉室的守衛來抓她前到底發生了什麼事，也就是在那驚人漫長的兩週以前。朵卡絲一派輕鬆，緩緩走到她牢房，在門口停下。「凱西說那塊他媽的浴墊妳就留著吧。我跟她說那樣做不對，我會偷不屬於我的東西，但從來沒把不是我的東西講成是我的。妳懂嗎？」

有趣的是，米蘭達還真的懂。她開始漸漸理解監獄中的邏輯。

她告訴法蘭克．隆斯特這一切，然後逕自陷入沉默，啜著冷掉的茶。終於，他從筆記抬起目光，微微對她一點頭。他的臉上似乎飄過一個陰鬱的表情，又或者，那只是光線變化？她抬頭看了看他後方的窗戶。從地下室這位置看去，天空明亮湛藍，灌木看起來很修長，樹枝之間一定有風吹過，因為房裡的陰影也隨之閃動。

「我希望能為妳做些診斷，」他說：「找到基準線。」

「當然。」米蘭達點點頭。

「請對以下陳述回答是或不是，『我很少做白日夢。』」

「對，這些是ＭＭＰＩ[3]的問題嗎？我做過的測驗已經跟山一樣多了。」

「就遷就我一下，我知道這感覺很蠢。」

「當然，你繼續。」只要我還押的時候可以拿著藥走，她想，她覺得自己一定能拿到。就懲戒所職員而言，他有點太好解讀了，他太有人性了。

「『我的母親常在我認為不合理的情況下逼我服從。』」

「對，不過她是個好媽媽。」

「我不懷疑。但請只要回答對或不對就好。」

他的語氣溫和，並非訓斥。兩名獄卒經過走道，轟隆轟隆響，好像是在講加班費。

「『有時我的思緒跑得太快，來不及說出口。』」他在旋轉椅中往後靠，膝蓋上擱著一個寫字板。他似乎，米蘭達想，他似乎搞不太懂我這個人。但這樣很奇怪嗎？連我都弄不懂自己，一點也不懂。「對。」

「『我飲酒過量。』」

「不對。」

---

3 Minnesota Multiphasic Personality Inventory，明尼蘇達多相人格測驗。四〇年代由美國明尼蘇達大學教授設計。

「『我年輕時會偷東西。』」

「不對。」過去她曾偷過母親的戒指。那算嗎？她暗忖著。

「『我沒有真心想傷害我的敵人。』」

「對。」

他在寫字板上草草記錄，前額出現憂慮的線條，雖然只有在他挑眉時才會看到，每次他一開始寫字，就會挑眉，她發現這動作有些可愛。她再次自問：她認識他嗎？他看起來大約與她同年，或稍長幾歲，她很可能曾在哪兒見過他，譬如在飛機上擠在同一排，或一起在朋友婚禮的自助餐桌排隊。米蘭達檢視了一下：沒有戒指。

他再次抬頭看她。「『我從沒有單純為了刺激去做危險的舉動。』」他說。

「什麼？」她說：「我沒聽清楚。」

「『我從沒有單純為了刺激去做危險的舉動。』」

她的眼睛是被淚水刺痛了嗎？淚水怎麼會來得這麼快？她用力眨眼，逼自己與他灰藍色的眼睛對視。「不對。」她說。

3

不可進行推諉或不實陳述
（原則C）

我得承認：我非常好奇。

事實上，對心理健康的專業人士而言——或者任何一類提供此服務的人——好奇心是一種不被接受的情緒。滿足好奇心等同實現慾望，心理健康相關的諮商者絕對不能去實現自身的慾望。當你在跟客戶進行療程，更是連想都不能想。

但我怎麼可能不對M好奇？這個女子從女孩變成女人，被閃亮的星火簇擁，在我的記憶中漂流。在我的故事中，她是永遠的女主角，雖然我們幾乎一句話都沒講過。她離開我辦公室後，我在那兒坐了很久，翻閱資料夾，然後漸漸明白她犯下的罪有多嚴重。這不是什麼盜用公款，不是嚴重藥物濫用。M是殺人犯。

我把原先用來寫筆記的十分鐘休息時間，用來將小小的泡棉籃球投進辦公室門後的籃框。我有時會把球提供給不安的客戶——比起一杯茶，有時他們更需要的是球，對某些人來說，維持在動態更讓他們舒心。不過最近倒是我更常在用這顆球。單是一個瞄準得不錯的擦邊球，也能讓我感到平靜。回家時，出於同樣原因，我會前往河濱公園的球場。我身高夠，偶爾可以投進一記漂亮的單手上籃，附近的青少年有時會對我點頭表示讚賞，對一個小時候總是十分笨拙的人來說，這很讓人滿足。當整座城市似乎太過寂寥，這麼做能在溫暖的週末消磨掉幾個小時。

雖然，在這個下午，我失了準頭。

我必須假設她有罪。白人，家世良好，富有。她不符合判決不公的側寫。但她失足得這麼嚴重，像是一路滑下旋轉梯那樣直直落入NYS DOCS陰森可怕的大坑中，鐵定是踩下了無藥可救而且大錯特錯的一步。為什麼呢？怎麼會呢？

沒錯，我的確好奇，但這樣想是不對的。我之所以做出這個決定——對我們共有的過往守口如瓶——還有其他原因。

我怕我一說出口她就會逃走。

我直到剛剛才理解，我應該用盡一切方式來幫助她。

你不需要什麼共同的過往、測驗結果或學位——你不需要知道關於她的一切，也能看出她心理狀態不佳，這就是我的工作，不是嗎？也就是排除嚴重的情緒低潮。長期治療不在米德福灣的預算內，繳稅的人也不支持這行為，但危機處理才是重點所在。

面前有個危機，需要有人處理。她和我曾行走在學校的同一條走廊上，畢竟我們是同學，所以我被說服了：如果非處理不可，那她需要我——必須是我。

成功進球之前，我掉了十八顆球。

早上剩下的時間我火力全開，完成好幾個申請評估，然後跟一位固定客戶做了諮商，她是一位用枴杖偷渡古柯鹼、眼睛半盲的七十歲巴西女子。午餐時，我在囚犯運動場底下的員工食堂吃了主廚沙拉，伴隨上方不停歇的踩踏聲加運球的嘈雜聲。我們諮商中心的四人總是一起坐在最靠近門的角落，但隔著點距離。穿著可可色制服的守衛們看起來像一群虎背熊腰的牛，站在放送自然光和空氣進入悶熱難聞食堂大廳中的窗戶井旁，佔據了房間後方。他們並不信任我們。不知為什麼，守衛認為在米德福灣永不結束的夏令營顏色大戰[1]中，我們是站在黃色——就是囚犯——那邊，不是棕色。就我而言，這實在有點不公平。雖然跟客戶諮商時聽到的往往是這些女子對獄卒的各種不滿，我依舊對守衛抱有相當的同情。誰的工作不辛苦？這也難怪他們總是有體重問題。我猜他們普遍有補償性的飲食失調，事實上，只要看一眼他們的午餐托盤，就能證實這點。

1 Color War。夏令營常見的遊戲。會將隊員分隊，給予代表顏色，相互在競賽中對抗。

無論如何，我知道蘇芝．費妮對獄卒的態度很糟，她都會小聲地叫她們「豬玀」。「就那個——米蘭諾瓦——那傢伙根本是小希特勒。」當有個守衛拿著分量像是電話黃頁的千層麵大搖大擺經過，她會用氣音這麼說。蘇芝的白髮削成極短的平頭，披著有流蘇的披肩，穿著翩翩飛舞的裙子加牛仔靴，她的專業領域是藥物濫用，還是《人物評論》期刊的創始編輯。她跟囚犯的關係密切的程度，我永遠都無法達到。

「所以，法蘭克，」蘇芝說：「我給你的那個案例，你覺得怎麼樣？」

「挺複雜的，」我結巴著說。我旁邊的蔻瑞．瑪斯特森伏在一碗加了四種豆子的辣肉醬上無聲竊笑。她是個優雅而沉穩的女人，尊榮的頭頂上盤根錯節橫著一排排黑人辮，在醫學院兼職進修，對查理的職位虎視眈眈。她放下湯匙。「法蘭克，她本來是我的，但我們認為你應該會喜歡她，所以才把她送過去。」她對我揚起一邊眉毛。「就療效來說，我們想這個搭配應該會更好，跟你在中央公園往西的那些同伴比較像。」

蔻瑞咯咯笑，蘇芝也跟著笑，兩人交換了一個令人不解的眼神。他們總是有些只有她們自己懂的笑點。

查理．波金赫——我們的老闆，也是諮商中心唯一有博士學位的人——他從湯裡抬起頭。「你們在說誰？」

「在說我今天早上送過去的五十公克樂復得。」

「喔對、對。」查理一派威嚴地點著頭，於是我立刻知道他又讓行政助理替他把名字簽在醫囑單上。他從來不看我送過去的還押單，但我還是以同理心看待他。他辦公室那面空心磚牆上的文憑是強者中的強者，他一路走來都是菁英，如果他不是個一心愛酒的酒鬼，搞不好早就在柏克郡開設診所，住院病人又多又滿，然後在鈔票河裡划獨木舟。他卻因為犯錯被下放到這裡，到這個彌補過錯的地方。他早已習慣當個制度裡的醫生，以精神科醫師的身分成為人民公僕，住在郡裡富人區中一棟搖搖欲墜的公寓，陽臺底下就是大都會北線震動不已的鐵軌。在那裡，他把自己灌得爛醉，同樣熱愛酒精的太太謝拉也陪他一起。

若是回顧以往，我想查理沒發現自己已經進入在矯正部門的夕陽時刻。說到他，我總是心軟，因為在沒人願意雇用我時，他雇用了我。但蔻瑞對查理沒有這個軟心腸，蘇芝也沒有，原因十分充足——他對女性矯正不抱任何熱情，蘇芝和蔻瑞則依舊懷抱著希望。查理安頓了下來，所以我——這個團隊最新的成員——也安頓了下來。但當我刻意在同事中表現得謙遜，我知道他們有時也感謝我的努力，查理卻完全不懂這其中的意義。

「再說一下她的罪名？」查理問。

「二級謀殺，有期徒刑，」我說：「五十二年，不得假釋。」

「那就是一個碰到爛律師的白人妹。」蘇芝說。

「又或者是為了改選下的判決。」蔻瑞說。

「真是可悲。」查理在他的通心粉中撈著最後一顆豌豆。

「她爸爸是國會議員，雖然還是新面孔。」蔻瑞說。

「只做一任，」我說：「之後就沒選上了。」也許是我講得一副太熟的模樣，蘇芝馬上看我。「這是我蒐集到的資料。」我聳個肩，補充說。

當然，他們不知道我跟M的關係。他們不知道我高中念哪裡，也不知道我在哪裡長大。事實上，他們對我知道得很少，除了我曾經在曼哈頓做些輕鬆的工作，然後因為某起慘烈的訴訟案被扔出來。我犯了錯，所以才到了這裡，這個給人彌補錯誤的地方。我在米德福灣工作半年，不是很常談起自己。我想這其實很常見。我本就不習慣講太多自己的事，我往往是聽人說話的那個。那是我的工作。

那個傍晚，我回到家，見到貓咪松露，再加一臺響個不停的電話。松露曾是我前妻薇妮的貓，不知怎麼，我就這樣接手了，並像兩個互不相容的室友一樣住在一起。打電話來的是我的小弟克萊德。他說某個叫做葛格里的傢伙恐嚇他，如果沒在午夜前弄到三百美金就要弄殘他。「法蘭克，我現在在外頭幹活兒，只要給我兩百，剩下的我自己弄。」

我嘆了口氣，在客廳到處找車鑰匙。在阿姆斯特丹街和一百零八街那花俏庸俗的角落，握在手排檔上的手還抓了一大把剛從提款機提出來的二十塊鈔票，我開車四處亂晃，看見我的弟弟站在一只翻過來的乾衣機紙箱旁，箱上還蓋著藍綠色的塑膠防水布，他對著經過的路人微笑，親切地作勢比畫他的商品，就像我在巴黎街市見到、販賣一塊塊山羊起司的驕傲小販。那些都市人在傍晚的薄霧中疾行，臉上的表情多半不是疲倦就是憂愁。見到他們就這麼經過克萊德和他的商品，連看也不看一眼，這讓我很心痛。

我弟弟兜售的是寄售的長統襪。他的老闆——我叫他吉米——像統領軍隊一樣管理著一群小販，兜售的商品包含長統襪、發條絨毛娃娃、帽子、髮飾，還有氣球。他們得把百分之八十五的收入交給他，換取吉米在日落公園擁有的數棟被老鼠咬得到處是洞的排屋中，一小個破爛房間、往來曼哈頓的交通，還有一天半公克的海洛因。

「也是一種生活方式。」克萊德總這麼說。

但那晚，他連狀態不錯的邊都搆不上：他的棕髮變成一條條，細細長長地圈在臉邊，下唇冒出嚴重的皰疹。克萊德當了一年的毒蟲，最悲慘也最飛快的事情是他惡化的速度。我不禁擔心，過不了多久我就會忘了他還沒染上毒癮的模樣。他才十九歲，比我小非常多，對高等教育不屑一顧，不像我，他成績總是墊底，無視功課，之後才去問有沒有加分作業可做。他在學校一直都穩定拿D。他夢想要在風光華麗的紐約餐館當糕點師，但很顯然遇到了其他狀況。

他看見我的車，低調走到人行道邊欄，微微彎身，看起來像是患厭食症的青少年加上憔悴的老人的矛盾綜合版，可是他的雙眼卻十分清澈。我從車上下來時，他萬分感謝地歡迎我，雙手將我抱住。他得意洋洋地穿著一件髒兮兮的普林斯頓運動衫，看起來就像精神錯亂的兄弟會男孩，挨餓挨打了整整一個禮拜。

「老兄，你真的該洗個澡了。」我說，謹慎地抱著他。

「兄弟，還用你說。不過謝天謝地，至少我還沒長虱子。」他講起話已經有點像吉米了——他是馬其頓人。克萊德從我手中小心地拿過現金，塞進自己的褲子口袋，褲子是骯髒的綠色，上面繡上非常小的綠頭鴨。大概是某人的舊高爾夫球褲。

一個女人拉著哭哭啼啼的小孩暫時停下腳步，看了看克萊德陳列的商品。「這是品質超優的襪子。」克萊德對她說，女人又在人行道上邁開步伐，把小孩拖在身後。

對面角落有吉拿棒小攤，油炸脂肪的油煙味飄蕩而來，一團油膩膩的煙霧圍繞著我們。「我這一天累得像條狗，我完全不知道葛格里到底是誰。」我說。

「簡單來說就是，」克萊德說：「上禮拜有些小鬼偷了我的襪子。為了這批被偷的存貨，我得借錢還吉米。葛格里是俄羅斯人，俄羅斯人就等於銀行，銀行要你還錢的時候是擋不住的。」

「襪子被偷？」

他看著地上。「我那時候睡著了。」

睡著？我懂了，那就表示他打了瞌睡，表示他嗑藥嗑到嗨，靠著某面噴滿小便的牆壁或在某個門口倒下。此時那股令人作嘔的絕望感、罪惡感又再次升起，令我顛胃倒腸。我怎麼會讓這男孩變成這樣？我的血親、我唯一的手足、我死去母親極晚才得知的小確幸。

「葛格里剃光的頭上有那種歪歪扭扭的俄羅斯風十字架刺青，」他做了個怪表情。「就連吉米對那些羊頭灣來的傢伙都有些怕怕。」

「要不要再住到路維倫醫院？我問了一下，應該可以幫你找個床位——」

「法蘭克，等我準備好再說，只是還不是現在。」他再次把錢從口袋拿出來，用拇指和食指搓揉每張鈔票的邊角，好像要確認墨水不會被弄髒，或者檢測紙張的質地。「我保證。」

我給了他五百元。「給自己買點吃的，」我以懇求的語氣說：「你瘦得像鬼一樣。」

「但還是有一堆女孩超哈我。」

我的眼睛後方開始堆起一股熱淚。我回到車上，把乘客座那邊的窗戶按下來。「如果你願意，可以告訴我你什麼時候才會準備好嗎？」

「我準備好的時候就是準備好了。」他又開始數鈔票。

我轉過這個街區，朝回家的方向開去。太陽開始下沉，將河面灑滿金光。一年前，克萊德來到這個城市的時機真是糟到不能再糟。當時我的事業在幾個月前垮了，當他出現在我們的公寓、在我們的沙發上住下，薇妮和我已進入某種交戰狀態——我們壓低了姿態、持續進行交火，以驚人的頻率與精準度攻擊對方。克萊德在停火區過了幾天，決定撤退。他在華盛頓廣場偶然遇上個女孩，她叫芙羅，是個毒蟲。當我迅速中槍落馬，沒了工作也沒了老婆，他則被吸入更悲慘的世界。

一年後，我發現自己還在重新回顧這些日子，因他和我從內部開始爆炸崩毀的狀態被嚇得魂不附體。

然而，克萊德仍說他享受這不受約束的新人生，「就像懸在一切事物的最邊緣，搖搖晃晃，在這種狀態其實也沒那麼糟。」

我顛簸開進住處後方的車庫，那是河畔街一棟巨大且粗陋的哥德復興式建築。我不禁思考，為何會有這麼多人被命運扔到社會邊緣去。

例如M。她就是一個在懸崖上站不穩腳步的人。

我從車庫爬上回音不斷的樓梯井，終於想明白了。雖然她一點也不記得我，但我對此只感到輕微的沮喪，因為就我記憶所及，我們確實是講過幾次話——三角函數講義、火災演習。我想，我確切地記得我在這些學校時光中跟她共享過的每一個字。有這麼一兩次，她還笑了。

回到公寓，我在薇妮固定在臥室內嵌衣櫥上的長鏡前停步。就各個方面來看，我深深覺得自己好像還是那個不夠沉穩的九年級生，容易慌亂，常因自我質疑而感到刺痛，無論邏輯多麼合理，我都無法遵守我用來評判他人的道德、正直規範。對於一名持有證照、肩負的任務是要幫助別人進步的專業人員，這是難以接受的事實。但在那一瞬間，在那昏暗如通風井的房裡，我前妻的枕頭上方還有一隻貓在眨眼睛，我十分清楚：即使我的體型再消瘦、高挑一些，依舊開著我外婆那輛長得像條船的別克Ventura[2]，我還是同一個人。我還是那個把好友的帽子拿去油炸而被漢堡皇宮開除的男孩；是那個打電話到女孩家裡（包括M，大概有個幾次吧），只是想在有人說「喂？」的時候把電話狠狠甩上的人；那個急著想討好別人而扮諧星的男孩；那個持續苦幹實幹卻從不像成就測驗預測的一樣真的衝上頂峰的人。那些測驗是由一位叫厄斯金・隆斯特的人進行的——沒錯，就是那個厄斯金・隆斯特，提出隆斯特曲線的人。那個人是我父親，也是克萊德的父親；克萊德的測試結果沒我的好，爸被他的得分嚇得要死。

但不可以，現在不能再去回想那些，我也不再是那個扭捏害羞的新鮮人。我把親愛的松露撈到大腿上，輕輕搔著牠脫皮的耳後。我凝視房間對面的倒影，下巴抬起又低下，牠忍受著我的動作。就一個三十二歲的人來說，也許我並不帥氣，街上的女人有時會多看我一眼，我發現她們的眼神了，然後繼續往前走。

2 Buick Ventura，美國通用汽車的汽車品牌Buick中的一個型號。

4

一九九九年六月

遊戲間地板上萊姆綠的亞麻油地氈就像一池防凍劑的液體，熒熒發光。不知怎麼地，有人點燃了拼字遊戲板，結果黑煙觸發頭頂上的灑水器。米蘭達和小路在拖地，每隔一會兒就得停下來把溼拖把上的木頭方塊拔起來。她們把溼答答的字母疊在窗臺上。

「我找到一個Z。」小路說。

米蘭達抬起頭，被她的聲音嚇了一跳。她一直在看拖把上那一條條的布甩在淹水的地板，在水上弄出波紋。她又沉浸在終結生命的大計畫中。溺死不知道是什麼感覺，一定是安靜得令人愉悅，她想。這想法實在好吸引人——經歷過2A&B單位C一〇九從不間斷的嘈雜後，就這麼永遠懸浮在冰冷透明、果凍般的安靜之中。問題在於，如果要找地方溺死，監獄其實沒有給人多少選項。你可以嘗試馬桶——塞住、裝滿，然後一頭栽進去——但她還是有自己的尊嚴。如果像大雨中的鵝一樣張著嘴站在蓮蓬頭底下呢？就這樣讓你的五臟六腑裝滿嘗起來粉粉的洗澡水，然後就這樣倒下翹辮子？

她渴望終結這一切感受，那疲累至極、渾身是傷的疼痛，悲傷、羞恥與懊悔，還有那些噪音——啊，噪音。水能帶來永恆的寧靜——的確，這方法真是相當吸引人。

米蘭達挺直身體，倚在牆上，拖把就靠著鎖骨。「妳覺得人可以在洗澡的時候把自己淹死嗎？」她說。

「首先必須塞住排水管，然後找個人來敲妳腦袋。」小路說。她也暫停了動作，調整了一下那件統一發放的黃制服，她用走私進來的針，以及與生俱來、深植血脈的俄羅斯人裁縫技巧，把衣服修改得完全貼合她纖瘦細長的身型。「也許可以找人把妳打昏，然後妳就可能像小嬰兒一樣在很少的水裡淹死。」她噘起小心翼翼畫的紅唇（「塗一下口紅，別當小可憐。」她常這麼訓斥米蘭達）。然後再次彎身開始拖地，並且堅定地說：「一個人不可能做到，妳會要人幫忙。妳要找誰呢，不可以是我，我不會答應的。」

「艾波。」

「艾波也不會，不可能。」她用蒼白又強壯的雙手將拖把水擰到藍色塑膠水桶裡，搖搖頭，發出短促又嘲弄的粗野大笑。「叫艾波打妳的頭？米米，拜託喔！」

從沒有人叫米蘭達「米米」，但小路會這麼叫。她表示在俄文裡，米米（Mimi）

的意思是「小母牛」。「妳坐在妳床上，可憐兮兮，肩膀都縮起來，看起來就像小母牛。」小路說。

傑洛德・利威爾，第二輪班的獄卒主管，出現在門口。「歡迎啊，長官。」小路說。

「女士們好，妳們最好動作快點，我數到十。」他怒目瞪視著一整排的塑膠椅，模子壓出來的椅凹全裝滿了水，活像一排給小鳥玩的水盆。「我實在很想知道這鳥事是誰幹的。」他一手拂過剪到貼頭皮的頭髮。他長得很好看，肚子有點大，皮膚顏色有點深，還長著斑，很像被棄置任憑失去光澤的銀器。

「長官，我們做得怎樣？」小路問，又開始擰拖把，透過黃色的瀏海偷看他。米蘭達見到守衛瞥往她的方向。

「不差，」他說：「晚點再問。」

其他女人開始在走廊上亂吼，利威爾罵出髒話，朝著喧鬧的方向消失蹤影。米蘭達和小路就這麼安安靜靜幹了一會兒活。小路總有方法把自己藏到心中的角落，轉換為無人可滲透的模式，像一股反重力的能量，將靠過來的一切全數擊退。當小路陷入這種狀態，米蘭達就會稍微有些驚慌。要是沒了她、沒了艾波，米蘭達不禁懷疑自己能否正常活動。她這輩子從沒那麼倚賴任何一個人。在她的生活中，沒有任何一任男友曾佔有不可取代的角色。

也許鄧肯・麥克雷有吧，除了他還能會是誰呢？

但她也從來不是一個能自在獨處的人。就是因為這樣，關禁閉時她才會特別痛苦。要是孤獨太久，她的意識會朝著令人苦惱的事飄去。獨處從來不是她的強項。

米蘭達可以一路往回追溯。在她大約十一歲的某日，她偷懶從學校溜回家，結果發現房子前門大開，整個房子都沒人在。她的父親在匹茲堡，為了再選進行宣傳。有時如果姊姊、母親和米蘭達本人必須跟他一起上臺，她們都會跟去。可是這天他是一個人。他的心情很差，十一月要到了，他的民調直墜。她曾聽見他對著電話大吼大叫。艾美也許在朋友家吧，但她母親沒拿皮包又是跑去哪兒了？她的車子不見蹤影。（直到多年後，卡斯汀·布魯納——她母親的愛人——心跳驟止那日，米蘭達才發現真相。）她看到的是裝滿肥皂水與盤子碟子的洗碗槽。她母親有一個好大的祖母綠鑽石訂婚戒指，以及刻上旋繞藤蔓圖樣的結婚戒指。那兩枚飾品放在窗臺上的一個小小的藍色碟子，那是他們特別訂製的，可以在洗盤子時拿來放戒指。米蘭達爬上腳凳，看著那兩枚戒指，把它們戴在手上——左手第二根手指，就是那裡——然後在各個房間到處逛。巨大的磚頭房散發古老木頭的氣味，比他們在匹茲堡只有一層樓的小屋大太多了。在那間房子裡，不管是誰在說話都能聽見，爸爸說那些牆是拿口水和紙巾糊的。但這間房子呢，你只會聽到輕輕呢喃的嘎吱和回音，像是鬼魂經過你的房間。

爬上樓時，米蘭達聽到這些嘎吱聲，她停在父母華麗花俏的臥室，裡面有刮鬍泡沫的氣味，味道沉重又奇怪的香水，那是大人的味道，厚重又幾乎要令人反胃。凌亂的梳妝臺，巨大又縐巴巴的床。如果你知道該怎麼爬上一架架的運動衣，也像米蘭達一樣很會爬高，就能在內嵌衣櫥裡一些老舊滑雪褲底下找到一本《性的愉悅》，很容易就可以拿到。但她沒有停下來看那些圖，沒看那些腋下毛茸茸的女人與大鬍子的男人是怎樣以各種姿勢交合，除了臉上愉悅的笑容外一絲不掛。她回到走廊，繼續走向艾美亂七八糟的小天地，裡面有成堆專輯和祕密筆記本，她在筆記本裡寫了一些詩，米蘭達會偷偷去讀，覺得艾美寫得很棒。她梳梳自己的頭髮，看著艾美的鏡子，一半都被「議員選格林」的貼紙給蓋住。

最後，她來到自己的房間。那間最棒了，能清楚看見後院的景色，還有她自己挑選的藍色毛地毯。她站在窗邊，望出院子。秋天絕對來了，好多葉子都轉成黃色，有些甚至已經掉落。林子再過去可以看見園道晦暗的灰；更過去些，就是河。

她是否從那時就開始懂得品嘗禁忌的滋味？她從沒想過要一個人跑去河邊。林子的地面潮溼，又蓋滿了各種東西，落下的葉子變成黑色，因為溼氣變得黏答答的。她滑下通往混凝土管的涵洞，這些管線沿著園道底下展開，裡頭的高度足以讓她不需低頭也能往前走。這地方有壓扁的錫罐、輪胎碎片，還有一堆堆枯死的樹枝，跟各種你絕不會想靠近細看的垃圾纏在一起，非常適合當成連續殺人犯丟掉某人手指頭的場所，也很可能會有死掉的小鳥。車輛從頭頂隆隆駛過，深沉而恐怖的吼聲在水管中迴盪，穿透她的腦袋，彷彿有人在她耳中亂叫一通。她快步通過時，四面八方的水泥牆都在顫動。

她快速從另外一邊衝出去，跑進令人毛骨悚然的靜謐中。有隻鳥一遍又一遍地鳴叫，卻得不到任何回應。好寂寞的聲音啊。這裡的林子更大、更乾淨。她順著泥濘的小徑走——這裡有其他腳印，但是誰的呢？——然後來到一塊突出的沙地。在他們來到華盛頓、搬進這棟房子前不久的某個週日，她、父親和艾美曾來過這兒。爸讓艾美跟米蘭達把在賓州湖區釣魚用過的魚竿帶來，然後她們就坐在那兒，把線垂進水中，再捲回來；爸爸抽著菸，眼神空茫地低頭注視河水。他最近又開始抽菸了，米蘭達因此對他很火大。他說就讓他稍微放鬆一下吧，他說他承受了很大的壓力，因為當議員是魚與熊掌難以兼得的工作。他們什麼魚也沒釣到。過了一下子，三人就因為肚子餓去吃午餐，動身離開。

現在，米蘭達坐在一顆小小的石頭上，那是她父親當時曾坐過的地方。那兒的沙地有四處亂丟的菸屁股。她不禁思忖，其中會不會有一個是屬於他的呢？她彎身撿起一個，上面寫著溫斯頓，這是他抽的牌子。但她在心中決定要認為那不是他的——自從他們去釣魚已經快過兩年了。她把菸屁股丟進河中，看著它漂浮在水上，迅速打著轉流走。

大約九公尺外的水上有一塊裂開的巨石，中央長出一棵樹。米蘭達認為那塊石頭看起來就像一個破開的巨大雞蛋，探出一顆毛毛的小雞腦袋。石頭上蓋滿紅色、橘色、白色和銀色的噴漆，寫了各種句子——她想，大概是青少年留在那裡的吧。他們寫了很多名字，畫了很多愛心，她還看到很多個「幹」——那絕對是那些難聽的字眼裡最糟糕的一個。米蘭達可以理解為什麼他們要寫在那裡，在一個他們的父母可能不會看到的地方。

她坐在河岸的小石頭上，將球鞋鞋尖插進沙地，心中不禁想：要是所有人都沒回家，她會變成什麼樣？她有辦法在家裡待多久呢？自己煮飯、清掃、收信件？她有辦法自己發動除草機嗎？這是關鍵所在，因為沒修剪的草皮會成為一大破綻——鄰居就是因為這樣，才發現這條街上的山斯科先生翹辮子。他躺在那裡，去世了，直到草長得太高，讓人不得不注意到。如果她沒有足夠的力量拉動那條帶子、發動除草機，絕對會被送去孤兒院。根據以前看過的書，她知道——《長腿叔叔》只是初階的情況——孤兒院超級可怕。

米蘭達發現一棵很高的樹倒插進河中，向外伸展的枝幹幾乎能搆到那顆裂開的石頭。她過去那裡調查一番，發現樹幹寬得足以讓人在上面走，如果走到更遠的地方，甚至可以跳上石頭。如果是艾美，就會命令她停下來——但艾美不在這裡，所以米蘭達爬上樹幹，抱住兩側伸出來的樹枝，在水面上往外移，這其實很簡單的。她在抵達樹泡進水底的位置後就停住，從那裡要到石頭則需要很大的一步，但她知道該怎麼抓住從裂縫長出來的小樹那細瘦的樹幹，把自己拉上石頭突出的位置。她深呼吸一口氣、憋住、然後向外一跳。

石頭比看起來要滑，但她抓住了樹枝，把自己拉上去。她坐在那兒，心臟怦怦跳，感到一股志得意滿的熱流。很顯然，她之所以是同年級唯一能在攀爬架上做出後翻的女孩並非機緣巧合，看來她有這個天分。

在那顆裂開石頭的中心有個隆起的圓圓的小沙土臺，樹就扎根在那裡，底部躺了兩個空空的瓶子——傑克．丹尼爾——上頭貼著她很熟悉的標籤，這都是因為班傑明．雷哈克的T恤，他在學年開始時幾乎每天都穿去學校，直到葉老師告訴他這衣服並不適當，叫他不要再穿了。

更多名字和句子被潦草地寫在石頭內壁四面。米蘭達靠在上頭，伸手去掏外套口袋。她拿出總是帶在身上的粉筆（因為你可能突然得玩一場跳房子比賽）。她蹲下來，在靠近裂縫邊緣的石頭表面找到一小塊乾淨的位置，寫下自己的名字。如果她被帶去孤兒院，至少可以留下一些證明，告訴大家她曾住在這兒，曾有個家，曾有家人。

她又站起來，來到小土臺的另一側，可以看見寬廣河水的那面。她身後是車道上的車流聲，與面前的河流相比甚至更為柔和。某些地方的水是黑的，其他地方的水是棕色，並散發一股腐爛木頭與苔蘚的氣味。那是一種陰冷又骯髒的味道，彷彿自然科學教室霧濛濛的魚缸被放大一千倍。但吹在河上的風很清新，米蘭達想著，她大概知道那風是從山上吹來，一如這條河流——如果他的父親願意相信的話，他以前說這條河是從維吉尼亞西部山脈地底某個洞蹦出來的。

有一瞬間，米蘭達考慮要在石頭上過一晚——這樣會不會讓他們很操心呢？這樣他們就會一整個禮拜都很疼她，並因為丟她一個人心懷抱歉？但當她真的考慮起在一片黑暗中逗留在外，馬上就害怕起來。她驚惶地逃回面向河岸的那邊，帶著些許慌亂跳回大樹。她跳到樹幹上時落點很完美，有那麼一會兒她甚至想要再次恭喜自己又成功了一次，然後她因為在柏油路上磨太多次，變得很薄的鞋底，在滑溜的樹皮上一滑，她往後一仰，掉進水中。

水深超乎預期。她一路往下沉，仍然沒碰到底部。她重新浮起來回到水面，驚恐喘氣。水的冰寒一下子全面襲來，她瘋狂掙扎了一會兒，腦子陷入某種狂亂狀態；她的心臟跳得極度用力，甚至讓她開始想吐。她抓住一根從樹幹伸出來的樹枝，試著把自己拉回到那棵樹粗粗的軀幹邊，卻做不到，她的雙臂太無力，所以只能掛在那兒踢著腳，嗚嗚啜泣，嘴裡嘗著腐臭的水，直到樹枝斷裂，她又栽回那片黑暗之中。

不過，當她再次浮上水面，她變鎮定了。她用狗爬式游回岸邊（實際上只有不到十公尺的距離），雖然水流太頑強，她必須以傾斜的姿勢靠近。當她終於游到了一半，手臂已經極度疲累又沉重，她盡可能伸長身下的腿，碰到髒兮兮的河床。她涉水而過，渾身發抖，在卵石之間迂迴走回岸上。

她回到家，發現房子就跟她剛剛離開時一模一樣——空空蕩蕩，一盞燈都沒開。她偷偷從房間窗戶看進去，只有電視回望她，空洞而蒼白。她把溼答答的鞋襪藏在牛奶盒裡，從側門溜進去，上樓回到自己的房間。當她想起母親的戒指，人早已進了浴室，溼透的衣服也推到床底。戒指早就不見了。

她想過要回去找，但她走到窗邊，看到外面幾乎已經全黑，實在無法逼自己再回林子裡。她想著那隨水漂走的菸屁股，知道戒指恐怕早就流到大海，再也不可能拿回來。

因為知道自己鐵定會遭到狠狠的處罰，她滿心沉重，慢慢地穿著衣服，逼自己下樓。她餓得要命，等有人回家，她絕對會被罰沒得吃晚餐，直接去睡覺。所以她從冰箱拿了一個易開罐的巧克力布丁，像被判死刑的人一樣走下三階到小房間。她打開電視，轉到第二十頻道，坐下來一邊吃布丁一邊看她可能是這幾個月最後的一集史酷比。畢竟，把母親的鑽石戒指掉到河裡一定會被判死刑的吧？會被流放到看不到電視節目的國度天長地久。不過，其他的懲罰搞不好還更糟。

一段時間後，她突然驚醒。小房間裡黑漆痲烏，電視也關了。她揉揉眼，覺得十分好奇，然後便聽見父親的聲音。當她踉踉蹌蹌走進明亮的廚房，看見他的身體趴在棋盤花紋的地板上，這才想起戒指的事。他把頭塞進水槽底下的櫃子，艾美跪在他腿旁，趴在打開的工具箱上方。

「艾美，這是鉗子，我需要的是扳手。」

「怎麼了？」

「媽的戒指掉進排水口了，」艾美說：「妳說是不是很慘？」

「媽呢？」

「在樓上。」

她父親的聲音從水槽底下傳出來。「米蘭達，別去吵她。」

「她很難過。」艾美誇張地小聲說。

廚餘機清空了，超級可怕的綠黑色黏糊物體被「撲通」丟進一個水桶，水管檢查完畢，找不到任何首飾。她父親皺起了眉，搖了搖頭。「一定是直接被沖下主要管線了。」

他們三人圍著廚房桌子吃冷凍微波餐。「爸，那些戒指價值多少錢啊？」她們的父親黑著一張臉切他的火雞肉片。「幹他媽的非常多錢。」他說。艾美和她睜大眼睛，交換了一個眼神。這是她們第一次聽到他說「幹他媽」，雖然那絕不會是最後一次。

他們吃完後，爸躲回書房講電話。艾美去電視間，米蘭達坐在廚房桌邊，盯著那個水槽，試圖搞清楚整個情況。她坐在那兒時，母親進來了，她眼睛一圈紅，穿著睡袍和拖鞋，走到直立櫃那兒拿了一瓶阿斯匹靈下來，為自己倒一杯啤酒。她看著米蘭達。

「妳什麼時候回家的？」她說。

「我不知道。」她聳著肩。母親凝視了她一會兒，帶著阿斯匹靈和啤酒又轉身走出去。米蘭達聽她踩著沉重的腳步聲一階階往上爬，突然了解了：她的母親認為戒指是從房子裡被偷走的，因為門大大打開、沒有關起來。母親不希望父親知道她把房子大門就這樣敞開著，像廣發邀請函給每個碰巧經過的蒙面搶匪。她母親不想惹上麻煩，所以說謊，米蘭達漸漸開始瞭解這種感受。

首飾的事再也沒人提起。兩個月後，她父親輸了選舉以及議會的席次。三年後，艾美過世。那之後的兩年，她父母的婚姻就法律層面正式結束。米蘭達知道他們的不幸是從什麼時候開始的：就是她讓母親的鑽石戒指隨水流走的那一日。

「妳不覺得這有點自我中心嗎？認為造成大家不幸的原因是妳？」有時法蘭克．隆斯特真的可以很欠揍。

但她發現自己依舊挺喜歡他的。他有一些青澀得很奇妙的舉止。例如，當他垂下來的頭髮太多、蓋住眼睛，於是輕輕甩頭的模樣，把空杯邊緣撕出小凹痕的模樣。他任何時候都熱心相助，跟米德福灣讓人想睡又吝嗇的其他員工很不一樣。這算是有點感人吧，但不幸的是，他怎麼樣根本無關緊要，這人不過是她拿到所需藥物的媒介。可是話說回來，好幾週來，她這樣跟他見面，常會發現自己在他在場的狀況下陷入深思。他的舉止中有著一些什麼，可能是他問話時微乎其微的一絲關懷，以她想像不到的方式將某條蒙塵的記憶長廊點亮。

問題在於，她現在並不想再回顧一次人生，畢竟她都準備要結束生命了。

「很可能我們是走上活該要走的道路。」她大膽出言。

「不會吧？」他把前臂靠在桌上，眼神堅定。她看得出來，他認為他們有了一大進展。「那時妳只是個孩子，孩子不該走上那樣的路。」

她聳聳肩。「那原罪呢？」

「妳是天主教徒嗎？」

「我一直覺得告解是個迷人的概念。」

他往後坐，椅子發出一聲呻吟。「妳有想要告解的事嗎？」他平靜地說：「不會離開這個房間的。」

她不喜歡這樣，不喜歡自己心臟因他的問題感到雀躍。她站起身。「我已經告解過了，你忘記了嗎？我母親的戒指，我是個罪犯。」

「我認為我們有不小的進展。」他說。

「我認為我們時間到了。」她說。

然後她發現，如果要完成任務，樂復得的藥效太弱。她站在領藥窗口排隊等著領每天要吃的藥，這次遇上了狄莉娜，她有著三顆超級引人注意的金牙，是賣藥界高層人士。「我知道妳在囤積東西。」某天，當她們回到監獄單位，狄莉娜輕笑著說。夏日陽光的利矛透過長走道的鍍銀窗戶刺入，在她們邊走邊聊時，反射在她經過處理的牙上。「我猜妳是想用藥自殺。如果我是妳也會這樣，關這麼長的時間我也受不了。」

她的頭髮橫過頭上，綁成數個緊密的髻，像一排排深色的迷你包心菜。「妳需要安米替林或其他更強的玩意兒，大概五十、六十瓶蓋的量。要是妳可以先擠出現金，我搞不好可以幫妳。」

她們走到單位了。在排成一縱隊走過門時，米蘭達只是點點頭，什麼也沒說。「跟我講一聲就行。」狄莉娜一路映著陽光走開。

艾波在公共空間等米蘭達，繃著一張臉目睹整段對話。「這真是這爛地方最爛的新聞了，她想對妳怎樣？」

雖然艾波身高只有剛好一百五十公分，卻總是挺身而出保護米蘭達，這裡的姊妹也銘記在心。她們知道她曾是退役軍人，由於她的超高智商和無可挑剔的槍法，軍方就身高上給她豁免權。「我身手利索，眼睛也很尖。」才認識沒多久，她就這樣對米蘭達說，當時她們正在長滿雜草、順著圍欄延伸的堅硬泥土跑道上健走。「服役的時候我完全是人生勝利組。」

現在，米蘭達把一手放在艾波肩上，帶她走到安靜的角落。「狄莉娜說她『搞不好』可以幫我拿到一些藥，」艾波瞪起眼睛，一臉不認同。「只是讓我好睡點。」米蘭達撒謊。

不，她不會告訴艾波她要用最簡單的方式離開監獄，她當然不會說。米蘭達知道，艾波在這世上就只剩下她了。艾波的父親在彭薩科拉海軍航空基地當士官長，她被定罪後父親就跟她切斷關係，也禁止她母親來探視，甚至也不准寫信來。「搞砸一切之前，」她對米蘭達說：「我可是他的寶貝女兒呢。」有一次，她讓米蘭達看她升上士時他給她的金手鍊，精緻的金鍊上串了一個心形幸運符，垂在下方。進監獄前她從沒有拿下。她把它藏在嬰兒爽身粉的瓶底，給米蘭達看的時候得先把整個瓶子的內容物清到一張紙上，然後把鍊子撈出來，用指尖抹掉粉末，讓金子閃閃發亮。她說，她父親在馬尼拉的珠寶區買下這鍊子。他說那個心形上有刻字，爸爸送給小艾。「我很感動。」給米蘭達看那幾個字的時候，她會低聲說道：「每次讀它，就可以感覺到神很愛我……之類的。」

現在她的父母連聖誕節也不寄卡片來。「他說我讓家門蒙羞，他們不想跟我扯上關係。」艾波對她說。至少一週（其實是每天），她都會為此哭哭啼啼一次。

她說：「妳絕對不可以相信在這裡面傳來傳去的玩意兒。那可以算得上毒藥了吧，米米，那是那些小妞拿洗碗精還有天知道什麼怪東西混出來的。」

艾波也跟著小路喊這個綽號。但經過她北佛羅里達的輕快口音詮釋，聽起來更嗲了。「需要安眠藥就從醫生那裡拿。」

米蘭達只希望自己能繼續囤積她的樂復得存貨，直到夠她完成要做的事。她需要至少六週的量，又或者八週吧。她有辦法忍受煩人的法蘭克・隆斯特那麼久嗎？他試圖搬動她小心翼翼堆起來的過往碎片，實在讓人很不舒服。萬一，萬一到最後他的藥沒用呢？她最不希望發生的情況就是試圖自殺，結果醒來發現自己還活著。

對於艾波，米蘭達努力不去想她的死對艾波代表什麼意義。例如說……再次被人拋棄。

一個禮拜緩慢到彷彿過不完，她又該去見他了。她在荒涼無人、散發白堊紀氣味的走道上走著，這裡聞起來像還在凝固的水泥，雖說走道早在多年前就建好了。最後一條走道通向一扇黑色鐵門，上面有鐵條加強過的窗戶。外頭的雨水從屋簷淌下，彷彿一道玻璃牆。守衛駐守在安全檢查點，是個年紀稍長的人，米蘭達不認得他。他檢查著她的通行證。「妳還有幾分鐘，站在這裡看看雨勢會不會小一點吧。」她有點被他的善良嚇到，只好搜尋著記憶，想找個適當回答。「謝謝你。」最後，她終於說。守衛又回去看他的《賽馬日報》。她站在門邊，透過刮花的玻璃望出去，看雨滴狠狠打在歐妮達花園泥濘的地上，把海棠的腦袋搧得左右搖擺，讓開始變黃的鬱金香花莖上下左右狂搖，花都掉了。她努力思考自己該對法蘭克．隆斯特說什麼。

她有點想把一切都跟他說。

「不管有雨沒雨，妳都得走了。」守衛對著鐘點點頭。

警報器就在她耳邊發出爆炸似的響聲。她往門上一靠，門打開，把她丟進冷雨之中。她快步走著，抬起頭正對著瘋狂落下的雨水。

她決定了：她不要把一切跟他說。反之，她決定什麼都不說。

事實上，她會告訴他，她再也不需要見他了。

狄莉娜的建議揮之不去：樂復得並非正確的解脫之道，她迫切需要一個絕不會失敗的方法。她決定再回到這名有著金牙的賣樂天才身邊，又或是找其他方法拿到她需要的物品。大抵而言，米蘭達已經完成了決定要做的事：她要讓自己自由，終結這個不幸的小意外——也就是她的人生。說到浪費時間，法蘭克・隆斯特還真是浪費了她所剩無幾的一點時間。

5

若客戶無法從正在進行的療程得利，須即刻終止治療。

（準則 10.10a）

「雨下得還真大，」我說。她的頭髮變成一條條，不受管束地黏在臉頰上。「會不會有點冷？」我把夾克從門旁的衣帽架拿下來遞給她，她拒絕了。

「更新一下近況吧。妳好嗎？除了全身溼掉之外。」

她瞇眼望著地板，彷彿從地板刮痕和雨天泥濘形成的圖案接收到某些訊息，然後抬眼看我。「我不覺得這幾次診療有幫助，現在我不需要這些。」

為了保護諮商師，當代文獻先行警告過我們，若遇到提早結案的狀況，切勿驚慌。客戶決定結束療程的原因非常可能是源自於抗拒，不是因為我們做了或沒做什麼事，專家表示，最重要的地方在於：你絕對不能把終止療程視為對個人的抗拒。

雖然如此，我依舊感受到一道黑暗的波濤，一股氣餒一閃而過。我在椅子裡往後靠向椅背，凝視她沉著的臉龐和低垂的眼神。我發現我只是不想讓她走。這冒的風險實在太大了。她就是能讓我離開這化外之地的病人，她能把過去一年不斷追著我的沮喪驅走——也就是在查克里．費勒的事、在克萊德的墮落之後。她若能有進展，我也會跟著有進展。

「聽我說，」我開口。「如果妳不來，那會是大錯特錯。」

她與我對上眼神，雙眼突然升起警戒。「為什麼？」

「妳在抗拒一些事情，我相信我們就快找到出口了。」

「我根本沒有出口，」她厲聲回答。「我哪裡也出不去。你又能想出什麼辦法？這種事你怎麼可能有辦法幫我？」她用最最尖銳的眼神注視著我。小窗上，雨敲打得更為猛烈，恍若白噪音築成的圍牆。

我繞過桌子，往後靠，面對著她，兩人距離不到一隻手臂。我冒了一個精密計算過的風險。「我們其實很像，」我說：「我對妳的了解比妳以為的還多。」

她低下頭，臉藏在手中，肩膀顫動。我低頭看著她頭髮分線的地方，那裡很蒼白，像某人身上你通常不太會看到的部位，例如趾間，或是腋下。那地方感覺很私密，不該被這麼盯著看。我轉過身，從桌上的盒子抓了幾張衛生紙。

天知道我有多想說出口：我知道妳的置物櫃在哪裡，就在打字室外面。好多年來，只要聽見手動打字機的聲音，我就會想起妳。我是真的關心妳到底發生了什麼事。幫助妳令我的人生充滿意義，妳成為我起床最大的動力。

但我不能這麼說——現在不行，時機似乎完全不對。「要衛生紙嗎？」我說。

我換個方向，審慎小心地揭露部分自我。安娜・佛洛伊德認為，若能得知病患與醫生之間共享的人性面，兩者的關係往往能因此有正向的幫助。「妳知道嗎，我以前有自己開業過。」我說：「我不是一直都在監獄工作。我是搞砸了才會落到這裡，跟妳有點像。」

她淚眼汪汪地看著我。「你怎麼可能理解我在這裡經歷了什麼。」

「不然妳試著講講看？」

她搖著頭，再次把臉埋進手中。我蹲在她的椅子前面，把紙巾遞給她。她抽了一張，擦著眼睛。我站起來，又靠回桌子。

「你有自己的生活嗎？」她抬頭看著我。「我的意思是有結婚、生小孩那些的？」

「我才剛辦完離婚，」我不太甘願地說：「沒有小孩。」

「但你有工作。」她說。

「是，的確如此。雖然跟我在職涯的這個時間點上的想像不太一樣。」

「這工作有那麼爛嗎？」她用鼻子哼了幾聲。「我猜一定很爛，一堆蠢蛋，一堆抱怨。」

我聳聳肩。「但能讓我付得起帳單。」

她用一團紙巾蓋住眼睛。「每次想到我失去的那些──」

「妳失去了哪些？」我輕柔地問。

「一切。」她低聲說，又開始啜泣。「人生、各種可能、小孩。」她擦擦鼻子。

「我覺得我該走了，我覺得我不是很想再講下去了。」

她站起來的時候，綴掉的衛生紙從大腿掉到地上。我在上方看著，她在我前方伏下身子，把紙團一個一個撿起來，我突然有一股脫離肉體、飛上天空的詭異感受。她站直身體，把紙團丟進垃圾桶，轉向門。於是我伸出手抓住她的手腕。「Ｍ，」我說：「給我一個機會。」

她停下動作，轉過來看我。我認為應該不是因為我碰了她，應該是因為我說她名字的方式。突然間，她的眼神變得銳利。也許她看出了些什麼，例如從我的表情看到一些暗示，某些極細的裂痕出現。

「堅持下去，」我說：「有點信心。」

「那就給我更強的藥，」她說：「我要安米替林。」

有些客戶會在你的心靈之池中盪起波紋，查克里．費勒就是這樣。他有著燃燒了熊熊怒火的巧克力色雙眼，眉間有著皺起的紋路，還有極度自私又毫無責任感的父母。治療他時我實在忍不住想著這些。他曾讓我在客廳來回踱步、直至夜深。薇妮還為此抱怨，樓下鄰居也是。

我還在受訓時，被指派為一位長期受癌症折磨的長老會牧師諮詢。他非常怕死，因為他很確定自己會因為打小孩被丟進地獄。他把下方世界乃至最微小的細節想像得栩栩如生，對我講述魔鬼會如何撕掉他腳底的皮，然後逼他在紅燙的鐵上跳舞。

在這人魂歸西天後，我做了好多年噩夢，而且是那種會讓你尖叫醒來、扯碎床單的噩夢。

可是我的客戶從不知道他們讓我留下難以抹滅的印象。就是因為這樣，諮商師的心力才會燃燒殆盡，總會有一些特別的故事刻入心中。當你聽到查克里的故事，你會想把他抱在懷裡，將他憤怒的小臉貼在胸前，帶他去吃冰淇淋（上面還要灑糖粉），然後唱著撫慰人心的歌哄他入睡，但你不可以這麼做。你要坐在那兒，試圖跟他講四十五分鐘的話，一週兩次，你得做那些遊戲治療，問一些誘導性的問題。等到時間結束，他就會再次被送回大壞狼身邊。

但這個案例——M的案例——一定會有所不同：我心意已堅。對她，我會精心安排一個萬無一失的好結局，為了改善狀況，我會對她人生做出重大改變。查克里・費勒的父母在官司中宣稱，我對他們的孩子做出與上述相反的行為。我，還有我的療法，那些該死的角色扮演、該死的娃娃，沒錯，還有那次越線，我讓自己鬆懈了心神、犯下無藥可救錯誤的瞬間。在那關鍵的時刻，我不知為何背離醫病分離原則，點燃了他的怒火，導致無可挽回的結果。他的崩潰、他的恐懼，不知怎麼都成了我的錯。我一直都抱持百分之九十的肯定心態，覺得那不是真的。但疑惑——封存在那最後百分之十的疑惑——毀了我的執業生涯，毀了我的婚姻。於是，它自然準確地將我的自信轟炸殆盡。這是完全可以預測的。

可是這都能透過M回到正軌。現在，我已經治療了她好幾個禮拜，我見到了這個人，這個令人懷念的老同學像禮物一樣重新降臨在我的人生，讓我有機會做些真正的好事。

就是因為這樣，我發現自己跑到公立圖書館主要分館的高級閱讀室。那裡有一排排深色木桌，沒工作的人們悄悄打著瞌睡，或沐浴在滿是灰塵的大片陽光中。有個職員把我帶到微縮膠卷閱讀機前，沒有多久，紐約報紙的過期刊號就在我眼前飛速閃過。看到三年前的六月時，我停了下來：前國會議員之女遭逮捕。

起訴罪名是二級謀殺，坎多拉一起嚴重失控的搶案，那是在紐約北部一個小鎮……

警方說，嫌犯承認將一把槍枝丟到奧辛達格河中……

……兩人受到致命槍傷，經確認，其中一人為坎多拉志願消防隊隊長……

……其餘死傷，警方初步確認為遭指控的共犯。此人為紐約市兩間酒吧的老闆之一，其中一家於去年因違反用藥法停業……

嫌犯的父親曾擔任一期國會議員，於一九七六年至一九七八年代表賓州第二十八區，隨後在一起關說調查中被列名，但從未定罪。

大好人生成泡影，朋友家人不解。這段很長。

M在行銷公司的老闆表示：「她是我們夢寐以求的員工，由我們一手訓練出來的。對於這整件事我們真的難以置信。」

M的表親說：「如果她真的跟這可怕的事件有關，也不會是出自她個人意願。」

M大學以來的密友說：「我有時會擔心她的感情生活。她吃了很多苦，但她這人非常忠誠，絕對不會放棄任何人。」

尤提卡州檢察官表示：「我們會證明她是自願參與這起犯罪。」

M的律師則說：「我的客戶是無罪的。她自衛是因為怕被那個她以為自己很熟悉的人傷害。她完全不知道自己捲進了什麼情況。」

我乘坐令人頭暈的巴士回到公寓，此處不受外頭的夏日豔陽青睞，以跟平常一樣的陰鬱黑暗迎接我回家。我在疊在大衣衣櫥中的一盒盒專輯中翻找，找出母親最喜歡的李歐納・柯恩。我有好多年沒想到它了。但現在，因為某種原因，這些曲子的零碎片段在我心中到處迴響。我躺在已被刮花的沙發上（它就像一艘橄欖綠的大船）聽著音樂，雖然不是我喜歡的音樂，卻有滿滿的熟悉旋律。我思忖著：我到底是把自己牽扯進什麼事件裡了？

整個職涯中，我一直努力避免角色混淆。我試圖在私生活和職業生活之間建造一道高牆。但說老實話，多是失敗收場。有人說諮商的時候是可以小心翼翼地把自己分割開的，這實在是一大謎團。心理學家——甚至精神病醫師——畢竟只是人。我們就跟所有人一樣，會將人生一併帶入辦公室，並在夜晚來臨時把我們在辦公室目睹的一切再帶回家。

我帶著我千瘡百孔的人生來到米德福灣：失去個人執業的工作、薇妮和我已經開始去見律師辦離婚。所以不如這麼說吧，我工作的時候，惡魔總在身邊——每天早上，我開車去上班時都得與它們搏鬥，有好多日子，它們都拒絕待在通電鐵網外頭的車中，反之，它們跟著我進去，並在我工作的時候迷惑我。要是拉娜開始講她母親是怎樣認為她一定會接手斐阿姨的髮廊，但她沒有，因為她吸毒成癮，我心中的惡魔就會「咻」地抬起頭，在我身邊晃來晃去，像動物園餵食時間的黑猩猩那樣咯咯亂笑；如果阿派哭哭啼啼提起她某個雨夜留在公園等死的可愛小嬰兒，我的惡魔就會站成一排跳康康舞，歡天喜地、昂首闊步地從我腦中躍過去。

現在，M的案例在夜裡一路追隨我回家，讓我夜不成眠，逼著我在夏日週六前往圖書館，我本來應該穿著T恤，跟鄰居青少年在公園投籃、揮灑汗水。但我認識——又或者說我曾認識的這個女人，召喚出完美的過去式，與舊時回憶一同到來。這名病人改變了一切。我沒辦法就這樣去進行我夏日週六總會做的休閒活動，心中明知她正待在那水泥方盒中，被鎖在裡頭，獨自一人，極度需要我的幫助。我沒辦法就這樣把她的悲慘與我分割。

也許，我最多只能做到引述柏根塔爾的話——他是最傑出的心理醫師，因為在此時此刻，他的話正中要害。他說：「所謂『醫病分離原則』的概念完全是矛盾修辭，像個對自己撒謊的騙子。認為治療師能與客戶保持距離的想法，」他這樣寫道，而這真是太精闢了，「對心臟不夠強的人來說是致命的誘惑。」

該怎麼說呢，我是這樣想的：也許我耳朵很硬，心臟卻不會不夠強。

我把頭往後靠上沙發，聽著歌手以沙啞的嗓音唱著他那件知名的雨衣[1]。我想到我的母親寇琳，想到她打開一副油漆色票，弄成扇型。當時她懷著克萊德，穿著有花朵圖案的棉布罩衫，頭髮束著髮圈。在客房床上，我們之間散放各種鮮豔刺目的顏色。她說她覺得新的嬰兒房應該是瓜綠色或鮮黃色，但就是無法決定。「條紋怎麼樣？」我建議說：「那樣的話妳兩種都可以用，我可以漆。」我裝出一副心不在焉的模樣補充。我才十三歲，不想看起來過度熱心。

「你願意嗎？」她對我微笑，我看著她鬆散的棕色捲髮，和門牙之間的微小牙縫。

---

1 *Famous Blue Raincoat*。李歐納．柯恩的歌曲。

「我覺得這真是個好點子。」

克萊德出生後，凡有訪客開車過來看新生兒，寇琳總是會特別指著那些條紋。「法蘭克真的很棒。」她會這麼說。她當然想要全世界看到我的好，她畢竟是我的母親。但實際上，當訪客津津樂道談起我的油漆大作，我很感激寇琳——她從來不提我是如何使用剩下的鮮黃色；她不提我在嬰兒房的內嵌衣櫥角落發現一窩老鼠；她不提她拿起油漆刷，看見僵硬又沾滿黃色的屍體整整齊齊排成一列，被變硬的油漆包在裡頭、窒息而死；她不提自己當場把刷子掉在全新的地毯上，不斷猛烈嘔吐，雖然有懷孕的大肚子卡著，依舊雙手雙腳趴伏在地。她這個模樣——嘔吐時的背弓起又陷落——我永遠不會忘記。她至今沒有透露一個字，無論是對爸，或克萊德，或是其他任何人。對此我非常感激。

我只是覺得嬰兒房裡不該有任何有害生物。

她過世快要三年了。急性腦中風直接在客廳帶走她的生命，當時父親和弟弟都在沙發上，咖啡桌上放了塊披薩，電視上在播《60分鐘》。現在我再也無法跟她說話，對這件事我還不太能接受。在我的想像裡，彷彿隨時都能在時代廣場的人潮中撞見她，因為她正好出來看表演；又或者在飛機上，我會發現她坐在靠窗的座位，勒卡雷的平裝小說打開放在大腿上；我可以跟她吐露祕密，跟她訴說克萊德的墮落，講費勒的訴訟案，以及那些令人無法忍受的時日，那些源自童年的精神病變、治療不當的大帽子，還有如何跟那些對我而言等同於鈔票的孩童們搏鬥；我可以跟她說我的離婚，基於她對薇妮的直覺，我想她應該不會太驚訝；或是跟M的重逢，她會喜歡這個的，「這就是命運千變萬化最好的例子。」她一定會用贊同的語氣這麼說。

擁有這樣基本典範，我非常幸運，我如此訓練著自己。事實上，我父母兩人都是模範爸媽。M好多年沒跟父親說話了。在我們上一次的諮商中，她這麼告訴我。

「為什麼？」

「他做了一些我覺得不可原諒的事。」她說。

「對妳嗎？」

「不是，不是對我。」

「妳想說詳細一點嗎？」

「現在不想。」

「但妳現在會跟他說話嗎？」

「會。」

「妳原諒他了嗎？」

「不算是。」

「那妳是什麼時候又開始跟他說話的？」

「在我做出不可原諒的事情後。」

當我緩緩沉入無夢的夢鄉，李歐納唱著一隻在電線杆上的鳥，以及午夜唱詩班的一名醉漢。

星期日，我去找克萊德。週末他通常會在巴特里公園跟觀光客做生意，所以我直直朝著這個位於南邊的場所走去。天氣多雲，毯子似的雲層在城市蔓延，鋪開一大片影子。公園裡很擠，有某種雷鬼教派[2]的集會，賣刨冰的小販傾巢而出，推著大玻璃櫃還有叮噹響的糖漿瓶到處來回走動。一個走調的雷鬼樂團正在演奏，發出轟隆隆的樂聲響徹公園。無論在哪裡，人群都隨著那卡卡的節奏曳步舞動。我在靠近越南退伍軍人紀念碑的地方找到克萊德，他懶洋洋地靠在一大疊襪子後方的長椅上，全神貫注地跟旁邊一名大鬍子男人談話。那人坐在輪椅上，抓著一串閃亮亮的飛船形氣球，有如他們編織出的幻覺一樣在頭頂上搖來晃去。

克萊德看到我走上前，露出微笑。「看看是誰來了，傑克森。」他轉向他的同伴。「這是我哥，法蘭克。」

「嘿，」傑克森一副跟我很談得來的模樣。「你是心理醫生？」

「是啊。」我說。

「老兄，我一直在做一個夢，夢到我騎著一條他媽的鯨魚，我這輩子從沒看過鯨魚，但在這他媽的夢裡我坐在鯨魚上。法蘭克，你怎麼看？」

「嗯，我得說，解夢非常棘手，答案通常很複雜……」我聳聳肩。

「非常棘手、答案通常很複雜，幹，問題就在這裡。我有一次在貝爾尤維看一個心理醫生，他也該死地說了一樣的話：答案通常很複雜。」傑克森對我咧嘴一笑，然後搖搖頭。「法蘭克，我肯定你的能力，你他媽的真的很會掰。」他突然把輪椅一轉，氣球在上方激動地彈來彈去，「答案通常很複雜，」他低聲咕噥，微笑著說：「是，最好是。」他看著克萊德。「老兄，我要去海港那邊。上禮拜我在那裡賣翻了，你應該拋下這團亂去海港那兒看看。」

「吉米要來這裡接我，我得留在這兒。」

「那就晚點見了。」傑克森推著輪椅要走，離開前又上上下下把我打量一次。「法蘭克，你有雙很屌的鞋呢。」他笑著說。「答案通常很複雜，是是是。」

突然間，他停下來，再次轉向我們。「法蘭克，要不要買個氣球給你的小孩？」他說。

「我沒有小孩。」我有點抱歉地說。

「總有女人吧？」傑克森問，又朝著我退了幾尺回來。「噯，買一個給女朋友。她值得的，對吧？」

2 Rastafarian。三〇年代興起的黑人基督教。

「老天，我……」我看向克萊德，他點點頭，看我一眼，那眼神說：你就買吧。「好吧。」我遞給傑克森十塊美金，他則呈上兩顆粉紅色的興登堡號。

「老兄，她看到一定會超愛你，你會感謝我的。」他用上半身小小做了個鞠躬，咧嘴一笑，又得意地邊笑邊滑開。

「你做了善事。」克萊德說：「我們這些日子氣球很難賣，所有人都改去買那些發條小豬。」

我把氣球綁在克萊德的長椅上，坐下來。小鬼們正在拿高壓水槍互噴，彷彿鬥毆打鬧的肉食幼獸一樣亂吠亂嚎。我看了他們一會兒，知道自己非得說出口不可。

嗑藥成癮的克萊德在某種程度上是我的知心密友。我們這些諮商界的人因為祕密超載，往往痛苦不堪，你是所有祕密的看守者，因此沒有任何空間放自己的祕密。我可以坦蕩蕩地說，我將我的小弟當成某種出口，跟他聊天就像對著一口深井說話。

「我其中一個客戶念的是林肯高中。」我說。

他睜大眼睛看著我。「不會吧？」

「我對她的印象超清楚。」

「林肯高中的人竟然進看守所？」

「是監獄。她不記得我，我沒告訴她。」

「她犯什麼罪被關的？」

「說不定我應該一開始就告訴她，當然是二級謀殺。持械搶劫出了差錯。不是小罪，判得很久。」

「搞屁啊？」

「就我猜測，不是預謀，當然她的男友也牽涉其中，事情出了非常、非常大的差錯。」

「他媽的還用你說。」

我嘆著氣。「她在學校跟一個叫布萊恩．富勒的傢伙交往，那人是個超級混帳，老是吹牛說他為了游泳隊得把自己毛茸茸的胸膛打上蠟。」

克萊德仔細注視了我一會兒。「結果她不認得你？」他說。

「不認得。」我站起來，眼神越過扶手向外望，看向浪花白沫有如大理石紋的海灣。史泰登島逕自躲藏在那兒，縮成一團，像隻怕被人踹的狗。「我應該立刻說出來才對。我猜我就是好奇吧，我覺得她可憐，覺得我可能會讓她覺得丟臉或傷心。她顯然經歷了地獄般的生活。」

「然後你想繼續見她？」

「是為了治療。你知道嗎，她很聰明。我覺得我是真的能幫她。」

「當然了——」他說：「她長得漂亮嗎？」

我轉向他，翻了個白眼。「你成熟點好不好？」

他咧開嘴笑。「那就是漂亮。」

「我真的一直都在幫她，」我說：「我覺得啦。她很痛苦。」

「不是犯了謀殺嗎？那不然咧。」他露出一聲略帶質疑的輕笑。

「欸，」我馬上應回去。「大家都有搞砸的時候。老兄，不是嗎？」

他對我皺眉。「太精闢了。」然後轉身繼續把微波爐箱子上排排放好的襪子疊起來，從破爛的編織袋中新拿幾雙出來。

「我帶你去吃晚餐吧，」我說：「去凱茲餐廳，吃煙燻牛肉。」

他對我說吉米會在半小時內過來，所以不行，他得在這裡等。

「來我家睡。」我請求道。

「不了，」克萊德說：「我又會偷你皮夾。」

我把頭往後仰，想在夏日天空中尋找一點單純美好，但在這個角落，整片天空都被割分成格，太多電線、建築物、飛機雲；我們頭頂上是一片平行相交、亂成一團的陰影。

我實在無法想像她為什麼要這麼做：她究竟怎麼會跑到那種地方？「她不是冷血殺手。」我說。

「隨便。」他聳聳肩。

「我只是想在某人的人生中做出一點小改變，克萊德，我很努力不要做白工。」

「我知道了啦，」他細心地將襪子交錯排好。紅色條紋，藍色條紋，然後又是紅色條紋。「做白工真是爛透了。」

6

一九九九年七月

獄卒打碎了她那瓶妮維雅，把她那盒喬治亞．歐姬芙[1]的花朵明信片弄得亂七八糟，全扔在地上，他們也弄破了監獄圖書館幾本無封面的精裝書——《百年孤寂》、《到各山嶺去傳揚》、《小杜麗》——甩得那麼用力，發霉紙頁的灰塵雲團甚至讓空氣聞起來變了味。

有個女的，她們只知道她叫豆小姐，被發現因為快客嗑過頭死了。D單位的冰箱裡有一桶美乃滋，裡面挖出一顆保鮮膜包起來的球，藏了超過四塊的量。米蘭達被趕到走

---

1 Georgia O'keeffe（1887-1986），美國藝術家，風格為半抽象半寫實，繪畫主題多為花卉、岩石紋理、骨骸等等。

道，一面聽獄卒把走道上每間牢房翻箱倒櫃，一面注意到固定在頭上的日光燈塑膠格板，還是說它們是叫擋板？很像她爺爺老舊釣具箱的多格托盤。那托盤的每個方格都裝滿小浮標、橡膠魚型釣餌，或一把小小的倒刺魚鉤。她知道他們不可能找到那兩打安替米林。狄莉娜示範給她看過——藥丸可以滴水不漏地塞進統一發放的塑膠衣架兩臂空管內。

當搜索隊繼續前進，米蘭達開始清理。她把塑膠水罐灑出來的內容物擦乾淨，收到的信件散得亂七八糟，都浸溼了，手寫字和墨印字糊成一團，她的穀片被扔掉，但讓她開心的是，杯湯逃過一劫。

貝蘿．卡孟納把頭探進牢房。「規則不是我定的，我只是執行而已。」她說。

米蘭達和艾波一起坐在廚房等煮麵水沸騰，屍袋就在此時用輪床推過去。輪子發出瘋狂的嘎嘎叫，提醒了她豆小姐身高有一百九十公分高，而且還非常結實。艾波金棕色的眼睛蒙上一層水霧，她用掌根揉了揉。米蘭達不禁想到還很小的時候，想到艾美，想到她們很小女孩又激烈的遊戲，還有當姊妹其中一人大哭時，另一個人就會變得非常嚴肅。「米蘭達，我超害怕那玩意兒，超害怕。」艾波說。米蘭達很懂。她聽過那些痛苦過往——不對，她是把那些事件——那些一講再講、不斷炒冷飯的回憶——吸收到自己體內，一如吸收外洩的輻射，直到她打從細胞層級全被改變。艾波也吸收了米蘭達的故事。

第一次波斯灣戰爭後，艾波再次從軍，縮編時到了柏林。她在美軍基地負責派遣守衛，也是這輩子第一次陷入愛河，愛得轟轟烈烈。對方是一個叫做卡莉的後勤專家。卡莉負責拆解基地，將切片機從販賣部運出去，還有娛樂中心的彈珠機、祕密竊聽站裡情報員竊聽蘇聯消息的數據機。艾波的心也被卡莉拆開了。有一天，她告訴艾波，自己喜歡上一個工作中認識的德國郵局員工。「米蘭達，她很漂亮，比我漂亮太多了，但我認為卡莉就是我的真命天女。我在那兒孤孤單單的。」這件事發生一個禮拜前，她才剛因休假回過家，並對父母坦白了自己的感情與祕密。「爸直接把我打到廚房另一邊。砰！」她會拿手背用力在空中打出一擊。

艾波接受了退休金和榮譽退伍，搬到紐約幫蘋果銀行工作。「他們的利率超爛，妳絕對不准把錢存那裡。」她對米蘭達說。

有一天，她口袋裝著一萬四千美金擅離職守。「米蘭達，我那時吸了毒，我希望我這輩子再也不要看到那玩意兒。」她會搖著那顆修剪俐落的頭，上頭有一圈圈小螺旋。「我再也不要回去沉淪。」

「這是當然的。」米蘭達總會這麼說。

「妳就像我妹妹一樣。」艾波也總會這麼說。這句話有時會讓米蘭達非常開心，有時則會讓她雙手顫抖，就看她當下心情如何。

這次牢房特別搜查中最糟的事情就是：獄卒弄溼了米蘭達用鉤針做好要給母親的手提包，正好就在她要送她的這天。這件事講起來實在很悲傷。包包是用小黃花那樣的黃毛線，大小差不多一片三明治麵包，有著長長的背帶、稀疏的流蘇。包包溼到都會滴水，看起來像是可以拿來刷浴缸。但米蘭達非常驕傲，有個叫瑪麗亞．簣娜的哥倫比亞老囚犯教她怎麼打毛線，格林家沒有一個女人知道要怎麼打毛線，至少外曾祖母舒密特之後就沒了。她是媽媽那邊的親戚，來自奧地利格拉茲。

「真貼心，這真的是太貼心了！」芭比．格林低喃著把背帶掛上肩膀。她完全沒提皮包的霉味。不過探訪室裡的氣味大概也把它蓋過去了——這裡散發自動販賣機賣的零食那濃烈的起司味——有奇多，還有微波披薩，還有髒尿布味——那些女人的姊妹或祖母把小嬰兒推來，探望他們的媽媽。這時是週間下午，所以米蘭達和她母親得以在一張傷痕累累的桌子找到位子。要是週末，她們往往得站著。

「妳有睡嗎？」

「有睡一點。」

「亞倫想見妳，米蘭達。他真的想。」

「這是不可能的。媽，抱歉。」

米蘭達的母親把手拿開，瞪著滿是髒汙的地板。每次探訪，她總是一副快要落淚的臉。她會用雙手緊抓著一張紙巾，米蘭達知道備用紙巾塞在那件駱駝毛的西裝外套口袋裡。

當米蘭達遭到逮捕，她父親說服亞倫・布魯費德接手她的案子。就這件事上，米蘭達其實沒得置喙，她當時被關在奧尼納郡監獄，正努力地讓自己理解眼前的全新人生。她被關押二十二小時後，亞倫帶著從她母親那裡拿來的換洗衣物出現，還外加一小個禮物籃，裡面有父親給的昂貴肥皂和洗髮精，甚至夾了一張紙條：「米蘭達，他們說提訊之後會讓我們看妳，真是等不及了。好想妳。愛德華上。」

米蘭達瞪著從籃子裡滿出來的玻璃紙。「他是以為我住在哪兒？希爾頓飯店嗎？」

亞倫輕笑了一下。他是個腹部肥胖的男子，頭上有薄薄一層灰髮，還有肉肉的眉頭，似乎因為過多不可告人的主意而下垂。「親愛的，一切都考慮得很周到，你們家的人一向適應力很高，只是他們怎麼也沒想到會被這種事情打一巴掌。」

「所以你會把我從這裡救出去？」米蘭達問。

「不計代價。妳非常快就可以出去。」他用那雙犀利的深色眼睛打量她。「那個麥克雷，跟他上床鐵定很爽吧？親愛的，我希望妳他媽的覺得很值得。」

米蘭達實在應該叫她父母雇個新律師，她應該要更積極。她從不相信亞倫・布魯費德，但考慮到她牽扯進的情況，這根本是她在一個月甚至一個禮拜前難以想像的事，對他們每一個人來說都是如此，包含米蘭達本人，她知道自己罪有應得。

布魯費德是對的，她第二天就保釋出獄，一切都要感謝奶奶羅莎莉．格林的畢生積蓄。她父親幾個月前剛繼承了這筆錢，前年聖誕節過後一週，奶奶終於從阿茲海默症中獲得永遠的解放。

亞倫．布魯費德並未因她被判有罪受到任何人責怪。他有技巧地給她建議，遊說法庭不要起訴她持械搶劫，並將謀殺判決下修到二級。至於這漫長的徒刑？大家都說，這是奧尼納郡的司法正義，那個鄉下就是這麼硬。當米蘭達被判處最低需三級羈押、發配米德福灣，芭比為了離她近一點，從華盛頓搬到河谷鎮的高樓大廈。她加入新羅謝爾一家小小的旅遊社，孤身一人，身邊只有亞倫．布魯費德。他住在城裡，他離婚了，她也離婚了。「亞倫蒐集中國玉；亞倫喜歡我的西班牙燉雞；亞倫在百老匯可以拿到保留席，因為他為舒伯特打官司。」她說：「亞倫和我有一段過去。」

米蘭達不怪布魯費德，但也不喜歡他。可是話說回來，他代表母親的眼光從卡斯汀．布魯納往上升等。「妳父親逼得我投向他的懷抱。」有一次，芭比對她說。那時米蘭達問她到底看中奧地利大使館那個不會笑的公務員什麼地方。那人在大賣場的肉品部門搭訕芭比，手拿一包牛肉問她說：「親愛的，我想請問妳什麼是『牛腩』？」之後，芭比想到他總會瑟瑟發抖。「他覺得所謂美好時光就是坐在地上，聽著前衛派爵士樂，不說話，只聽音樂。」她嘆了口氣。「但妳父親是那麼遙不可及。所有時間都在跑行程、跑宣傳。」

對於亞倫．布魯費德，米蘭達的確有所質疑，但至少她母親不至於無依無靠。亞倫在艾美生日時開車載她到墓園。芭比邊說，邊再次拿起紙巾沾眼睛。「他買了盆薔薇花，然後親手種下去。」

有個穿紅色運動服的矮胖小朋友，雙手亂揮、哇哇大叫著跑進隔壁桌母親的懷抱。「他不認識我，」那個女人忿忿不平。「他不知道我是誰。」芭比這麼看了一會兒，轉回米蘭達這兒。

「琳恩．雪瑞生了個孩子。」她說。

「很好啊。」

「是個男孩，名字叫賈斯汀，我從來不喜歡這個名字。」

米蘭達注視著那個扭來扭去的小孩。「真希望艾美生日時我可以跟妳一起去。」過了一會兒，她說。

她的母親握住她一隻手。「我也希望。」

「媽，」她說：「我很抱歉。」

「妳不用每次我來的時候都說一次。」

「我真的、真的很抱歉。」她不知道還能說什麼。

芭比把她那張打字清單給了她。「我把盒子裡面有的東西寫成清單，這次要確定他們全部都給了妳。」上個月，負責檢查每日郵件的獄卒摸走她的包裹，偷了哈伐第乾酪、波森莓果醬、一份《時人雜誌》，還有一雙膝上襪。「我用我的新電腦打出來的，」芭比說：「我有告訴妳亞倫給我一臺電腦嗎？」

「沒有。」米蘭達悶悶不樂地說。

「妳看起來好蒼白。他們有讓妳出去呼吸一下新鮮空氣嗎？妳要在戶外才有力氣呀。米蘭達。妳以前很喜歡在院子露營的，記得嗎？」

米蘭達看了時鐘，鐘在這排長桌遠端，疏疏落落幾群人中有人在哭，有人侷促不安；裝在汽車安全椅上的嬰兒位在正中，彷彿什麼展示品；幾個無表情的老人推著輪椅上前。探訪時間快結束了。

「聽著，媽，拜託不要在這種時候讓我想起任何事，我想留在這一刻就好。」

「我擔心妳。」她盡可能以最優雅的方式擤鼻子。

「我正在經歷一段辛苦的過渡期，一切很快就會變好的。」

米蘭達曾試著想像，如果聽到她的死訊母親會如何反應。短期來說，她會極度悲傷，對她而言這世上可能再沒有什麼比這更悲痛了。長期來說，這樣對她反倒比較好。能有個結束，再也不用一直來到這個混亂不堪的地方探視。她在這裡穿著量身訂做的西裝外套，戴金色繩結的耳環，看起來就像某種因果業障的大笑話。來到這裡明顯在生理上給她很大驚嚇，每次來，她似乎都老了一些。這絕對比任何死亡造成的傷害更嚴重。米蘭達深深確信。

□

她變成了法蘭克・隆斯特的實驗寵物。每個禮拜，當她進入他的辦公室，看他從座位上蹦起來——太明顯了，她甚至有點怕他會一頭衝來，撞她個措手不及。他臉上掛著充滿鼓勵的微笑，還有熨燙得極為俐落的襯衫。

如果可以，她會告訴他真相。她沒有很喜歡騙他的感覺。你太遲了，她會這樣跟他說，我早就沒救了，你只是在這條路上推了我一把而已。

每個禮拜，她就多存一劑安替米林，多添上一層化學沉積物。那是由白皙粉末堆成的無限可能。

但她沒有告訴他這個真相。她告訴他的是自己的回憶、自己的夢想，還有自己的後悔，他會給她藥。如果照她心中所想，這是某種交易，就跟所有交易一樣，最後總會牽扯到揭開私密的部分，這感覺起來有些卑劣。

某天，跟他諮商結束後，米蘭達心神不寧，跑去問小路這件事。她才剛在單位的微波爐弄完腿上的熱蠟除毛，濃重的松木香味揮之不去。

「如果有必要，妳會賣掉自己的靈魂嗎？」她問。

小路雙手撫過發亮的小腿。「有一次我賣了我的身體，賣給維沙。他要我，然後我就說，好，你可以擁有我，但做為回報，你要給我長島的房子、歐洲車、美國運通卡，還有靴子和外套，讓我自己從貴婦百貨選。然後他說沒問題，也的確給了我……」她一邊數算一邊輕輕點頭。「五樣中的四樣，還有——坐牢。這不在我的要求裡，但這就是人生，像妳說的一樣。」

「但妳愛維沙。」

「是，我不會把身體或靈魂賣給我不愛的人，米米，我絕對不幹那種事。」

米蘭達覺得很洩氣。

但話說回來，這樣被法蘭克．隆斯特扣著，因為喝下那些熱茶還有他同情的目光感到心情平靜，她發現自己也忍不住坦露了一些什麼。就她看來，她是以無情的態度在利用他，她覺得這麼做不對——事實上，她覺得很糟。也因為如此，她在諮商時間中講了比預期更多的事。於是，她發現自己開始告訴他藍色車子的故事。

那是一輛一九六九年的龐蒂克LeMans[2]。那輛車有個長車頭，招搖的車子前方有兩個像鼻孔一樣的頭燈，擋風玻璃往後傾斜，像是用髮膠抹出的大背頭，還有，只要按個按鈕，敞篷車的車頂就會打開，並在慢慢往後捲時發出彷彿喝采的尖銳聲響，摺疊起來，塞進乘客座後方的縫中。烤漆是冰藍色，座椅是奶油色的塑膠皮。

米蘭達第一次看到這輛車是因為尼爾．波特基，她父親最大的贊助人。愛德華．格林贏下議會席次後，搬家的箱子開始堆滿走道和角落，他則把車子停在他們在匹茲堡的房子前面好幾個禮拜。男人們會圍著廚房桌子談公事，她的母親則把米蘭達和艾美趕出去。那時，車道上就會停著這輛敞篷車。米蘭達會假裝開車，艾美對著遮陽板翻起來那側的鏡子搔首弄姿。當時米蘭達九歲，艾美十二歲。

尼爾．波特基那時肚子比較胖。他在匹茲堡有一家電視臺，播放畫面模糊的市議會開會過程，還有二十三頻道的兒童俱樂部。他穿棕色西裝、棕色領帶、棕色鬍子，有小小的棕色眼睛，抽著細細的棕色香菸——還有一輛藍色車子。

他一定是真的很喜歡那輛車。時間流逝，一九八一年米蘭達十三歲的時候，尼爾．波特基又出現了，這次是在華盛頓，當天是週日的超級盃比賽。他唯一沒有變的只有敞篷車。現在他住在北維吉尼亞的「獵莊」偏遠的多丘陵房產中，她的父母會顫著聲線，用氣音說出那兩個字。在高地最頂端俯瞰鄰近的農場，會看到那裡像蓋毛毯一樣布滿比賽用的馬匹，牠們嚼著一車車的乾草，那房子簡直無邊無際。「那不是房子，是大豪宅。」他們沿著蜿蜒如蛇的車道開上積雪斜坡時，母親曾這麼說。那房子看起來很舊，全是白色木頭、磚塊和石頭扶手，聞起來卻跟新的一樣。尼爾．波特基再也不是只穿棕色，反而換穿深紅色毛衣和卡其褲。他的灰髮像鹽與胡椒，鬍子也不見了，他看起來更瘦，抽著薄荷菸，有時甚至抽菸斗。那輛藍色車子停在門前一輛潔白的賓士旁邊。米蘭達的母親告訴她說，他賣了匹茲堡的電視臺，獲得暴利，於是投資有線電視，再獲得一筆暴利，然後在整個東岸買進大筆大筆的不動產。

2 Pontiac LeMans，美國通用汽車旗下的一個品牌。

「他是百萬富翁嗎？」她問母親。

「噢，他絕對是。」她回答。

「然後他給爸爸錢？」

「他是給宣傳團隊，親愛的，不是給爸爸。兩次競選都有給。」

「所以爸爸輸的時候他很生氣嗎？」

「我不知道，」她母親說：「但不管妳要做什麼，都別問他這件事。」

超級盃在電視上播放，那是他們這輩子見過最大的電視——大到房間甚至另一邊有它專屬的投影機，將畫面投射到弧形的巨大銀幕。低矮的沙發上，穿著帆船鞋的男人和穿著羊毛褲、戴金飾的女人喝著血腥瑪莉，吞吃抹上鮭魚抹醬的小餅乾。那酒一定很烈，因為他們講起話都超大聲，幾乎沒注意比賽到底進行到哪兒，年紀小的孩子在那邊彼此亂打、嘎嘎吵鬧，為旁邊房間進行的印度雙骰戲爭論不休。米蘭達坐在爸爸身旁的沙發扶手，聽他講述自己跟一家木業公司遊說來一大筆生意。她覺得自己可能會因為太無聊而陷入昏睡。她的裙子是蘇格蘭格紋裙，弄得她好癢，只能不斷抓著腰帶下方的位置。她看著坐在爸爸旁邊的那個人，稀薄的沙色頭髮，又大又溫和的眼睛。不管父親說什麼他都點頭，可是他也不時偷瞥電視上的比賽幾眼。她看著他的眼睛來回亂飄。大人每次都那麼虛假，她想。然後她對自己發誓再也不要穿這條爛裙子。

最後，米蘭達閒晃去找艾美。她經過一大堆房間，每間房裡都有整理得又蓬鬆又完美的沙發和椅子，還有抛光閃亮的木桌，只是配置稍微有點不一樣。書架上有波特基先生跟總統握手的裱框照片，總統咧嘴微笑，波特基先生被拍到時正在講話，他張著嘴巴，看起來就像試圖捕蒼蠅的蟾蜍。她在偌大的廚房裡找到正在跟雇來的調酒師講西班牙文的艾美。艾美的西班牙文學到第三年，正努力央求父母讓她明年夏天去南美洲。她坐在木頭流理臺上，長腿套著白羊毛貼腿褲，樂福鞋懸在腳上。

「米蘭達，這是瓦金，」艾美用手比了比那名矮小卻結實的男人，他穿著勃艮第紅的背心和領結，忙著切檸檬和萊姆。「瓦金，*mi hermana*（我妹妹）。」她對那個男人說。

「好的，抱歉，」瓦金微微一鞠躬。「我得找到波先生，我需要更多通寧水。」他似乎因為終於有理由離開鬆了一口氣。

「要載我回家嗎？」他走後，米蘭達問。「我快要無聊死了。」

艾美從臺子上滑下來，心不在焉地開始練一些啦啦隊的例行動作。「我不知道耶，妳覺得爸會讓我開嗎？」她三個禮拜前剛拿到駕照，但考到第二次才成功（「我真的不懂信號燈有什麼重要。」她邊聳肩邊說。）

米蘭達一屁股坐進廚房桌旁那張超巨大的椅子，桌上排滿一盤盤等著要上菜的食物，半熟烤牛肉片捲成粉紅波浪，馬鈴薯沙拉堆疊成大塊大塊黃色山丘。艾美仍隨著那無人能聽見的節奏移動雙腳，從碗裡拿了塊漬物。

彈簧門「咻」一聲打開，波特基先生走進來。

「該死，蘿西，我們需要通寧水和——」

他一看到米蘭達和艾美就馬上住口。「我在找我的管家。」

「蘿西她 *dolor de cabeza*（頭痛）。」艾美說：「她得去躺一會兒。」

「他媽的，」他皺起眉，瞪著地板，然後又再抬起頭，好像突然想起她們也在這兒。「兩位姑娘，妳們什麼都沒聽到。」他眨了個眼。波特基先生還是有點小腹，脖子也很粗，但其餘部位其實算是瀟灑而體面——米蘭達的母親大概會這麼說。

波特基轉向艾美。「親愛的，妳會開車嗎？」

「當然。」艾美微笑。

「她才剛拿到駕照。」米蘭達說。

「所以妳開車完全合法。」波特基先生說：「如果可以稍做練習，對妳應該大有好處。」他從褲子口袋拉出一串沉重的鑰匙圈、好幾把鑰匙，還掛了一塊又粗又大的字母P，用黃銅之類的金屬刻成。「我不能丟著客人。不如妳就開那輛賓士去幫我買一箱通寧水？路開到最遠就有一間超市。」

「我不知道耶。」艾美說，裝出一副不因那巨大的鑰匙圈動搖的模樣。

「我這樣說好了，」他把那一大串鑰匙放回口袋，從電話下面的狹長抽屜拿出垂著單一根鑰匙的鑰匙圈。「想要開一下復古敞篷車嗎？那是非常拉風的車喔。」

「那輛藍色的嗎？」米蘭達說。

「沒錯。」

艾美伸手去拿。「沒問題。」

他用估量的眼光將她細看一遍。「樂意斡旋，果然有其父必有其女。」他眨眨眼。「小妞，妳還可以打開車頂，那還可以用。」

艾美點點頭，好像有些暈呼呼的。

「外面冷死了欸！」米蘭達說。

波特基先生語帶嘲弄。「太陽這麼大，正適合開敞篷車。」

「我應該去跟爸說嗎？」艾美說。

「我會跟他說。」他說，在烤牛肉的大淺盤裡東挑西揀。

「我覺得她不該開車。」米蘭達說。

「閉嘴啦！」艾美罵她。

「兩位小女士，」波特基說：「不要吵架。」他把一片牛肉對摺塞進嘴巴，然後把手伸到後面口袋，拿出一個黑色皮革錢包，抽出五十元遞給艾美，再稍稍捏了一下她的手。「謝啦，買減糖通寧水，半打。」

「等我走了妳再告訴他們。」艾美小聲地對米蘭達說。

米蘭達同意了。反正每次到最後，都是艾美怎麼說、她就怎麼做。

她從早餐區域的大凸窗看出去。艾美花了點時間才把車發動、降下篷頂。她戴著羅莎莉奶奶在精品服飾百貨買的手套——喀什米爾羊毛，奶油色。她從停車區域倒車出來時緊緊握住方向盤，車子滑出蜿蜒曲折的車道，消失在積雪的紫色山丘之間。山丘上方，冬日陽光滯留不去，像個破舊的銀色小匣，抵在天空蒼白的膚色上。

那輛車已經有一年沒開，煞車線早就開始損壞。也許是一塊黑冰，又或者一隻小鹿，雖然沒找到任何動物足跡，就只有輪胎突然轉向的印記。那輛車頭冒煙的藍色車子埋入雪中，那名十六歲的女孩遠遠飛到完全不同方向的地方。

住在米蘭達對面牢房那名嬌小、精瘦的女子曾在雪城田德隆區站壁超過二十年。獄中有八卦說，她割了某個不付錢的男人的喉嚨，之所以逃過電椅，完全是因為那男的是個在逃罪犯——外加非裔美國人。她叫薇比．摩爾。她每天每分每秒都坐在那張小桌前，那是她用一塊厚紙板和一疊疊盒子自己打造出來的，在方形砂紙滑順的背面潦草寫下給全世界的訊息。砂紙是她在藤椅工房幹活兒時摸來的。

這個早上，薇比在米蘭達離開牢房、前往廚房時抬頭看了她。「妳講話講了一整晚。」她說。

因為這乖僻又低沉的聲音，米蘭達停住腳步——薇比從沒跟她說過話。她在打開的牢門旁遲疑不前。薇比桌旁高高疊起直至膝蓋高的砂紙，四壁徒然，但有一張撕下來的雜誌內頁用膠帶貼在桌子上方，那是年輕而帥氣的傑西・傑克遜[3]。

薇比還在繼續寫，沒有抬眼。她在椅子上坐得非常挺，緊抓著那支粗粗的馬克筆。她用一條黑白相間的圍巾蓋頭，包得整齊又緊密，彷彿她的神智就是一道需要包紮妥貼的傷口。

「妳會說夢話，說一些沒邏輯的話。」

「我都不知道。」

「吵到我了。」

「對不起，但我不知道能怎麼辦。我根本連我會這樣都不曉得。」

「總之吵到我了。妳吵到我了。」

「不用擔心，」米蘭達說：「我很快就會走了。」

於是薇比又抬起頭，將那張充滿皺紋的寬臉慢慢轉朝向門，以極度冷漠的眼神將她打量一遍。米蘭達覺得那雙眼彷若一窪令人不斷往下墜的黑洞。

「走嗎？沒錯，」薇比說：「妳會直接走去地獄。」

米蘭達後退幾步，一路退進她房間。她並非自願，反而是像個被線往後拖的玩偶。她關上門，靠著門的冷酷金屬，前額抵著那股冷冽。

3 Jesse Jackson（1941-）。美國知名黑人民權領袖，牧師。

前額抵著那股冷冽。

她看到一個正在飛的女孩，她是新手駕駛。

現在那女孩飛過了雪地，在她緊閉的眼底，直接橫過視線中心。

在那個飛起來的女孩後方，是另一個十分戲劇性的場面：像電影一樣，耀眼的光芒中有紅有藍……她將前額抵著那股冷冽……她十三歲，吸收著玻璃窗的冰冷，在散發嶄新氣味看起來卻很老的獵莊大宅，在早餐區域窗外的黑暗，看著那些小點在夜色中競速；紅色藍色、紅色藍色。紅色藍色的模糊小點快速在黑暗的馬路上飛掠而過。一個個的光圈，好多會發光的物體在夜晚相互競逐。她的前額抵著那股冷冽。

在她後面，在房間裡，諸多聲音糾纏在一塊兒：有人倒抽一口氣，有人喘不過氣，她母親哭得彷彿被人勒住，像有人一次又一次把她壓到深水中。「她還是新手！」她喊道。男人的聲音混入她父親的聲音，含糊的交談聲，然後是手鍊叮噹相撞，聲音很大，就近傳進米蘭達耳中。陌生的雙手放在她肩上，香水味籠罩她，好像一陣令人窒息的大霧，一個重重的吻落在她頭頂。「可憐的孩子。」某個她根本不認得的聲音說：「可憐的小親親。」

遠遠後方，足球賽的叨叨絮絮還在上演，電視裡某處有人在歡呼，某處有音樂飄揚。「她在路上飛了快三十公尺。」一個聲音說。

她曾想過，她在心中翻來覆去想著，那念頭至今仍在翻覆。

在雪地上飛翔會是什麼感受？
她將前額靠到牢門的鋼鐵材質上，像是籠罩她腦子外層皮膚的冷卻劑。
一定是飛得很快、很輕盈——很自由。

7

如可預測將有傷害產生，應採取處理，把損傷減到最低。
（準則 3.4a）

安米替林（通稱鹽酸安米替林）是一種三環類抗抑鬱劑，劑量不是特別重。有些醫生會用安米替林治療暴食症，或紓解慢性疼痛，或預防偏頭痛，或醫治與多發性硬化症有關的病理性哭泣或狂笑。安米替林的標準劑量是每日七十五毫克，普遍公認並非危險藥物，但使用過量依舊會致命。

我沒有理由認為她會用藥過量。

事實上，我相信她在改善當中。我感覺到她正打開心胸。她姊姊的故事似乎是個突破，這也說明了當我們都在林肯高中時，使她與人隔離、情緒化又烏雲罩頂的特質來自何處。倒不是說她向來這麼鬱鬱寡歡。事實上，她曾經是很受歡迎的，常受到那些堅持要吹個髮型的女孩還有超級自以為是的男孩環繞。但你可以從她身上感覺到辛苦積累的情商——總之我是可以。在我那不成熟的眼中，她因為這樣跟林肯高中吵吵鬧鬧的一般大眾有所不同。

當她在走廊上經過我，表情裡總有一些不一樣。我們兩人都是獨自來去，我每一次都會注意到。甚至，我有時會在她經過後轉身跟著她。我認為她看起來很深沉——極度深沉：她頭往後仰的方式、走路的模樣，她的談吐情感豐富。當然，我也認為自己十分深沉，有著無人知曉的隱藏面向，收束在一個大器晚成、過目即忘的男孩外貌下。

某個冬日，我感到自己那天特別大膽，或特別無聊、特別有膽量，因此一路跟著她下了兩段樓梯平臺，來到通往陶土工作室的地下通道。那是一個偏僻的地下國度，藏在晦暗且粉末紛飛的黏土後面，遠遠位於保管陶器的凹室附近。學校鍋爐瓦斯焰冒出隱約的聲響，填滿周遭。我一路跟，直到她突然在工作室門外停下腳步。她在那裡遲疑著，顯然是在研究窯燒體驗的報名表。我僵在那裡，試圖融入一整排清潔推車凸出來的握把森林中。

她剛剛看了我這邊嗎？她是否看到我也跟她一起在這兒？

也許吧。我猜不出來，至今也還是不曉得。

在塵土與火焰底下，十五歲的我非常確定自己的未來將走向令人滿意的結局。也許我的未來不會有多了不起——我其實不是很想爬到跟父親一樣的高度。但至少（我如此假設），我的一舉一動還是能帶來一些影響力。我也許會換個一、兩次人生方向，但依舊是好的那種。所以，也許我的行為也是很合理的：在高中校園一片混沌中的無聲瞬間，我隨意晃到鍋爐室，來到地球核心，這是否因為我不知怎麼覺得自己的命運將與M的交疊？說不定她也感覺到了？

也許吧，我至今還是不知道。

她進了燒陶室，我化學課被記了一次遲到。

揭開她姊姊的故事後，我認為我們的診療關係終於跨出了一大步。但下週她出現在我辦公室時卻一臉悲觀、疏離。當我看到她，我知道我們又後退了一步。但這情形並非少見：在診療上有所突破後，據觀察，病患往往會想退縮。

我那時還不知道她打算在這週結束前去死。

「妳覺得我們進行得怎麼樣呢？」

「噢，很好啊。」她說。

「我們上週談了艾美的死，」我遲疑了一下。「這對妳，還有妳的父母都是非常不幸的一件事，我只是想再次表達我的遺憾。那起事件帶來的創傷非常大，當時妳才十三歲，在那個年紀還非常脆弱。」

「謝謝你的慰問。」她毫無感情地說。

「從那樣的事件中恢復是一生的功課。」

她望著我，鬱鬱寡歡。「你心裡有沒有一個校準得很精確的道德羅盤？」她說：「我有點好奇。」

「我們不該談論我。」我提醒道。

「因為我的似乎在某個時刻被摔到故障了，這稍微讓我有點困擾。」

「我懂了。」

「但我認為，能分辨對錯的人——不是單純理解，還要照著那種規則生活——這種人其實比我們知道的還要少。你覺得那是真的嗎？」

「有這可能。」

她因這種不表態的答案皺起眉。我是在逃避沒錯。「我會提起，是因為你好像有點太相信別人了。我喜歡你，所以……」但她把句尾消了音。

「噢，謝謝妳。」我平靜地說：「我也喜歡妳，但我想我的確信任一般人與生俱來的道德感。」

她聳聳肩。「你當然可以這樣相信。」

「妳為什麼會覺得，如果用妳的話來形容，妳失去了那個羅盤？」

「唉，拜託，」她發出一個有點不耐的笑。「我都落到了這個地方，幹下一堆蠢事，我顯然很早就走上了岔路。」

「好吧，所以是在什麼時候？」我往前坐，心跳稍微加速。也許我可以再次把她拉回診療程序。「妳是什麼時候開始迷失方向的？」

「誰知道呢？」她嘆了口氣。「在艾美的事情之後某個點吧。當尼爾・波特基說她從他廚房偷走鑰匙的時候。」

「但妳當時也在——」

「他跟我的說法不一樣。」她雙手掠過大腿表面，彷彿要像掃掉麵包屑一樣驅逐緊張情緒。

「這對一個小孩來說太難承受了。」

「我父親說，只要我們心中知道艾美沒有拿鑰匙，那就夠了，那才是最重要的，我也信了他……我猜我信了吧。總之，這直到好幾年後才翻盤。」

「然後呢？發生了什麼事？」

她陷入好長一段時間的沉默。她的眼神與我交會，最後，她說出一句差點讓我從椅子上摔下的話。

「你看起來很眼熟。」

我感到胸口一緊。「什麼意思？」

「我只是在想，我們的人生到底有沒有交會過。我敢打賭我們在同個時間一起住過紐約——你有在那裡住過一陣子吧？」

我點點頭，不太自在。我把下巴擱在一手上。

她瞇著眼看我。「你有在中央公園的水庫慢跑過嗎？」

「從來沒有，膝蓋不好。」這是真話。

她嘆了口氣。「我以前很喜歡在那裡跑步，我以為我可能見過你。」

突然間，有一陣狂暴的力道在我體內急速湧上。我想立刻繞過桌子，抓住她的肩膀，對她說出一切。不只說我認識她，在高中跟著她到處走。不只這樣，而是跟她有關的一切。關於我那一連串的失敗感情，我支離破碎的職涯，關於薇妮、關於查克里・費勒。妳聽著！我了解什麼是痛、什麼是失去、什麼是犯錯。如果我們可以配杯咖啡聊聊，我想我們一定會有共鳴……

停下來！我對自己說。這樣是錯的，這一點也不恰當。

我必須脫離這個思考模式，立刻、馬上。我有道德羅盤嗎？不用懷疑，絕對有。

「我想，我可能會希望妳見見我的幾個同事。」我說，並且逼迫自己的聲帶不要顫抖。「我不敢說我們有達成妳所需要的進展，繼續進行下去似乎並不太明智──」

「我從會面中得到很多，」她打斷我。「相信我。」

她站起來，用視線將我釘在椅子上動彈不得。那雙眼開始慢慢盈滿淚水，閃爍著秋天落葉的好幾種色澤，像一座深色調的森林。我不想放棄這雙眼，但為了做出正確的事，我必須放棄。

好幾大滴眼淚直接從眼眶逃脫，迅速從一邊臉頰滴落。「你是對的，」她把眼淚抹掉。「我不會再來這裡了。」

「不如就當作某種中場休息。」我重振精神，也站起來，心臟又重新跳動。我感到自己的精神稍稍得到提振——我做的事是正確的，合乎道德。「先稍微花點時間重新評估。如果妳決定要繼續。我會很高興能為妳安排另一位同事。說不定可以找瑪斯特森醫師。」

「不，」她說，音量幾乎聽不到。「我已經知道自己該去哪裡了。」她走向門，對我露出一個近乎心碎的微笑。「真的，」她說：「我沒事了。」

那個週末，我父親飛來接受美國心理學會的榮譽勳章。這個組織幫他安排住在沃爾菲爾德飯店，一棟位於哥倫布圓環附近的矮胖磚頭建築。我在旅館階梯上找了個地方，注意看著周圍，等他抵達。此時是星期五下午，時值七月中。百老匯大道上，日本女性旅客全拿遮陽傘遮住自己，興奮的小鬼群聚在賣刨冰的攤子周圍。熱浪中，女人都不穿胸罩。

一輛白色加長禮車開到人行道邊欄，爸下了車，有些侷促，「這車真是荒唐，我要跟預算委員會談談這件事。」我抱他的時候，他不斷碎碎念，然後緊緊抱了我一會兒才放開。我看了一下他的臉，他的雙眼一圈紅。「你剛剛在哭？」

「沒有，」他沉下臉。「我的袋子呢？服務生拿了我的袋子嗎？」

「爸，怎麼回事？」

「你媽一定會很喜歡的——白色皮革，又有電視——她到時看到一定會氣瘋。」

「是啊，」我們一起盯著那輛車，陽光斜斜打上車窗玻璃，上頭彷彿有一瞬間閃過寇琳笑開的臉。

如果克萊德的缺點是海洛因，那我的就是——嗯，先別管這個。爸的缺點是否認。媽媽已經過世三年，但他大多時候還是一副她還活著的模樣。

「嘿，開心點，」我打斷他。「你都來這裡了，來拿獎呢。」

「都是一堆空洞的廢話，我來這裡唯一的原因就是機票免費。你有你弟弟最近的消息嗎？兒子，他過得怎麼樣？」

事實是，克萊德暫時消失中。我長途跋涉到吉米那裡，但沒有人來應門，雖然我知道很多人住在這棟排屋裡，窩在歌瓦諾大道發黑的支架底下。床罩髒兮兮，塑膠布蓋著窗戶，雨水槽裡的鏽像爛瘡一樣從牆板滲出、流下。我按了門鈴，那聲音聽起來像是多聲交疊的協奏，應該是貝多芬的《歡樂頌》。公路在頭上蜿蜒。從這裡看著它的上層結構，實在很像一頭死去巨獸的胸腔。一陣炙熱的風吹過。幾分鐘後，我再次靠向門鈴，接著把擋在前門外頭、裝飾了花樣的鐵門敲得震天響。最後，有人從窗戶大吼。「沒搜索票就不准進來。」

「我不是警察，我是克萊德的哥哥，我要找克萊德。」

「我不認識什麼克萊德，這裡沒人認識克萊德。」

上次我來這裡找弟弟的時候，基本上也聽到一模一樣的臺詞。吉米就是這麼做生意的。只要外人靠近，就否認一切，讓人消失在黑洞。他整個事業都是奠基在黑洞的概念上。

我知道克萊德有時只是進入他稱為「無薪假」的狀態。所謂無薪假，其實就是找個有錢又有地方可住的女人，藏進某間散發老鼠臭味的公寓，在荒廢無人的郊區，直到將兩個資源都吃乾抹淨，兩人的關係也失去一切吸引力。因為克萊德那雙懶洋洋又漂亮的藍眼睛，女孩總是輕易受他迷惑。他繼承了媽媽好看的外表。

我父親堅持克萊德的毒癮只是過程，是青少年時期的持續，是對進入成人世界的抗拒。「我還是可以把他送到佛蒙特的農業學校，」他會邊嘆氣邊說：「我相信他應該正好在年齡限制邊緣。」在他想像中，田園生活可以讓他回到正軌。

這就是否認，爸的專長。我想他仍在心中想像著自己最年幼的兒子——他最寵愛，老來得到的放縱兒子——窩在一個跟他青少年時期風格很像的房間（不過是這時代的模樣），懶洋洋躺在人造皮革的懶骨頭，邊抽大麻邊看ＭＴＶ頻道。「我有試著在他住的地方留訊息，」我說：「讓他知道你來了。」

他從口袋抽出一根牙籤開始啃，然後皺起毛茸茸的灰色眉毛。他裹著棉麻西裝外套、垮垮的卡其褲子，戴一頂稍微有點壓壞的草帽，看起來有點凌亂，卻又十分有型。

「我想，如果他需要錢就會出現。」

「爸，我很擔心他。」

他瑟縮一下。「過渡期，只是過渡期，還在成長，你之後就會了解的。」

我們坐旅館電梯到最頂層的套房，空調開得太強，還有木頭拋光的氣味，可以俯瞰柏油屋頂和樹頂的景色，倦意全都留在熱浪中。爸跑進浴室去確認導尿管，五斗櫃上放了一個尺寸有德國牧羊犬那麼大的水果籃。我偷看了上面附的紙條，寫著：「賀　三十年的完美試驗。恭喜你，隆斯特博士。」

我想我先前應該提過父親在他的專業領域中有很高的知名度。如果你待過學前教育界或兒童心理諮商界，絕對聽過厄斯金．隆斯特。他是美國最廣為使用也最成功的未來發展測驗的製作者。一整個世代都被他設計巧妙的遊戲訓練，外加簡單的認知遊戲限制得死死的。

沒錯，我就是他第一個測試對象。打從還十分幼小的五個月起。事實上，你也可以說這個測試就等於我、我就等於這個測試。試驗用的是我的名字——也是他的名字。他把我塑造成模範小孩，位在鐘型曲線的最高峰。美國的小孩，幾乎是每一個人，加總分數都會拿來跟我比較。他們能否得到成就，並活出成功且富足的人生呢？還是說他們將會失敗？一切都取決於他們跟我做完對比後的結果。

雖然你應該也看到問題出在哪兒了。那個模範小孩長大後似乎沒有變成模範成人。但我沒有對自己太過嚴苛。我還算個挺不錯的心理醫生，雖然多年後我也許會慢慢失去立足之地，滑到鐘型曲線陰暗的坡底。

但還是要接受，喜愛，原諒自己。

我在窗邊那張金色條紋的躺椅上把身體伸開，凝神注視房間的四壁。翡翠綠加紅色的花朵圖樣壁紙彷彿正進行一場狂歡，是迷人，也是駭人，我有點難以決定。這座高大的四柱床正好能搔到粉紅色的天花板。

我想著M，對最後一次諮商的過程有點不安。以那種方式中止我們的療程——循著道德守則做出的決定——是不錯，但很艱難。我不禁猜想那時她在做些什麼，並真心希望她處於正向積極的狀態。

我轉身低下頭，眼神穿越傍晚的暮色，望著馬路對面義大利餐館設在人行道上的桌位。M曾提過，她住在紐約時有去過那裡吃飯。我也去過那地方，去了好幾次。也許她說的沒錯，我們說不定真的有在這城市擦身而過。我猜想她和我是否曾在同一個晚上在那兒用餐，吃著同一個主廚做的義大利餃，因為喝下同一個酒吧拿出來的同一瓶酒醉倒。

爸從浴室出來。「我們去買個熱狗吧，」他用極度小心的姿勢扭動著，把長褲拉鍊拉起來。「我想吃吃紐約的熱狗。」

我的燕尾服雖然經過專業清理，以真空密封擺在走道壁櫥裡最底部，聞起來仍有結婚那日的味道。我撕開外面那層裹屍布似的塑膠膜，一團煙雲從摺疊起來的地方爆出，氣味錯綜複雜，有雪茄菸味、義大利氣泡酒，在所有氣味底下還隱隱散出一股汗味。這到底是在哪裡乾洗的？我把一隻袖子拿到鼻子前，心中暗忖，這家店之後絕不能再光顧。

我洗了澡，刮了鬍子，試圖將心思硬轉到我的演說上頭。他們要我在晚宴時對父親舉杯祝賀。我現在來到職涯中特別的一刻，先是我跟M明顯破局的最後一次諮商，再加上查克里．費勒的大災難正好來到一週年。在這種時候得對今日心理學界的泰斗致敬，我實在無法說我很享受。

當我穿上不只一個配件的燕尾服，貓從電視上方瞄著我。我對著牠舉起想像中的香檳杯。

「敬厄斯金．隆斯特——雖然我將比他長壽，但永遠無法超越他。」

感覺好像不太行。

「敬厄斯金．隆斯特——他是一位稱職的父親——甚至可說比稱職更加稱職。能被你選為第一個實驗案例，我感到無上光榮——還有，我無法以令人信服的方式實踐你的理論，真是不好意思了。」

「該死。」我低聲說道，手垂到身側。

我怎麼有辦法向父親致敬？我對他的愛與景仰與對自己的失望密不可分。我是臨床心理學一名大人物的後裔，但我又能拿得出什麼？無論是在表面上或表面下，我都被流放到了這領域的次等世界，落到監獄諮商中心的煉獄。在那裡，我任憑倫理層面有著風險的情況無限延宕，對象是一個被我看得比以往治療過的人都重要的病人。

但我也沒別的辦法，至少現在沒有。我只能拉緊腰帶，抓緊袖口鏈扣。今晚的主角是厄斯金。她的事，可以明天再想。

十五座巨大的水晶吊燈懸在晚宴廳的擁擠人群上頭，活像外星飛碟，鋼琴樂聲從某座陽臺傾洩而下，空調系統很爛，所有人都在流汗，好多張臉閃閃發光，溼答答的手掌和上唇數不勝數。因為怕汗溼沾黏，眾人不甚情願地隔空親吻。大家稀里呼嚕地喝著冰白酒，有如灌下運動飲料。

眾人身上別的名號都赫赫有名，算是對我父親名望的一種致敬，不過另一個原因則是心理醫生就愛舉辦派對。哈維．普維特來了，他是自我增值運動的權威。他戴著鮭魚粉的領結，穿著同色背心，被一群因他的笑話發出銀鈴笑聲的跟班圍繞。貝拉．奧利佛拉．阿茲維達，一名了不起的巴西理論家，在最中央的桌子招呼慕名而來的人，她濃密的頭髮盤繞頭上，像一頂她自己設計的皇冠。好幾個精神疾病診斷與統計手冊（第五版）的編輯委員聚集在自助拿取的宴會小點旁，手拿牙籤去戳那一方方的挪威起司，並在一堆融化冰塊的水池裡尋找上下浮沉的去殼蝦子。

一如我之前的猜想，我感到極度不適。我努力想在會場邊緣裝忙，研究著掛在入口的畫作——那是哈德森河的景色，事實上距離米德福灣不遠。我逗留在酒吧旁，跟那位酒保有一搭沒一搭地閒聊。他呢，非常不幸，必須娛樂這裡成千上萬個跟我一樣的壁花型人物。他用厭世至極的聲音告訴我他有恐慌症，也許自己也該去看個心理醫生，但他的健康保險不負擔，所以他不能砸下大把鈔票，去跟那些造成他生病主因的傢伙談話。「沒有要冒犯的意思，」他說：「反正我工作的時候——就是打理這個酒吧——也算給人做了不少心理諮商。所以我想我可以自己跟自己聊聊就好。」

「這可能是最明智的選擇噢。」

某隻手重重落在我背上。我轉過身，第一眼只看到一堆鬍子，粗粗的一大把，灰白色的。隱約藏在鬍子後方的是蓋瑞．格洛佛的臉。「你都沒打電話找我去吃漢堡，」他說，一手還貼在我背後大力揉著。「我們應該要一起吃個漢堡的。」

「我現在吃素。」我撒謊。

「那又怎樣？豆腐漢堡啊，世上是有這種東西的吧我想。」他往後退一步，把我整個人看了一遍。「你一定吃得很健康，我覺得你瘦很多。」

我不太自在地從他檢視的眼神挪開；嘴巴好乾啊。我試著進行一次快速的內在對話，就跟我常建議客戶做的一樣：在這個情況下，我還有什麼好失去？

就蓋瑞．格洛佛的例子而言，答案挺明顯的。我這位前搭檔目睹並夥同他人造成我職業上的殞落——他跟我前妻有一腿。除此之外，我沒什麼可失去的了。「我想你則是稍微胖了些。」我說，舌頭還是有點不靈光。「薇妮還好嗎？」

「她在祕魯，亞馬遜某個村莊爆發腦炎。你也知道薇妮的，她對工作鞠躬盡瘁，真的很激勵人啊。」

「她的確是。」

「監獄那裡怎麼樣？」他的音調往下降。「聽說你在那兒表現得很不錯。」

「很棒啊，客戶的組成好得不得了，我超愛那裡。」

「女子監獄嘛，是不是？我可以想像你鐵定碰到了一些超好玩的解離症患者。超有趣的是吧？算是個挺不錯的改變？」

「的確是挺不一樣的族群。」

「我想也是。」他拿瓶子啜著啤酒，一肘靠著吧臺，掃視了一下人群。「中央公園西區就沒有那種多樣性，完全沒有。不過行情的確回升了，大部分是同一群成天不開心的城市佬，沒什麼驚喜。」他發出咯咯輕笑。「但對我們來說還算可以接受。」

「很好、很好，我很高興。」我勉強地說。

「我現在有個案子，還真讓我想到你之前那個叫費勒的小孩。」他迅速看我一眼。

我沒有退縮。「所以？」

「他的爸媽是怪獸級的討厭鬼。我已經給那小鬼下藥，讓他成天昏沉沉，但他還是吵得要命、動來動去、對奶媽動粗，而且他超愛尖叫。我的老天，我的耳膜都要破了，你懂的。」

他細細打量我。「嗯哼。」我點頭，並從經過的侍者手中的托盤中拎走一杯酒。

「我們從過往歷史學到教訓。我們叫那些爸爸媽媽簽署放棄訴訟單，不管做什麼都簽。」他搖了搖頭。「可是我們治療不當的標籤依舊人盡皆知，即使跟你分道揚鑣。」他迅速補充，「我們完全按照這些該死保險公司的要求，可是他們還是在錢上面找我們麻煩。老兄，我們真的很想你。」

我保持鎮定。「那小孩幾歲了？」

「七歲，跟那個叫費勒的小孩……崩潰時一樣大。」

我現在非常非常想瞥一眼手錶。雞尾酒時間還沒結束嗎？就在剛才，我看見父親站在附近，被一群哈巴狗環繞。「你應該還沒見過我老爸吧，蓋瑞？」

「沒有，」他說：「這是我的榮幸。」

我帶著他過去，來到那群圍著爸的人身旁，為他引薦。「我們都很喜歡跟法蘭克一起工作，博士，我們想念他，真的很想念他。」我離開時，可以聽到格洛佛在講「天殺的王八蛋保險公司，」他說：「天殺的律師。」

□

我替自己在大廳那兒找了張高背椅，在那裡重整旗鼓，呼吸新鮮空氣。我看著那些旅遊團到處亂轉，女人都搽了粉，皮膚跟牛奶一樣白，她們揹著巨大的包包，穿低跟鞋，整群人等著要橫過市中心，前往各個戲院。她們的臉面看來溫柔和善，好幾人有著大胸部和粗壯而軟胖的手臂，我不禁希望她們可以緊緊擁抱著我，拍拍我的頭，告訴我說無論是誰都會踏錯腳步，人人都會搞砸個一、兩次，大家都會有突然頓悟自己將下地獄的那一刻。

憤怒的孩子——我第一次聽到這個詞是在遊戲治療的課程中。對人不信任、容易衝動、迅速發怒。在那些用人偶和娃娃進行的療程中，遇到那樣暴力甚至行為殘酷的孩子，實在是司空見慣。教授說：「憤怒的重現。」她如此形容這些極端的實際行為。遊戲治療師必須準備充分，一定要在暴風中保持平靜。

我們第一次療程時，查克里．費勒抓起一根玩具鼓棒，狠揍我操作的青蛙玩偶。力道之大，甚至在我拿玩偶的手上留下黃紫色的挫傷。我們就是從這裡開始的。

第二週，他狠狠把木頭娃娃屋裡的沙發扔出去，打破我辦公室的窗戶，但我們因此有了一次突破性的談話。我用了青蛙手偶（這是我的建議。把青蛙當成背叛他的大人替身——亦即永遠缺席的父親，還有喝酒喝到幾乎無法正常生活的母親）。我請他告訴青蛙，是什麼事讓他這麼氣。「我恨你，你聞起來超臭，你讓我想到狗大便，你死掉我超高興。」——憤怒的重現。其後，我在筆記本草草做了筆記。

然後是我們最後一次療程。那是第三週，我又套上了青蛙，問他那天覺得怎麼樣，他咬了玩偶——咬得很用力——小孩尖銳的牙齒狠狠咬痛了我的拇指。出於純然反射，我用沒戴玩偶的手打了他，手正好揮過頭上，他隨之倒地，瞠目結舌地看了我很久，久得令我難以忍受。他頭頂接前額的位置有一條傷痕，一條紅得很恐怖的傷痕，接著，他發出一個幾乎要穿透耳膜又恐怖的哭嚎，我不禁擔心他的母親會來敲門。但我們重新來過，我讓他停下了尖叫，把青蛙玩偶放在地上，讓他狠狠狂踩個一陣子，踩到精疲力盡，然後我向他道歉，解釋說，有時治療專家也會生氣、會失控，就跟病患一樣。我就跟你一樣，查克里，我也會犯錯，我很對不起。

他什麼也沒說，只是繼續啜泣。他不肯看我。

但他的啜泣最終化為猛吸鼻子，接著好像就平靜了下來。我想，也許事情已經過去，他很快就會回恢復，再去拔掉那個娃娃的手腳。但他不肯看我。

關於那道傷痕，我什麼也沒對他媽媽說——她根本喝到爛醉，我甚至不曉得她有沒有注意到。

就在那晚，查克里崩潰了。

在七月晚上，全世界心理醫師都聚集在紐約的這個晚上，小艾蜜莉．費勒將滿五歲半，這時應該已在熟睡，正在做夢，活得好好的——如果那次遊戲療法沒有以那種方式劃下句點。

小女孩死去的消息傳到辦公室後，我對蓋瑞．格洛佛坦白整起意外。當然，我不能怪他要跟我切斷關係，他應該也試過了——用他的方式，盡可能讓一切輕描淡寫地過去、無苦無痛。

我不知道我到底在那張高背椅上坐了多久，直到抬頭看見格洛佛的鬍子鬼鬼祟祟朝我靠來。「法蘭克，他們叫我來找你……該死，演講要開始了。」他說。我有一瞬衝動想要逃跑，格洛佛似乎也感覺到了。他把那隻火腿似的手放到我的手臂上。「老兄，這對你來說可是個重要時刻，」他說：「還是去面對吧，你又有多少機會可以讓老爸覺得驕傲呢？」

然後，我就坐到了講臺上的父親身旁。我們面前是一片心理學家組成的汪洋，幾千個受訓分析人格運作方式的專家。

「你還好吧？」爸問：「我剛不知道你跑哪裡去了，出什麼問題了嗎？」

「完全沒事，」我邊說邊抹臉。「只是這裡面太熱。」

「這裡頭絕對有芬蘭人，」坐在我旁邊的女人說。她是一個非常嬌小的金髮女子，穿著露肩洋裝；鑲翡翠的耳環跟她大大的綠眼睛很搭。「我們還沒見過，」她說，並伸出纖長且修整過指甲的手。「我是莉狄亞．布坎南，上個月剛被選入委員會。」

「法蘭克．隆斯特，」我握緊她的手。「他的兒子。」然後比了比我的父親。

「我當然知道，我的博士論文寫的就是隆斯特，所以你應該可以想像，我感覺就像是到了天堂。」

我的父親朝我靠近，滿臉微笑。「如果可以，我想讀讀妳的論文。」

莉狄亞·布坎南臉紅了。「博士，那對我會是一大光榮。」她看著我。「你也是從事一樣的工作，我了解了。」

我點點頭。「遠在西徹斯特。」非常、非常遠，甚至遠過了有刺的鐵絲圍欄。

「我在紐澤西的薩米特，主治飲食失調。」她以巧妙的方式把一根魚骨從唇間吐出，然後說了一些關於身體畸形恐懼症的東西——可是我幾乎沒在聽。我有一種詭異的感覺，好像有誰在盯著我看。我轉過身，正好對上一對空茫的雙眼。我正後方那個覆蓋毛氈的臺子上放著那個玩意兒：水晶頭顱、真人模樣又透明的美國心理學會榮譽獎盃，父親的名字寫在底座，它無瞳孔的雙眼以厭惡的目光打量著我。我再次快速轉過身，再次感到臉在燃燒。

我是該遭到厭惡，我打從心裡、打從骨髓裡知道這件事，甚至直到血管深處隨意遊蕩的每顆紅血球細胞。

悄悄來去的服務生穿著勃艮第色晚禮服，手拿晚餐拖盤，迅速離開，剛剛一直在我們上方某處傳來的叮噹琴聲徒然停下。美國心理學會會長走上講臺——個子矮小又禿頭的傑瑞·史帝威。他開口說話，我不確定他說了多久。時間好似扭曲了，他時不時會比一比我父親，厄斯金則不斷點頭微笑，不時拿起摺好的餐巾點點前額。

他們都是精力充沛、討人喜歡又善解人意的人，在那臺上，在這房裡，他們都在幫助他人改善自己、改善人生。那我又做了什麼？

我不當治療一名七歲的小病人，導致病人悶死自己妹妹。他扭斷了女孩的脖子，她不像那些娃娃一樣可以組回去。就只是這樣一個不太完美的診療、就這麼一個錯過的瞬間、一次醫病分離原則的失誤、互信關係的背叛。我似乎不慎將憤怒的小查克推下懸崖，落入萬人責難的地獄。

現在——M——親愛的M。她甜美又聰慧的微笑，憂鬱如秋日的雙眼，我的同學，我一見鍾情的對象。我無法用一週一次的談話療程為她打起精神，我完全沒幫到她。事實上，當我在此時此刻想起她，她似乎正在下墜。我終止了她的療程，拋棄了我最珍惜的客戶。

我的背一陣刺痛，我可以感到那顆透明腦袋射來目光。可是，我想，還是有方法可以匡正我的錯誤，我還是可以讓M的命運變好，我對著那顆頭解釋，我的意思不是透過談話療程，談話什麼的跟這一點關係也沒有。

也許我可以讓她自由——讓她得到自由。

接著便有一千張臉轉往我這裡，看起來活像一池黑水表面的光斑，向著陽光的淺色牽牛花。傑瑞・史帝威喊著我的名字。

我站起來。有人把那個獎盃往我這邊推，我用雙手接住，兩掌各貼著它的一只耳朵。這感覺是多麼冰冷、多麼堅硬、多麼沉重。

我用顫抖的手把它放在講臺上，它回瞪我，人群也瞪著我。我往前靠向麥克風。「我是法蘭克．隆斯特，」我的聲音隆隆響徹整個空間，太大聲了。我稍微退後了點。「能夠成為隆斯特測驗的第一個受試者，我感到非常榮幸。我向來都因身為零號嬰兒的身分驕傲——更甚，我對於身為厄斯金．隆斯特的兒子感到驕傲。」

那個沒有眼睛的透明眼神——我稍做暫停，把獎盃轉過來，面向整個房間，然後再次朝麥克風俯身。「我母親在國家衛生研究院擔任祕書，她總是說，她會嫁給我父親的原因是：他是她這輩子遇到唯一心腸比頭腦更好的優秀科學家。」汗水刺到了我的眼睛。「我父親贏得了名望最高的補助金和研究金，但他玩大富翁永遠都讓我弟贏。當我幾乎被所有博士學程拒絕，他只是說，唉我的天，他們的眼睛難道瞎了嗎。」我的聲音在發抖，父親抬眼看我，用力眨著眼。我再深呼吸一口氣。「隆斯特測驗在我身上測出成功的結果，爸，但我唯一想要的結果，是能夠更像你。」

我其實沒有意識到掌聲。我們擁抱時，我只聽見龍捲風般的聲響將我們緊緊包圍。「該死，法蘭克。」我父親說。然後他握起那顆水晶腦袋，燈泡閃爍，然後我偷偷摸摸溜下講臺，從側門逃出去。我恨不得可以大口喝點冷水，找個安靜的地方思考。

這樣想吧：也許，對於M的痛苦，我一直把焦點放在錯誤的治療上。忘了那些診療吧。我該做的是給她自由。我要放她自由。

旁邊女休息室的門晃開時，我剛走到飲水機旁。裡面出來的是豔光四射的蔻瑞・瑪斯特森。她穿著貼身的午夜藍亮片禮服，我幾乎認不出這就是諮商中心裡那個去福利部買東西、上班模式的蔻瑞。她「啪」一聲關上小小的晚宴包，抬起頭看到我，用驚訝的語氣說：「法蘭克！」她說：「你看起來怎麼這麼糟？真是有夠慘，這個ＯＤ[1]——這一切——怎麼會在你父親最重要的一晚發生呢？」

「什麼？」我一臉困惑。「什麼ＯＤ？」

她噘起雙脣，嘴上閃耀著新塗上的一層顏色。「真不敢相信。她是你的病人，他們沒打給你嗎？」

發現她時，她昏迷不醒——吞下大量樂復得加安米替林。他們急忙送她去哈德森谷醫學中心洗胃，這一切都發生在約一小時前。她的診斷結果是一半一半。在我感謝蔻瑞告訴我這個消息時，是用吼著說的。因為我已在那張覆蓋每寸地面的巨大變形蟲花紋紅地毯上狂奔，尋找出口標示。

1 Overdose。用藥過量。

8

一九九九年七月

飛翔在雪堆上方。
一個在飛的女孩。
她的衣服像旗幟那樣翻飛，她的鞋子飛掉了，裸足蒼白，穿著貼腿褲。
一縷縷長髮有如美人魚，飄動彎繞，變成各種魔幻的形貌。
她的四肢也在動。有時姿勢詭異——怎麼會是雙手扠腰呢？但有時又美好且優雅，像是水上芭蕾的畫弧與旋轉。
還有她的臉，隱隱微笑。難道這是過度解讀了嗎？如果是，那麼可能只是無表情，是熟睡的模樣。
冬日的雪枕疊得很高，正等著要將她接住。她落下時，造出了個女孩形狀的搖籃。

這名熟睡的少女有著牛奶般的皮膚，絲般的頭髮，像陽光那樣輻射狀散開，或像一束束海草那樣垂落遮臉。

是的，這裡有些細節是從那本軟殼精裝的童話中挪用的。書是在匹茲堡的二手拍賣用二十五分錢買來。

那是一個被重新述說百萬次的故事。

尤其在這個故事裡，冬日天空失去了太陽，兩者之間的連結毀壞。融雪使冰冷的路面變得堅硬。一個急轉彎，一次驚慌的轉向，也許是要拯救某隻除了她沒人看到的小動物。一次急轉，一個開著高性能跑車的新手駕駛，有跟沒有一樣的煞車；這就像不用馬鞍卻想駕馭一匹機器野馬。

照料得隨便的車輛，加上輕率的態度。因為沒有肩部安全帶綁定，只有細瘦臀部上簡陋的一圈安全帶。那女孩不受任何束縛，直接這麼飛了出去。

很顯然，死後的氣味不是太好聞：強烈的花香洗衣粉、酒精棉和檸檬香地板蠟。

看起來也跟米蘭達預期的不同——一片漆黑，一閃一閃的黃，還有慢慢在眼前旋轉的鈷藍色。有時會模糊地閃過一抹白，數層簾子的另一邊好像有什麼東西在注視，一堆人影在旁晃來晃去。

竟然能聽到電視的聲音，她很驚訝，但她一直聽到——遊戲節目、肥皂劇，嚴肅而不吉利的旋律宣告著晚間新聞就要開始。怎麼就連死後也要讓她聽見對講機的嘎吱聲，以及獄卒拖長音抱怨老闆和自己的伴侶。「為什麼我每次都要當壞人。她自己也有嘴巴舌頭，她可以說啊。為什麼每次壞人都是我？」

突然間：迷霧消散，她醒了過來。她還活著。她開始哭。有個手臂骨瘦如柴的獄卒懶洋洋地把椅子拖到她床邊。「她醒了，」他吼著說。某張臉出現在床的另一邊，金色頭髮用黑色髮夾乖乖別好。「她當然醒了。」那張臉說。

米蘭達不禁愛上這名護士深棕色的眼睛。她愛上從隔壁房間灌進來的高音笑聲。事實上，她立刻就愛上了這生氣蓬勃的宇宙中每個微小的物質。空氣、光線，似乎全用絲綢般的美好恩賜將她裹住。我回來了、我回來了，我再也不會離開。她聽見自己的腦子這麼唱著，她的腦子還能運作真是太好了！這是多麼美好的一件事。她曾想將之扼殺，但它不願死去。這腦子真是太厲害、太強壯了。她恭賀自己沒有死成——妳真是太棒了。她對自己說。妳他媽的真是有夠了不起。

淚水淌下，流進她口中，她的鼻水流個不停。米蘭達伸手去把那些溼漉漉的東西擦掉，手臂卻發出叮噹一聲卡住了。

難道她成了錫人嗎？不但變成鐵做的，還生了鏽？她試了試另一隻手臂——動了一點，然後也停在那兒。噹。她又嘗試兩隻手臂。噹，噹，噹。

「親愛的，不要輕舉妄動，」護士說：「只要躺著休息就好。」她有一張友善但化妝化過頭的臉，腮紅看起來彷彿剛剛被人摑過巴掌。「要喝點柳橙汁嗎？」她遞出一個上面有蓋的塑膠杯，從杯蓋伸出一根又長又捲的吸管。護士把吸管彎向她的嘴脣，米蘭達抬起頭喝。她抬頭時看了自己的雙臂：兩隻手腕被閃閃發光的手銬圈住，鎖在床兩側的扶手上。

「我幫妳擦鼻子，」護士說：「我幫妳稍微擦乾淨一下。」

護士用紙巾沾她的鼻孔時，米蘭達扭動雙腿。至少，她的腿似乎是自由的。「擤一下。」護士說，米蘭達照做。

「女孩，我得說妳很幸運。」瘦巴巴的獄卒說。那是她聽過最好聽的加勒比海口音。

「發生什麼事了？」米蘭達的聲音好沙啞，她知道自己食道受傷了。老天，但聽起來還是好棒。她想聽自己的聲音，然後她又啜了一口那甜美而滋潤的仙丹妙藥。

「正好昨晚十點有點名，」獄卒說：「有人在房間點火柴，違反安全規則，所以他們把所有人喊起來點名，結果妳沒有從床上起來。如果再晚一、兩個小時，女孩，妳就真的沒命了。妳很幸運。」

是啊，米蘭達對著天花板的磁磚微笑。我很幸運。

第二天，她在清醒、昏迷還有過往記憶中浮浮沉沉。某一瞬間，艾美站在她身旁，用非常細微的氣音哼唱著金曲四十首裡的歌——如果妳離開我，就等於把我的心帶走

——歌詞在米蘭達腦中蜿蜒穿梭。每週日，她們都會在車裡聽排行倒數。現在，艾美就穿著海軍藍的羊毛外套，袖口和領子上有著電光藍的假毛皮，站在她身邊；米蘭達則穿蕾絲緊身褲加紅色外套，上面有大大的紫色扣子。她的膝蓋在十一月的空氣中隱隱刺痛，她的眼神越過停車場，看向一家好大的席爾商場，渴望著可以躲進去，不是在這平板拖車上顫抖，和姊姊、媽媽以及那位知名人士貼在一塊兒。他們腳下那些選民吐出氣息，像個人專屬的小雲朵一樣飄在近晚空氣中，綠底白字的標誌在滿場毛絨絨的毛帽與各式髮型上方來回揮舞：議員選格林、議員選格林。水泥灰的天空直往公路旁光禿的樹頂壓下，散發出一種硬邦邦的感覺。

他們站在鐵板上頭，金屬散發的冷意透過米蘭達訂做皮鞋的鞋底，直往上竄。他們後面是一座加油站，時不時，每當有車開過迂迴穿過加油區域的黑色管子，會「叮」地響起一個小鈴聲。空氣聞起來有汽油的味道，還有競選團隊的女士從保溫瓶倒出熱蘋果酒味。米蘭達將下巴往下縮進大衣領子，不斷發抖，並等待著叫到自己的時機來臨——「對我們的孩子而言，目前的通貨膨脹率又會帶來什麼影響？」這個時候，父親會轉向她，她不該在此時挖鼻子，也不該去搔裹在令人發癢的褲子裡的臀部。她應該站直身體，露出一臉嚴肅且深思的表情說，我九歲，我非常擔心通貨膨脹率會對我的未來造成什麼影響。

她的父親會面向她——總而言之他會把頭轉往她的方向——雖然身體依舊正對著觀

眾。他會扭曲出一個好笑又悲傷的微笑，這樣看她一下，然後將音量壓低，好像是在客廳裡，只對她一個人說話，但那聲音仍會藉著麥克風傳遍各處，回音四起、震耳欲聾，響徹席爾商場的停車場。「我不禁要想像，一個名叫米蘭達的小女孩，二〇〇〇年的時候她會滿三十三歲，她想當個牙醫，」這時，她會神情肅穆地點頭，讚揚的輕笑會在群眾中如漣漪般散開。「為什麼不讓她擁有她的美國夢？我只是想確保她，還有每一個性格良善、決心堅定的孩子有機會看自己美夢成真……」

然後她的父親便會開始行雲流水地吐出那些話——那些每次都一模一樣的臺詞——接著他會開始移動，微弱的光會將天空洗白。她戴著小小白手套的指尖不禁刺痛起來，蠕動腳趾時也疼得不得了。她開始換著腳跳，直到某隻手輕輕伸來，堅定地壓在她肩上，逼她乖乖站好。是她母親，鬼魅一般帶著冷意伸手過來。那幾顆巨大的鑽石在骯髒落雪的天色底下顯得格外晦暗。

她努力想去聽艾美的那部分，「我的大女兒艾美某天從學校回家，問了我一件事是不是真的：她在學校聽到，蘇聯有能力把美國人殺上二十次，爸，他們為什麼要做這種事？她這樣問我……」因為，當他講到這部分就表示差不多到結尾了。這也表示她和艾美可以爬上旅行車，媽會帶她們去購物中心附近紅色屋頂的自助餐廳，裡面有可以自己挑配料的聖代吧。米蘭達把凍僵的手握緊再鬆開，遠遠望向人群中那些滿是汙垢而且紅通通的臉；她看著那些煩躁不安的身軀，看著那些站在邊邊、失去興趣的人脫離群眾，朝自己的車走去。她因為這些不感興趣先走的人感到受傷。當她看到他們空洞地背對父親走掉，不禁替他丟臉。

終於，演講來到尾聲，疏疏落落的掌聲在整個場中旋繞，有如憑空吹來一陣強風，掃過長草，人群開始四散。她和艾美會從平板拖車的邊邊跳下去，把柏油路上四處散落的綠色旗幟撿起，丟進旅行車最深處。她幾乎可以嘗到熱焦糖醬的味道，還有醬汁淌過舌頭時既暖又滑順的感覺。

她在平板拖車上完成了自己的戲份，就像電視上的兒童演員那樣假裝大笑或大哭。她其實不太擔心什麼未來，也不擔心通貨膨脹——不管那到底是什麼——或者什麼蘇聯殺他們十幾二十次。

事實上，她只擔心一件事，而那件事還沒發生——至少在那個時候、在凍得要死的一九七六年十一月，這事還沒發生。他第一次競選，她學校裡所有孩子都拿到一張綠白相間的「格林」貼紙，貼在用購物紙袋當書套的課本封面。當她在平板拖車上扮演她的角色，母親微笑、握手又揮手，那時她看起來是真的快樂。當她九歲，在投票所握著父親的手，他們的照片登在第二天的頭版，上了頭條，爸驚奇不已、再三搖頭——在那個時候，她只有一個擔憂：她擔心父親，這個站在所有人面前、懇求著他們的喜愛的男人會輸掉選舉。然後所有人都會看到他敗下陣來，包括她在內。那麼一來，一切就不會再跟往常一樣了。

□

曾有一次，她在熟睡時夢到法蘭克·隆斯特在她床前俯下身。當他的影子遮住她的臉，她看到光線的曲折。

她感到他外套的一角拂過手臂，那感覺實在太真實了。她覺得他的呼吸聽來十分凌亂，她想跟他說話，但無力從熟睡狀態中脫出。對不起，她想這麼說，我錯怪你了，我知道你想幫我，我希望你好好的。

對於自己還活著的浪漫想像並沒有隨血流中最後一絲藥物減退。第三天，她被一輛黑色福特廂型車載回米德福灣——車窗是有色玻璃，有個腦袋很方的守衛，大腿上還放了把自動步槍。她的雙手被塑膠束帶綁著，那個加勒比海裔的獄卒（後來她得知那位是艾倫·史密特警官，來自尼維斯島）用毫不掩飾的鄙棄態度護送她到座位上。但她並不在乎。她認為，從醫院入口前往廂型車的短短幾步中，陽光拂過臉上，單單這樣就能讓她因喜悅而高興到昏過去。因為七月來臨，沿哈德森谷蜿蜒小路林立的樹木沐浴於陽光之下，野花綻放，形成厚實又錯綜複雜的花毯，夾著園道垂於路肩。他們越過塔潘齊橋，河水注視著她，就像一杯冷茶；上方山丘呈深綠色。米蘭達浸潤在這些景象之中，一如那些純然狂喜的瞬間，注視著某個男性時感受到的強烈愉悅。

雖然當廂型車開下山丘，停在森嚴的監獄入口，鐵絲網圍欄上方閃閃發亮、又粗又捲的鐵絲稍微讓她的心往下沉了點。魁梧的瞭望塔配備了強化玻璃，那低矮的磚造建築、修剪過的草地，在在散發著冷漠氛圍。那分死寂簡直詭異到極點。這從她兩年前初次抵達這裡至今，一點都沒變。我的人生還是最大的問題啊，米蘭達想，我到底該怎麼去活呢？

門發出刺耳的吼聲打開，米蘭達動彈不得。「走吧，」平頭獄卒說，並在她下車時稍微推了她一下。因為雙手被綁著，她還來不及站穩，腳步一陣踉蹌。她感到熱燙的眼淚開始聚積，可是她死也不肯讓淚落下。她深呼吸一口氣，任憑自己被帶進裡面。

「他媽的，妳把我嚇死了。」貝蘿・卡孟納靠在接待處吃李子。「妳現在沒事了吧？」她看起來是真的很擔心。「我本來要回家的，但我一聽到他們要帶妳回來，就一定要待在這裡看著。」她把李子核丟進垃圾桶，雙手在褲子上擦了幾下。「妳應該不會再幹這種事了吧？」

「我不會了。」

「很好，因為妳真的有讓這裡變得不一樣。」

無論如何，米蘭達總得微笑以對。「我盡我所能。」

「妳會受到管束觀察一陣子，但是時間很短，妳還沒注意到馬上就要回到單位啦。雖然妳不能再住原來那間了，五月小姐，那裡被妳閨密瓦特金拿走了。」

朵卡絲・瓦特金真的是快狠準。她也拿到了浴墊，也許吧。唉，隨便。其實這根本也不重要。最重要的是：米蘭達活著。至於其他，船到橋頭自然都會直。

□

裏滿藤蔓的一片林木擠來擠去，攀上米德福灣腹地最東北方的圍欄；圍欄裡頭窩著一座三角屋頂的小屋，磚塊帶著白邊，過去曾是管理這塊地的人員住所。那是一幢小而舒適的都鐸式房屋，猶如從碧雅翠絲．波特書裡幻化出來。現在，那是精神科的分支病院。

回來那晚，米蘭達站在分支病院一樓加了防護的後窗前方，看著森林暗下來。她後面六張病床一字排開，都以白色床罩和白得像藥片的毯子組成——這就是她受「管束觀察」時要住的宿舍，她對著嬉戲林間的微風發出讚嘆。這絕對是監獄任何單位都看不見的最佳景色。

「荒野裡有死人。」占據米蘭達旁邊床位的青少女說：「不要看那兒。」她戴著細細的金色髮箍，頭髮從髮箍邊緣垂下，閃耀著波浪光澤。她坐在自己床上一小口、一小口地咬著薄荷餡餅。「我他媽的有在那邊看過一個死人。」

「不過，」米蘭達打量著女孩的鵝蛋臉和花瓣一樣嫩的茶色皮膚，還有好大的棕色眼睛。「妳到底幾歲？」

「妳為什麼要管我幾歲？」女孩聳了個肩。不過她掩飾不住那一絲微笑。米蘭達見她因為受人注意似乎有點高興。女孩繼續咬著那糖餅，把餡餅轉啊轉，從邊緣用超級小口咬著。她剛剛一直瞪著米蘭達，好像覺得她可能會偷她食物。

「妳叫米蘭達對不對？」

米蘭達點點頭。「妳叫什麼名字？」

女孩仔細打量她。「我知道妳為什麼會落到這個病院。」過了一下，她又說：「妳想要吞藥自殺。」

米蘭達彎身去脫球鞋。「這裡什麼時候吃晚餐？」

「我會在這裡是因為我那單位快把我煩死，還有她說要把愛滋傳染給我，我死定了，是不是？還有我那邊的獄卒，他居然說我騙人？」因為正在回溯記憶，她那潭咖啡般的雙眼亮了起來。「所以我就大發瘋放火燒我的牢房，」她最後精疲力盡地嘆了口氣，往後躺回自己床上。「他們大概，呃，四點半會拿食物來。還有，不要以為會有可樂，他們認為這病院的女人，怎說呢，腦袋太不正常，不能喝可樂。」

「沒可樂我應該沒關係。」米蘭達說。

女孩舔掉拇指上最後一小塊巧克力，撲通一聲側身倒下，彎起一臂撐著頭。「神是不會讓吃藥吃到死的傢伙去祂身邊的，妳知道吧？」

「我不知道，我猜我是忘了。」

女孩翻翻白眼，用鼻孔發出一個困惑的哼聲。「妳忘了？」她說：「這種屁事鬼才會忘。」她又翻成仰躺，抬眼望著天花板，雙臂枕在頭後方。「我單位的那個下三濫根本在放屁，警監跟我說，她連一小滴愛滋都沒有。」

□

四點鐘過後，她請這個單位一個名牌上寫著潔索的O形腿女人帶她去電話間。電話設在一個狹窄的凹處裡，以前曾是用來掛大衣的衣櫥，位置靠近小屋本來的入口。衣櫥門被移除了，赤裸裸的燈泡從天花板垂下。米蘭達打了由母親付費的電話。

芭比．格林同意付費之後，便開始啜泣。米蘭達感到自己眼中的淚水也蓄積起來，另外還有脖子底部與胸口的沉重感。電話另一端就這麼哭了整整一分鐘。透過灼熱又模糊的視線，米蘭達注視著牆壁；牆上厚厚的綠漆上有許多刮痕。是爪子嗎？是那些試圖爬出病院的女人用指甲留下的嗎？她們想要透過電話線，再次進入生者的世界嗎？

「媽，我真的很抱歉。」

終於，她母親說話了。「讓我跟妳父親討論一下，」她說：「我答應過他的。」電話那邊安靜了一會兒，然後是「喀」一聲，她父親直接搶過電話。「米蘭達，妳為什麼要這麼做？我是猜得到原因，但妳也知道我們正在處理妳的上訴……」

「律師說，對於目前的勝率我應該更實際一點。」

「該死，那王八蛋。」愛德華．格林說。

「愛德華，拜託，亞倫向來認為誠實為上策。」芭比說。接著便是一段安靜。他們三人都曉得，如果不是因為這通電話已經夠戲劇化、情況已經夠棘手，她搞不好還會再出言反駁——比你誠實多了。或是一些經年累月後磨得更加鋒利的句子。

「米蘭達，我拜託妳，再也不要這樣危害自己的生命。」

「妳父親說的沒錯，拜託，拜託妳不要放棄希望，親愛的，妳無論如何一定能出去。」

「我也希望自己可以這麼相信。」米蘭達用一根手指順著那些爪痕摸。

「如果妳怎麼樣了……我們也活不下去……如果他們沒發現……先是妳姊姊……」

「我知道那樣做不對。我只是……很絕望。」

她的母親又啜泣了起來。「我得看看妳，妳要多快才可以再見訪客？親愛的？」她說。

「他們跟我們說管束觀察的時候都不行。那通常都會多久？妳有概念嗎？親愛的？」

「我聽說也許一個月。看狀況吧，我想。」

潔索用指節在米蘭達頭旁的門框上敲了敲。「時間到了。」她說。

「我得掛了。」米蘭達說。

「妳要答應我們……」她父親聲音都破了。「拜託，拜託妳什麼都不要做，也什麼都不要試。」

她的眼淚終於開始往下掉。「我答應你，相信我，我答應你。」她跟他們道別，掛上電話，把眼淚擦乾，然後發現電話上方的牆壁刮了幾個字。此處曾有希望。

□

米蘭達的確抱著希望。她無法解釋，但她的確如此。那晚她躺著沒睡，聽著同病房的同伴打呼、啜泣，想著自己該怎麼幫助她們，想著自己可以付出些什麼。她計畫了一些事。等到她被送回社會，她會志願加入閱讀計畫，她會簽下去安養院做看護的契約。

在夜晚最深最暗的某個時刻，她突然醒過來，翻成側躺，向外望進林中，呈幾何圖案的圍欄映得亮晃晃，再過去的地方有一道影子。樹林裡有死人。

對不起，艾美，請原諒我。

十三歲，艾美飛上天空那晚，米蘭達獲得一個禮物：一個苟活的人生，一個在她姊姊的人生結束後還繼續前進的人生。可是後來她對此漸漸不以為意，非常不珍惜，這到底是在什麼時候發生的？又是為什麼？在某個時刻，她開始把這個人生當作可隨便處置的二手衣——掉在街上、留在計程車裡，就算不見了也不需承擔什麼後果。

舉尼奇的例子來說好了。她打算要跟他分手時，尼奇爆炸了——他一手壓住她的脖子，差點殺死她。她不敢相信自己的生命竟會以這種方式結束，這麼廉價，不過是放在當地新聞的小報導。最後尼奇鬆開她，抓起外套，狠狠把門在身後甩上。而今，他不時還會寫信給她——真心誠意的書信外加啼笑皆非的拼字。但她怎會讓事態發展至此？

為什麼？

為什麼不能？

多明尼克・史格沙則是她那段「為什麼不能」時期的最頂峰。為什麼不能把夜店認識的阿根廷觀光客帶上床呢？為什麼不能試試派對上那個笑得花枝亂顫的女孩遞給她的藥呢？為什麼不能？在那段時期，她在這個問題上想不出一個好答案。她跟大學時代至今的男友痛苦分手，剛滿二十四歲，經濟穩定、無牽無掛、身體健康，不懂自己為什麼不能想做什麼、就做什麼。

畢竟，為什麼不能呢？為什麼？

那次，她要準備表親加比的婚禮。她是家族裡年輕一輩中第一個結婚的人。那是一場盛會，甚至稱得上是個里程碑。當時是一九九二年二月，加比和露絲阿姨選了象牙白緞子的伴娘禮服：圓領，蓋肩袖，飄逸的中長裙。禮服是從麥迪遜大道一家驕傲而古老的店家訂購，店中處處都有灰色的厚天鵝絨軟墊，女店員雍容華貴，揮動著珍珠柄的筆，將客戶的三圍記錄在皮革裝幀的冊子上。米蘭達在某天下班後晚上去那家店量身，店裡幾乎全空，一名沒精打采的女店員（白酒色頭髮）負責為她量尺寸。她解下米蘭達的外套，小心掛起。店後方延伸了一排以特定角度對放的鏡子，彎著圍住三座高起來的圓平臺。米蘭達在用簾子遮起的更衣室中穿上禮服，然後被帶往中央的臺子。一名銜著大頭針的女子跪在米蘭達腳邊一塊墊子上，在褶邊以粉筆做記號。女店員走到米蘭達背後，把上半身多餘的布抓起來。「稍微合身一點，然後多露點乳溝，」她嘀咕著說：「懂了嗎？」

米蘭達的確懂。她決定原諒加比讓她的伴娘花上兩百塊錢，只在婚禮快閃一下。女裁縫師對著米蘭達的倒影露出微笑。「顏色很襯妳的膚色。」她說。女店員再次鬆開她上半身的布，布往下掉，露出大半她的黑色胸罩。「我在想要把妳的頭髮往上挽。」那名白酒色頭髮的女店員邊說，邊以靈巧的動作將米蘭達的長髮盤扭成髻，並用她從口袋拿出的一對髮夾固定起來。米蘭達注意到有個男人在鏡中倒影邊緣晃動，因此想把禮服的領口往上拉一點。「別動。」女裁縫師喊說。

那人也許二十一，或二十二歲，穿著一件非常大的芝加哥公牛連帽外套，紅加黑色，剪了個平頭。鏡子裡，他的倒影正以深沉的目光注視著米蘭達的倒影，然後他慢慢移出鏡子範圍，消失不見。

「多明尼克，」內室一個帶著口音的女人喊著。「你休息完回來了嗎？」

「對，B小姐，有什麼要拿？」

「去看貨，剛從機場來了兩個箱子。還有，這位大爺，麻煩下次不要在外面待這麼久好嗎？」

等到女裁縫師做完工作，米蘭達再次穿回自己的衣服，街道上的門已經鎖起，燈光也都關了。女店員開門讓米蘭達出去。「我們會在四到六週把禮服送過去給妳。」她說。

街道已經空盪無人，一道嚴寒的風令米蘭達不禁緊揪著外套。她快速跑到地下鐵入口，聽見火車開進站內，她加緊腳步，跑下樓梯（皮包在臀部上撞呀撞），迅速通過十字閘門、進到車中。好像有人急急忙忙跟在她身後，在門關上時稍微撞了她一下。有個男性的聲音說：「抱歉。」

她轉過身，驚訝地看見那個去看貨的男孩就在咫尺。他的雙眼是淺棕色，周圍一圈綠，皮膚很好。他緩緩靠近她，她則轉開身體，在幾乎荒蕪的車廂中選了一個座位。他在她對面坐下，一手搓揉著帶著鬍碴的方正下巴，用評賞的眼神注視著她，裹著藍色牛仔褲的長腿朝車廂中央伸開。他穿的是一雙鞋帶綁得很鬆的巨大工作靴。她試著避開他的眼神，並希望自己有本書可以讀。她總會在皮包裡放本平裝書的，偏偏今晚她就是沒有帶。

「妳住在市中心。」他開口，她抬眼看著他。男孩帶著光澤的黑髮在過亮的日光燈下發著光。

「是。」她說。

「我猜妳是愛爾蘭人。」他說。

「我不是。」她說。

「不是嗎？妳看起來很像。這是好事。」

她稍微露出一點微笑，算是迎合他。

「我父親一半愛爾蘭血統，一半義大利，我媽完全是波國人。」他往前傾，兩個手肘撐在膝上。「妳應該知道那是波多黎各的意思吧？」

「我知道。」米蘭達說。

他以誇大的優雅姿態從座位上起身，伸長一手、越過車廂。「我是尼奇。」他說。她緩緩將自己的手從外套口袋抽出，握住他的手，那手很暖。他用溫和但力道強勁的方式包住她的手指。

「嗨。」

他放開她的手，又坐回座位。「不告訴我名字。」他對她咧嘴一笑，彷彿一切盡在不言中。「也沒關係，目前妳可以當無名氏。」他說，把雙手再次塞回那件軟呼呼夾克的口袋。尼奇把頭往後仰，靠著刮花的車窗，閉上眼睛。「無名氏，妳知道嗎？」他的音量雖低，但在列車的隆隆聲下仍清晰可聞。「我到現在還可以在腦中看見妳穿那件禮服的樣子。」他陷入靜默好長一段時間，然後才張開眼睛，正好抓到米蘭達在看他，看得入迷。列車發出刺耳的聲響，煞慢速度、開入聯合廣場，米蘭達唐突地站起，朝門走去。他就跟在她身後。

她轉向他。「你不准跟著我。」她說。

「妳怎麼知道我不是要在這裡下車？」他說，一手放在她下背部，將她輕推過那扇打開的門，上到月臺。他在她身後下車，車開走了。車子發出吵鬧的聲音丟下他們離去。

「你絕對不是在這裡下車。」米蘭達說。

「就讓我陪妳走回家吧。」他微笑，那是個慵懶老練、專撩女人的微笑。

為什麼不能呢？

第一道日光剛滲進病房，戴著大圈圈耳環的青少女立刻大吼大叫地醒了過來。「*Mentiroso*、*Mentiroso*（騙子、騙子）。」她一遍又一遍地尖叫。其他女人開始在自己床上發出噓聲，咒罵不停。女孩站起來，從附近一個臺子抓了個鐵水壺，對著窗戶鐵條狠狠扔過去，製造出響亮的「哐噹」一聲，就連腦子都跟著一起嗡嗡叫。晚班獄卒不知從哪兒奔來，試圖抓住女孩的雙臂，她便轉過身狠狠用長長的淺粉紅色指甲刮了他一臉——她本來是瞄準眼睛的。獄卒放聲大叫，女孩則發出勝利的嘶吼，開始狂撕床墊上的床單。另一名獄卒出現，用無線電呼叫支援。不過一分鐘就來了四名守衛，把女孩臉朝下壓在地板上制伏，她在這狀況下還是持續尖叫掙扎，凡是她能觸及的身體部分她都咬。「*Mentiroso!*」守衛終於把她上銬，腳也鏈起，任她躺在油布地板上喘著大氣，獄卒拿紙巾輕擦著彼此的傷口。

「幹，我有愛滋喔。」那女孩哈哈大笑。

「妳最好是在撒謊，小妞。」其中一個獄卒說。

「幹。」她高聲吼道。他們把她拖走時，她尖叫到聲音都啞了。

病房裡其他女性被那景象逗樂，嘲笑聲此起彼落。「親愛的，祝妳在馬西玩得愉快啊，」其中一人在她身後喊著。「那裡有很多男人喔！」

「還有游泳池！」另一個女人說。「那是全美最時髦的瘋人院！」全體性的歡樂氣氛一路持續，直到其中一名獄卒回來對著所有人吼叫，要大家閉嘴，起來準備早上七點的點名。

點完名，伴著守衛不斷來回的無線電通話，以及獄卒叨叨絮絮的出言警告——「點名時不准講話，各位女士，不准講話。」——雖然她們從來不會因為這樣就真的不講話——早餐推車來了。米蘭達把毯子塞到超薄的床墊底下，卻聽到身旁某個人說：「我早就告訴妳了。」

艾波把疊滿小盒早餐穀片的金屬餐車停在她床腳邊。「我早就告訴妳妳不可能比我更早離開這裡。妳不會真的想把我丟在一〇九C跟那些賤貨在一起吧？」

米蘭達緊緊抱住艾波狹窄卻結實的肩膀，她散發檸檬洗衣香皂的氣味。這是另一個無聲的誓約，感謝自己沒有真的丟下這個人。她放開艾波，比了比餐車。「但妳不是廚房員工。」

艾波聳聳肩，快速露出一個害羞的微笑。「我賄賂雀莉裝病請假，用了一整箱杯湯。」然後，她眼神一凜，那琥珀色雀斑是如此討人喜歡。「我非來看看我的小妹不可。小路說妳在打算些什麼，但我告訴她不可能，妳不會的。」

突然之間，餘燼從體內讓她整個人熱起來，米蘭達伏到床上，雙手猛揉臉，試圖讓臉冷卻。她再次抬眼注視艾波，再次注意到她修得極短的頭髮優雅的弧線、她雙眼中的睿智，還有她體內堅實的力量。拋棄這麼珍貴的一個人、把她在世上最最倚賴的小小救世主獨自留在這悲慘之地——是多麼可恥的行為。

「米蘭達，妳的家人怎麼辦？妳有想過妳母親嗎？」她的語氣中充滿斥責，令人心碎。

「艾波，我真的不知道自己在想什麼。妳知道的，我只是……五十二年啊。」

「那又怎樣？無論在什麼境遇，都要綻放，親愛的。」

這是她們最喜歡的座右銘，甚至還印出來掛在健身房牆上。米蘭達點點頭。「我會努力。」

「說到那個，他們在瓦特金的舊房間安排了一個新女孩，奈莎。我們有稍微一起散散步。」她害羞地微笑。「那個奈莎——她很聰明，什麼都處理得妥妥當當。」

米蘭達咧嘴一笑。「我懂了。」她比往常還要高興。

艾波搖搖頭，有些害羞。「不是，不是那樣。她就只是人很好。」她把兩盒早餐穀片遞給米蘭達。「底下那個是小路給妳的，不知道裡面是什麼，但留到早餐送餐結束後再打開，被抓到我就真的完了。」

「謝謝。」接過盒子時，米蘭達一手緊抓住艾波的手，捏了一下。

艾波也回以有力的一握。「等不及妳回來單位了。」

「妳真的覺得他們會再讓我回去一〇九嗎？」米蘭達說。

艾波把推車推走時，轉頭露出微笑。「貝蘿恨不得把妳要回來呢。」

當所有食物餐車都推出病房，平靜再度回歸，潔索在她的工作站看報紙，大多女人在遠遠角落打撲克牌，米蘭達從第二個穀片盒抽出一條長紙，拉出一個用衛生紙包起來的包裹，解開發現裡面是一瓶雪利酒，還有沒用過的露華濃脣膏——深暗紅色，名字是「冷豔奢華」，同時還有一張紙，整齊地摺好。米蘭達打開，發現是小路用她詭異而方正的印刷字跡寫的紙條。她的筆觸還保留些許斯拉夫文的殘餘。米米，下次會更好。上面這樣寫著。

9

醫師必須隨時意識到自身心理健康可能受到的影響，是否會左右其專業判斷。
（原則A）

我一直都是非常規解答的熱情擁護者。用十足的創意解決問題，各種形式皆可。我曾這樣鼓勵客戶：讓思考跳出一般界限，打破既有模式與惡性循環，丟棄陋習，捨身犯險。

如果想有成功的可能，必得冒著失敗的風險——我在紐約大學過往的導師哈森海德這麼說道。在M意圖結束自己生命後，我決定要將之實踐。

第一步：重新與M建立關係。這一步很棘手。分支病院是蔻瑞・瑪斯特森的領域。如果她發現其他心理醫師在那裡偷偷摸摸亂搞她的觀察對象，她會變得非常暴躁。但之後，M從醫院被載回來的第三天，我還是想辦法進去了。我當然去了醫院照顧她——晚宴那晚，還有第二天的一整天我也去了。她那時仍意識不清，用了劑量很大的鎮靜劑。我想她應該不會發現。

現在她回來了，我不確定她是否還願意接納我。當我走過分支病院入口的守衛桌前，口中碎念著說瑪斯特森醫師去開會，那時我心跳一定衝到足足兩百。事實上，其實我知道那天下午她是蹺班去百老匯看日場表演。

我掃視房間——沉重且染成骯髒深色的橫樑橫過天花板，十字格的窗戶，整整齊齊幾排床鋪沿兩面牆排放，高掛的白色圓吊燈灑下滿是灰塵、陳舊腐朽的光線。如果不去看那些身穿制服的囚犯和守衛，你可能會覺得自己來到女子大學破爛但還算稱頭的宿舍。我瞥到M坐在床上讀一本講愛蓮娜．羅斯福[1]的書。「好看嗎？」我說。她把書放下，我覺得胸口彷彿升起一把圓頭錘，在喉嚨底部敲啊敲。其他女人都以好奇又帶著敵意的眼神看往這邊。畢竟我不是蔻瑞．瑪斯特森。

她快速移開眼神——先看我一下，再閃避。「她是我的新偶像，一個不切實際的傢伙。」

「是，就我所知，她是一名堅強的女性，堅強的第一夫人。」

宿舍另一邊的一個女人立刻出聲。「蔻瑞醫生去哪裡了？我要見我的蔻瑞醫生。」

一名獄卒急忙跑到我身後。「醫師，可不可以請你先處理那邊的莉娜？她好像大爆發了。」

「當然沒問題，馬上過去。」守衛朝著正在狂叫的莉娜走去。我轉回M那邊，壓低聲音。「有機會請務必來找我。」

她臉上閃過一個緊繃的扭曲表情，眼神死死地釘在那本愛蓮娜．羅斯福上。「我覺得我已經不需要什麼諮商了。」她的音量只比氣音大一些。

「一次就好。」我說。然後轉身走開。等我終於讓莉娜平靜下來，想辦法再次走回房間那頭，卻發現她不見了。我問獄卒她去了哪裡。「廁所，」他說：「說得去解放一下。」

我從希爾頓宴會廳衝出來後聽說，我父親走到麥克風前發表得獎感言——那被認為是美國心理學會史上最棒演說：精采、優美又充滿智慧。最近我在一本莫名落到我手中的舊協會年報讀到。那場演講可說實至名歸——或者更甚。

優秀父母的陰影一輩子都籠罩著我，我說的沒錯吧？當你艱難地走在自己路上，還是會持續不斷意識到他們打造的道路一直在旁邊。但不知到了哪個點，當你還在平地，陷在五里霧中無頭蒼蠅似地繞圈圈，你會覺得他們不知怎麼橫越過更繁盛、更美不勝收

1 Eleanor Roosevelt。美國第三十二任總統富蘭克林．德拉諾．羅斯福（Franklin Delano Roosevelt）的妻子。

的景色，攀上更宏偉的山巔，看見更崇高的遠景。也許，你可以靠想像他們攀上高處得到滿足，即便這一切正如你所懷疑——你真的不可能站到他們身邊——你還是會逗留不去，年年做下記錄。有時你會停下每日例行公事，抬頭仰望，凝視他們所在的位置，也許因為太渴望觸到他們，沉澱思緒一會兒，直到他們慢慢緩緩消失在你視野中。

傑瑞．史帝威在結束後把爸拉到一邊，問我是不是在找治療師。「他好像有點……亂了調，我只是想說這件事。」史帝威向他吐露祕密，說自己的女兒是個表演藝術工作者。就在這晚，她在市中心的舞臺工作，表演名稱由她命名為「排泄／胚胎」，是個與排泄物有關的演出。他嘆了口氣說：「厄斯金，我想大家說的可能都是真的：精神學家的小孩精神都不正常。」他大力拍了父親的背。「跟他說，我星期二晚上有空檔，我非常樂意把他排進去。」

聽到蔻瑞的消息後，我經歷了一趟瘋狂的車程，直奔哈德森谷醫學中心，去向M道別。但在我開到那裡時卻發現她還活著。在那漫長的一夜，我坐在沉睡的她身旁，骨瘦如柴的獄卒在旁邊椅子上打瞌睡。清晨時，我走出去到停車場呼吸新鮮空氣，靠在我的車上，抬起頭，以鬆一口氣外加心懷感激的眼神凝望她在三樓的病房窗戶。我簡短地對神致上謝意。在此我要直接坦承：當時的我並不誠心，在那美好宜人的清晨，我則認真思考起自己搞不好可以變成這種人。在那個郊區停車場，當保全燈光一閃熄滅，我浸潤在剛醒來的鳥兒理所當然的啁啾合聲中，感覺到某個充滿仁慈的存在。

那天早上稍晚，我在醫院走道上見到查理．波金赫：一旦發生自殺事件，查理就得處理一堆讓人頭痛的文書作業。他正在等自動販賣機吐出榛果咖啡。「對於這個案例我不知道該說什麼，」我走上前時，他說：「我跟你發誓，我做了徹底評估，完全沒察覺到任何自殺意圖。」

「朋友，他們每次都會丟出變化球。」查理同情地說：「有時我們就是會被三振。」

「她在霍普金斯量表的分數是二，非常穩定，只有輕微焦慮。安米替林很適當。」我沒刮鬍子，頭髮亂七八糟；他把一手放在我肩膀。「不要苦惱，法蘭克。我們是非常相信你的。」他拿起自己的咖啡啜飲。「那個小姑娘很快就能到處活蹦亂跳了。」他跟著我進去M的病房，我只有短暫俯身靠近她——她依舊徹底不省人事。但我認為說不定——說不定，她正透過那層迷霧對我微笑。我站直身軀，將手放在她手腕上。「脈搏強健，皮膚顏色也相當紅潤。」我對查理說：「我想，在得到重獲新生的機會後，她應該會丟棄那個念頭。我非常期待再在我辦公室見到她。」

查理點點頭，嚴肅地打量這名睡美人。「法蘭克，你是個好人，真的。」

回家路上，我喃喃念著因為M還有命在的感謝誓言，並試圖思考在我搞了那場消失秀後該怎麼面對父親：他給我留下充滿憂慮的語音訊息。我決定回到公寓，沖個澡、刮鬍子，在薩巴熟食超市買一些巧克力奶油黑白餅乾，以這種簡單雙色的食物聊表誠意，然後請他吃晚餐。

我從電梯出去，發現松露蜷在走道的滅火器上以責難的眼神瞪著我。公寓大門大開。「哈囉？」我試探地對著客廳裡面喊。沒人回答、沒有人在——但電視不見了，電線無力地從電視櫃垂下。「老天，」我低聲說道。很顯然，某個當地毒蟲扯下了我的電視，遠走高飛，並在匆忙之中掉了遙控器——那玩意兒就躺在小地毯正中央。我把遙控器踢到沙發下，走回自己的臥室。

然後一陣沙沙響從浴室傳來，我心跳加速，迅速壓低身子走過走道、進入房間，四處打探尋找武器。我抓了一盞閱讀燈，把插頭拔掉、高舉起來。「我有武器喔，」我大喊著，朝床邊的電話退後。「我要叫警察了。」

我拿起話筒打了一一九，浴室的沙沙聲變得更大，我可以聽到浴簾被推到一邊，某人從浴缸走出來，然後是一個巨大的掉落聲，一臺二十七寸日立電視在磁磚上摔裂。

「一一九報案中心，您的所在位置是？」

「西區八十四街三六六號，我家被人闖入——」

浴室門迅速打開，整個敲到牆上，一個高大而駝背的身形出現，頭髮長長的；我的電視殘骸堆在他腳邊。「老哥，不要，拜託不要，」他抽泣著說：「我在等你。」

「接線人員，當我沒說。」我掛上電話，丟了燈，坐到床上，呼出一口氣，努力要喘過氣來。克萊德不開心地從褪色的洋基棒球帽邊邊底下偷看，玩弄著骯髒帽T的帶子。「你有掃把嗎？」他大膽問道。「我會掃乾淨。」

「你真是創下新紀錄了。」

「我只是想拿去當，我發誓只要我有辦法就會立刻拿回來。」

我嘆了口氣，把玻璃踢到一邊，對著他張開雙臂。他骨瘦如柴，就像我過去的那個幼小的弟弟。我覺得自己彷彿抱到一捆樹枝，但他的頭髮掃過我臉頰，喚起了一些回憶——母親的頭髮，寇琳的頭髮。一模一樣的完美波浪，像羽毛一樣輕地掠過皮膚上。

然後我便理解，他的違法入侵也許是件好事。我把他放開。「你回去沖澡，把自己刷乾淨，這團亂我來就好。」我匆忙走向衣櫥，給他拿了件藍色牛津襯衫和一條卡其褲。

「法蘭克，老哥，我很抱歉……」我轉身見他皺起眉頭，露出一臉羞愧，把一地仿木紋塑膠的碎片踢到一邊。我大步走上前，摘掉他頭上的帽子，把他整個人轉過來，堅定地一推。

「快點去，」我說：「你親愛的老爸還在等呢。」

悶熱的七月夜晚，街道呈現半空曠狀態，我們隆斯特一家乘坐白色加長禮車自由地在城裡到處疾駛。晚餐到東城吃，再去東村享用義大利手工冰淇淋，接著到砲臺公園繞一下，爸就能對自由女神脫帽敬個禮。三不五時，克萊德會從打開的天窗探頭出去，對著夜色放聲大吼，在禮車加速經過驚呆的路人時用雙手對他們比個開心的讚。當克萊德噗咚一聲倒回由白色皮革圍出的空間，爸伸出一手攬著克萊德的肩膀。「這孩子還是這麼好笑，很好很好。」

另一方面，他對我則帶有一絲憂傷與同情。當我們停在中國城吃宵夜，他開始刺探我離婚的相關問題，克萊德正在把煎餃餡給吸出來。「你跟薇妮真正的問題到底是什麼？」他小心翼翼地問：「溝通不良？床上不愉快？當然，她常常不在可能只是躲避的小手段，但也可能真的是因為工作。一切都很難說。」

我在座位上侷促不安。「爸，說真的，我們就只是不合。」

「我希望你對我也沒有嫌隙，那麼是自我認同嗎？憤怒？」

「都不是。」

「只是你昨晚那樣跑出去……」

「我……我工作上承受很大壓力。我發現我有個病人，她很棘手，我變得……」我努力想找出正確字彙。「有點放不下。我想把這個案例處理好。也許我反應過度了。」

他一臉睿智地點點頭，吐出椒鹽蝦的殼。「孩子，你六歲時測驗出來就是這樣：極度強烈的超我、與眾不同的良知、對於規則絕對遵守、絕對忠誠。」

我虛弱一笑。「又是一個精準的隆斯特測驗結果，只可惜準確度有點出入。」

「有點出入，」他邊說邊點頭，然後轉向克萊德。「然後還有這孩子，我還真是擔心他。」我的弟弟聞言舉起一根筷子。「孩子，麵包店那個工作怎麼樣了？你有在那裡看到未來嗎？」

我偷偷摸摸對克萊德做了個手勢，試圖讓他把衣袖放下來。當他瘋狂大啖起食物，就把袖子往上拉過手肘，手上的痕跡都跑出來了。他立刻把手縮回袖子。「喔，當然啦爸，派永遠走在流行尖端。」

爸似乎沒有注意到他坑坑疤疤的手臂。「克萊德，我想應該是這樣沒錯，」他溫和地說：「反正派也不會走到別的地方。」

「還有，爸，我會做彩虹的七種口味，全部喔。另外再加一些別的。」

第二天早上，爸飛回家，克萊德又消失在吉米那兒，他的口袋塞滿我買給他的各種禮券：超市的、連鎖雞肉熟食的。比起鈔票，我希望這些東西可以給他更多幫助。我給自己買了臺全新的日立電視，包含最新的子母畫面功能及環繞音效。我在午餐之前回到諮商中心，查理・波金赫把我找到他辦公室。裡頭一面牆上裝飾了一幅巨大的亞瑟・艾許[2]裱框版畫，渾身灰塵的植物懸在他腦袋後方。「證實了，」他說，把桌上的檔案「啪」一聲翻開。「調查顯示，你的客戶，就是意圖自殺的那位，真的在囤積用藥。她

---

2 Arthur Ashe（1943-1993），第一位贏得大滿貫的美國黑人網球員。

把每天的用量存起來，藏在私人空間的某處。」他抬頭看向我，細細的眉毛揪成一團。「就像個小賊，你說是不是？」他搖搖頭。「這是非常嚴重的預謀，你完全沒頭緒嗎？」

「沒有，」我緊張地抹著沒修過的頸背。「我從她身上什麼都沒看出來……」

「朋友，你放輕鬆，」查理說：「這完全是固定程序，我沒有要指責你任何事。你知道的，我得幫艾波妮填好這些該死的表格。」

「是，我知道。」我做了個深呼吸。

「你怎麼會從建議她用樂復得改成安米替林？」他說，草草瀏覽著檔案。

「呃，我想我就是——我想她應該能從三環抗抑鬱藥獲得幫助，樂復得似乎沒能正確打中她的需求……」

「當然、當然，」查理潦草寫下一些筆記。「安米替林也是我手邊最愛用的項目之一，我可能十之八九也會這麼做。」他闔起檔案夾，將親切十足的眼神轉到我身上。「現在先不要想這些了，法蘭克。記住，在我們這個諮商群體中，你是非常重要的一員。」

當我回到我辦公室，把門在身後關上，站到房間正中央，瞪了地板上顫動的菱形光塊好一段時間。因為從遙遠北方掃來的熱風，影子與光線隨之震盪。風吹來的地方也許遠得就像來自奧尼納郡，先直下哈德森，然後橫過西徹斯特的山丘，前來騷擾我地下室窗戶外疲憊的紫丁香。我試圖回憶，回想M要求「更強烈的」藥物時臉上的表情；我回想接下來的每一次療程，當她從我這裡拿到就醫還押單，便迅速研究起來的模樣……這當然是在囤積。可是我卻如此確定自己是在幫助她；我如此確定我們會——我的上帝啊——達到某種「診療上的一大躍進」。

她有她自己的計畫。

她要了我。

她把我當目標，她的目標。

我怎麼會讓這一切發生呢？

去他的「放她自由」。我到底為何會產生這種動機？這女人可是殺了人的啊。

但……

但也許她並沒有。也許那是自衛，是意外，是一次誤判。也許M的確跟我感覺的一樣——迷惘、寂寞、失親，被拋到最糟的情況之中，再痛苦地以慢動作重重落入悽慘的命運，只能盡力抓住這唯一的機會、試圖扭轉。為了結束生命，她願意不擇手段，需要欺騙誰她就欺騙誰。為了甩開煩憂，為了讓她終於得到解放。

那晚我就這麼回到公寓，卻完全不知道自己是怎麼回去的。我不記得自己開到索米爾、停好車。我換了衣服，拿起籃球，就這麼恍恍惚惚晃出去到河濱公園。哈德森河排出廢氣，吐出蒸氣迷霧，有如第八大道老舊的餐館中冒著煙的食物臺。最後一名遛狗者沿人行道漫步。我在底下的河畔球場百般聊賴地開始投籃，旁邊的觀眾只有一隻髒兮兮的松鼠在搜垃圾桶找晚餐。我努力地要把事情想個清楚。

松鼠找到一片漢堡麵包，有個慢跑者踏步經過，一架直昇機在頭頂發出微弱的嗡嗡聲，月亮自薄霧中浮現，柔和又飄搖，是陰鬱的泳池中一道水下之光。答案自動浮現，因為它一直以來都埋在我心中，等著誠實無欺的自省瞬間降臨。

核心概念如下：我們會老，我們會成長，我們辛勤且拚命地去進化、去前進，但因為某些無法避免的自然法則，青少年時期的自己仍維持最質樸的模樣，那是無法更動的核心。你可以試圖逃離，但它會跟著你跑；它會跟著你前往每一條旁路、每一條地下室走道。有時，它會跟上你的腳步，用細瘦的雙臂緊攬住你，拿熱呼呼的吐息弄溼你頸子。

我就是被高中新鮮人的自己——那個男孩——給攫住了。我仍受她奴役，我仍那樣掛在更衣室外頭的牆壁，移不開眼神。

如果剛剛經過的遛狗者給我一本素描本，我仍能憑記憶畫出她的兩個手腕。纖細，多節，象牙色的皮膚底下延展藍紫色的血管。我能描繪出她眉毛的彎曲與下巴的弧度；她髮絲的顏色與光澤，像在雨中受沖刷的紅銅。

我無法將眼神移開。我遭到她的矇騙。

□

在精神病院看過M之後又過了好幾個早上，我帶著堅定意志走過警衛面前。做這件事的方法只有一種，我再清楚不過。我努力不去責怪自己。我們這些坐在診療椅上的人跟一般人其實沒有兩樣。有時會出現吸引我們的病人——畢竟，我們分享了他們的祕密，同笑同哭，我們並沒有把賀爾蒙留在家裡某個盒子裡，我們的情緒會激昂，醫病過程中交換的親密度也相當強烈。當這股騷動升起，診療者必須往內心深處尋找力量，諸如自我壓抑、自我控制，或自我剝奪。

我知道自己必須繼續療程，繼續堅持我在她用藥過量前最後一次做出的決定，並且忍下想跟M有進一步接觸的衝動。

我從接待員那兒拿起每日行程。伊曼達——她的頭髮往上纏繞，綁成一條長長的形狀，那顆腦袋看起來簡直像個驚嘆號。「嘿，醫生，你好嗎？」她露出微笑。

「有待討論。」我說。

我在走廊上繼續朝我辦公室前進，然後瞥了一眼行程表上九點時段的名字。

我抬起頭，她就在那兒，在我辦公室門外的長椅，緊張地玩弄從一邊肩膀落下的馬尾。我的肺臟彷彿被捏緊，氧氣變成某種阻礙。「早安。」我努力地說。

她站起來，朝我上前一步。「我很抱歉。」

她的瞳仁顏色變幻莫測，還有那片淡淡的雀斑——別看！我斥責自己。「妳已經出病院了嗎？」

「我還沒，他們下週會讓我回去跟大家一起。我是提出特別請求過來這裡的。」

我打開辦公室門，比出手勢、請她進去。渾濁的早晨陽光讓屋內形貌模糊；我沒開天花板的燈。「妳看起來大有起色。」

她沒坐到給客戶坐的椅子上，並在我把文件和公事包放下時到處晃了一會兒。我注意著她走的每一步、她下巴的角度，還有手指放在什麼地方：文件櫃的角角、鉻黃的椅背。

「我真的很抱歉，」她又說了一次。「我希望我的……我出的事……沒有給你帶來任何麻煩。」

「這個嘛，」我小心地說：「我想我比較關注的是我被騙了。」

她抬眼看我，似乎沒想到這件事。「我來這裡是要跟你道歉，因為我是出於裝出來的理由來看你的。」她將一側臀部靠在桌上，拿那雙莊嚴肅穆的眼神看著我。「我對療程或能不能好轉其實沒有興趣，我只是想出去。」

我點點頭。「可以理解。」我說。溼氣從我髮際和下背部湧上——這到底是打哪兒來的？

我深呼吸一口氣。「妳覺得我可能會幫妳。」

她揚起眉，一臉困惑。

「因為我們之間的聯繫？」我說。

我試圖控制表情，但整張臉好鬆弛又好炙熱，像一團熱呼呼的橡膠，無法維持形狀。

她慢慢俯下身體，坐進那張客戶椅。「所以你真的記得我。」她終於說。

「從看到你的第一眼、第一瞬間，我就認出妳。」

她注視著我，然後垂下眼神。「我倒是花了一點時間。」她低聲說。

「妳的置物櫃就在打字室外面，」她點點頭。「妳總是穿著白色牛仔外套，還有飛馬耳環，在薛瓦特的函數課上，妳總是坐在妳一個朋友旁邊。」

「艾倫什麼的。」她對我抬起眼神。

「妳曾經跟布萊恩．富勒交往過，妳會做陶器，妳的車子是類似紅棕色的豐田Hatchback？」

「你對過去的記憶力比我好太多了。」她說。

「在跟西湖高中的比賽中，妳贏了五十公尺短跑。」

「我的天，」她搖著頭，研究起放在大腿上的雙手。「我其實都不太記得了，但隱隱約約……只有你的名字……引起很小的一絲回音。」

「那時我很害羞……我是個害羞的小孩。」說出這話時，我整個臉都紅了。這實在是有夠扯。「但妳看現在……我們這樣就已經是嚴重違反倫理相關規範。」

她嘆了口氣。「我沒想過你認識我，但是……我覺得……不知道。你好像對我沒有辦法。」

「你覺得我會給妳安米替林。」我平靜地補充道。

「但我現在很感激藥沒有奏效，」她說：「非常非常感激。我只希望自己知道該怎麼過人生。」她在腿上把掌心往上翻，研究了好長一段時間。

「所以你跟我在同一堂函數課？」她再次抬眼看我。「我實在記不起來了。」

「我那時很害羞。」我又聽到自己的呢喃。我從她面前別開眼神。窗外，在灌木林之上，飽滿而黑暗的雨雲急向東走，朝海洋去。我覺得胸口有一股驚人的灼熱，心臟急速漲大，一團純然的腎上腺素飆升。我再次回到額上的手一片溼漉漉。

「M？」我說，還在抬頭注視窗戶。「如果我把妳弄出去，妳覺得怎麼樣？」一片安靜。我甚至能從背後感覺到她的視線。我轉向她，她以打量公車上某個陌生人的眼神看著我。

「妳知道我在說什麼嗎？」我現在把音量壓得非常低。

「完全不知道。」她說。

我再次陷入自己的椅子。「我是真的想幫妳，我們以前有過一段共同的經歷……不是嗎？」

她什麼也沒說，我磕磕絆絆地繼續講：「妳以前……妳現在……都是對我來說很重要的人。」

她的臉頰泛起粉紅，緩緩站起身，速度有如流過一顆一顆沙上的水。「我不知道你到底在說什麼。」她慢慢地說。

「說老實話，我也不知道。」我搓搓下巴，試圖召喚一些有用的詞彙。「妳看——我現在處於生命中一個頗詭異的階段。」

她看著我。

「我丟了工作、離了婚。」

「很多人都離婚，」她說：「老天，那根本沒什麼，超級沒什麼。打個比方，你看看我——」

我垂下眼神，看向桌面。「我只能這麼做——只能看著妳、想著妳，想著我能怎麼幫妳，我覺得我真的非常想幫妳。」

那片寂靜延伸了很長一段時間，沉澱在我們周遭，將我們包住。她，還有我，桌子和椅子，檔案櫃和茶壺，這一整個遭神遺棄的房間。

然後我將之擊潰。

「M，看來諮商並不是正確解答。」

「似乎是這樣的。」她說，眼中閃過一絲光芒，有如幽深洞穴的一道遙遠焰光——但我看不明白是什麼樣的火光。也許是警戒，也許是希望。

「我該把話講白點。」我說。

她輕輕點頭。「麻煩了。」

我往前傾，打量著自己擺在桌上的手；那雙手沒有停止過顫抖。

「妳要逃，」我說：「我會把妳弄出去。」我說：「逃跑，」我說：「逃出這個地方。」

抉擇

10

一九九九年九月

雪。雪當然扮演著重要的角色。雪從黑暗中瘋狂落下、橫空而出，如此超脫世俗，如此豐沛，如此變幻莫測。這狂傲的城市陷入一片無聲，陷入蒼白。紐約節節敗退，大雪占了上風。

晨邊高地的一場生日派對。五年前，當時報氣象的傢伙整晚都在電視上讚嘆，像炫耀健壯嬰孩的新手爸媽那樣大呼小叫。六十公分——七十公分——大家聽聽！剛剛從佩勒姆園道以西傳來七十五公分的消息，真是太不真實了。

派對只來了五個人，就五個，外加一箱普通到不行的紅酒。其中一人是米蘭達，她搭著公車來到上城，用戴著毛手套的手勉強端著裝在盒裡的杏仁奶油蛋糕；一個是當日壽星，一位名叫姬莉安的繪畫藝術家，她是在雅各斯・韓那個級別米蘭達最喜歡的藝術家，她的眼神帶著笑與批判，顏色參差的頭髮一根根豎在上方，像昆蟲觸角那樣一抽一抽的；另一個是女主人，安，一位愛咬指甲的美麗畫家，她是在學校認識姬莉安和她男友的——一位來自西班牙、打扮得花里胡俏的股票經紀人。

最後，是鄧肯．麥克雷。

此時米蘭達來到二十六歲的穩定時期。那些「為什麼不能」的歲月已經過去。尼奇．史格沙嚇壞她了。自從去年秋天跟他的那場意外，她就一直小心而禁慾。她曾大著膽子去了一次臨時起意的約會，但永遠跟男人保持著距離。她避開酒吧，她好好工作，晚上就用來讀書。

「這位是鄧肯，鄧肯，這是米蘭達。」

他點了點頭，念出她的名字。

她在狹窄得像某種縫隙的長形廚房把蛋糕從盒子拿出來，姬莉安很快地跑進去，勉強將半壞的門「砰」一聲在身後關上，掩去音樂以及安高音頻的咯咯笑聲。「拜託——拜託妳搞上他，這樣才能把一切都告訴我，」姬莉安說：「而且每個細節都要講得清清楚楚。」

「我真的不知道妳在講什麼。」

「他一直在注意妳啊，米蘭達，妳絕對也一直在注意他。」她靠在流理臺上對米蘭達咧嘴笑。「我看得出來。」

米蘭達小心地把蛋糕移到大淺盤上。「他跟安一起坐在那張大椅子上。」

「他們是親戚，米蘭達，」姬莉安輕笑著。「我有聽過一些他的傳說，不推薦妳做長期投資，但短期呢，喔呵呵。」

米蘭達打開又關上安的抽屜，尋找刀子，發出一些細微的金屬相撞聲。「我已經發誓要禁慾了。」

姬莉安轉過身，從牆上架子抽出一把切肉刀。「我眼睛都要離不開他了，」她邊說邊把刀子遞給米蘭達。「如果拉夫不在這裡，我真的會淪陷。」姬莉安說。她用手指去沾糖霜，再舔乾淨。「好吃欸，我喜歡我的生日蛋糕。」她抬眼望著米蘭達。「所以妳會淪陷嗎？」

她把蛋糕切成二等分，再切四等分。對於這些瘦得跟竹竿一樣的人來說，這蛋糕實在太大了。「說真話：我不會。」

「話別說太早啊，米蘭達。」姬莉安遞出一個盤子，堆起微笑。「妳跟我每次都愛上同一種男人，妳騙不了我的。」

米蘭達獨自離開派對——至少她以為是這樣。但當她轉過轉角去坐電梯，他就出現在那兒，肩上掛著一件黑色羊毛外套，脖子上圍一條灰色圍巾。

「妳要怎麼回家？」他說。

是因為他的雙眼嗎？那最最深沉、最最幽暗的藍，帶著警戒，帶著不願，好像壓抑著一些什麼，例如潛藏其下的意圖。她無法多看一秒，所以不夠時間精確讀出他眼中含意。

「我不確定現在……」她說：「還有什麼車。」電梯門突然打開，歡迎他們——關住他們。「你呢？」她大膽一問，朝他的方向看去。他的頭髮正好垂在大衣領子後方，是棕色之中隱約的一股紅，跟她有點像。但說實在，他的更好看。

「我就住在轉角，」他說，並轉往她的方向，抓到她在偷看他。他露出微笑。「如果妳回不了家——」米蘭達感到心跳彷彿換了新的頻率，連她自己也有些驚訝。電梯的下降似乎讓她反胃。米蘭達從他面前別開眼神，試著穩住呼吸。

那晚她沒跟他上床。她逃進地下鐵，但車沒有來，所以最後她勇敢地以無線電叫了一輛計程車回家，付了三十美金。第二天他打來電話，兩人隨性踏過被大雪困住的東村，最後來到她的公寓。他十分老練，所以她嚇了一跳。她還在裝忙泡咖啡，他已在她沒注意時來到她身後，緊緊環抱住她，解開她襯衫的扣子。米蘭達小心做完把水倒入茶壺的動作——水柱顫抖不已——然後放下玻璃水瓶，轉向他，感覺著自己的呼吸——也許連靈魂都棄她而去。但她並不特別在意。

就是在這一刻，她明白：她再也不會有這樣的感受。她這輩子從沒有那麼想要一個人。就是在那個瞬間，她停下動作，讓自己稍微離他遠一點。她的呼吸斷續而雜亂，他打量著她——那是什麼眼神？抽離，或迷戀？「太快嗎？」他呢喃著說：「妳知道的，我們也不一定要做，我可以就這樣抱著妳。」

米蘭達整晚盯著自己牢房天花板看。從警衛那裡透進來的光中，水漬似乎形成了三重悲傷的面孔——悲傷，而且又髒兮兮的。她試著閉上眼睛，把腦海中的廣播臺詞讀過一遍、順過一遍。

如果妳離開我，等於把我一整顆心帶走。

睡意不來。

這狀況已經持續一個禮拜了。她整天都慢吞拖拉地行動。她獲得閱讀中心的新工作。當身邊的女人笨拙而大聲地念著成人學習書裡比爾和珍的故事——「比爾和珍一起下廚」、「比爾和珍一起慢跑」、「比爾和珍一起飛」，她不停打瞌睡，結果被她其中一個學生抓到。「瞧？書就是他媽的這麼無聊。」她說，並把那東西扔了。

她可以好好感謝法蘭克．隆斯特，記憶中那個模糊的同學。是，她的確試圖玩弄他，但後來——慢慢地——記憶回歸。她能想起他的名字，可能是點名或從班級名單看到，可是關於他的長相，她總是無法聚焦。很顯然，他沒給她留下任何印象。但這個名字，在共同的過往中最最模糊的一個輪廓，至少可以從這裡開始。她覺得自己的手段使得無聲無息又聰明，可是他從很早以前就鎖定她了。從她出現在他那扇門的第一個瞬間，他就將她認了出來。

顯然她不是什麼犯罪天才，至少這點算是非常清楚。總之，她得到她想要的了——藥，也拿來用了。同時，她很高興自己的計畫沒有成功。她只是決定了要再去見他最後一面，只是要道個歉，跟他全盤托出，做為她全新人生的一部分。

而現在他又提出荒謬可笑的提議。

假使，因為一些奇蹟般的轉折，他真能成功實踐這個詭異的越獄念頭，然後呢？太可笑了。這是她腦中冒出的第一句話。

他顯然是個好人。他顯然對於她的身心健康有些憂慮。是，沒錯，當他們談話，他轉著那一小顆愚蠢的泡棉籃球，她注意到了他的上臂和修長的大手。是的，她認為他的長相有著特殊的吸引力，憨厚而紅潤，一束束凌亂的金髮也常稍嫌太蓬。

她踢了踢毛毯，把它從床上踢下去。

她只希望自己能夠安睡。

回到C單位，她設定了一個自己的計畫：為了給艾波做燉飯，她要蒐集食材。還為鄧肯．麥克雷做菜時，這是她最拿手的料理。現在她想要做給她最最要好的朋友，她的小小救世主，她們之間的羈絆非常深厚，她是她人生中不可或缺的人。但近來艾波總不見人影。米蘭達上週有兩度發現她在自己的房間啜泣——也許是那個新人——奈莎——不知怎麼傷了她的心？米蘭達發現那女孩其實陰鬱又暴躁，但艾波似乎被迷住了，被騙走心神。她在她身邊就是掛著一臉笑，還睜著用睫毛膏加大的眼睛。現在情況有些不一樣了，但她不肯說究竟是什麼，只是一個勁兒地蜷縮在床上，頭埋在雙手中，說：「米米，我真他媽的怕死了。如果我死在這裡，我家的人根本不會來帶我，他們會把我跟遊民埋在一起。我好怕好怕。」接著她就不肯說了。她會躺在自己床上，不肯起來。

卡孟納來了。她說：「如果想要去外面溜達，妳們這些姑娘最好去排好隊。」

「我肚子痛。」艾波抽著鼻子說。

「好，五月小姐，那妳又有什麼理由？」

「我來了。」米蘭達不情願地離開牢房。當她加入在單位出口那邊排隊的女人，不禁思考艾波到底是被什麼嚇成那樣。

「米米！」小路出現在她旁邊的隊伍。「跟我一起，我好高興。」她的黃頭髮上有一個白色棉布打成的三角結。小路看起來就像史達林風壁畫上秀麗的工廠女孩，高聳的顴骨，外加鮮明的藍綠色雙眼。

單位大門一下子打開，一列女人推推擠擠、吵吵鬧鬧走上走道。「是的，我今天非常非常開心，」小路說：「配偶探訪時維沙和小維沙要來。」

「我母親也要來，雖然她不是配偶。」

「妳的母親是位美麗的女士，」小路說：「上次我看到她，她的耳環非常漂亮。」

一排獄卒盯著她們在運動場上散開。九月的天空平滑且明亮，像是染成藍色的玻璃，樹木紛紛對氣候投降，這裡那裡處處轉黃。

米蘭達轉向她。「艾波好低落，我不知道原因。」

「在這裡我們都會傷心，米米。」小路朝她靠去，好像要吐露什麼祕密似的。「這裡不是什麼好地方。」她環抱自己，雙手在光裸的臂膀上搓呀搓。「變冷了，冬天很快會來。我想也許是天氣讓艾波傷心吧。」

「她的確是在充滿陽光的地方長大。」

「不像我，我是雪國來的。」小路皺起眉，掃視一下周遭。那些每次都混在一起的人聚集在老地方的野餐桌，其他人則站在柏油路上。「維沙上週幹了一票，米米，他們切了某人的舌頭和睪丸。」

「我的天。」米蘭達說。

「他們當然是之後才殺他的，他們覺得那個人洩漏祕密。」她搖搖頭，沮喪地彈著舌。「告密真的不好，他會下地獄的。」

她們走到圍欄走道，米蘭達一手抓住鐵絲網，感到一陣暈眩。每次小路講起她老公的那些功績，米蘭達都會有這種反應。她一點也不想知道這種資訊。小路全然地信任她，似乎認為米蘭達也是某個幫派的壓寨夫人之類的，雖然米蘭達曾試圖解釋說重點不在這裡。

「在見老公之前，我要先把自己泡在香奈兒十九沐浴露裡面。米米，為了維沙，我要洗一個熱水澡。」

「妳要怎麼做到這種事？」米蘭達問。她們這棟建築只有一個浴缸，位於四樓救護站的浴室。

「我親愛的利威爾先生會在點名時帶我上樓，」她咧嘴一笑，對米蘭達眨了個眼睛。「說不定我會讓他偷看一下喔。」

米蘭達不可思議地搖著頭。關於這種事情，沒人比小路厲害。

「現在呢，我要去跟B單位的姊妹們一起投籃了。」小路說：「掰掰，親愛的小母牛。」她輕輕在米蘭達兩邊臉頰各啄一下，然後甩動她纖長而優雅的雙臂，大步走過草皮。

米蘭達發現自己可以從閱讀課的學生那兒拿到奶油、洋蔥和大蒜。那女人在食物儲藏室工作，願意讓米蘭達幫她寫認罪抗辯信給假釋委員會，交換她去偷那些食材。一般米蘭達其實不會要求什麼報酬，只是會高高興興幫忙。但克絲朵覺得能夠兩不相欠她更開心，因為她就是因為信用詐欺才進來的。

麻米，監獄廚房中的女王，承諾給她一些高湯塊。

「義大利米還有——這上面寫什麼——番紅花？」芭比．格林困惑不已，瞇眼注視米蘭達在她們再次會面時給她的那張紙。芭比從來不是下廚的料。「我可以在喜互惠超市買到這些東西嗎？」

「對妳而言可能會是一場大冒險喔。」她們身後，一整個奈及利亞家庭（囚犯本人再加上她四個姊妹）正用低沉的音調唱讚美詩歌。會面室裡的每一個人——包含獄卒、甚至孩童——似乎都被那聲音撫慰了。

芭比把紙條塞進西裝外套口袋。「在監獄裡做燉飯……我真是做夢也想不到。」她的臉好像有一點異狀……她母親的臉有點異狀……「我真不敢相信，妳去弄了眼睛。」

她母親噘起嘴巴。「我換了髮型。」

「是誰說妳需要整型的？亞倫．布魯費德嗎？」

「不是整型，」她母親出聲斥責。「只是一個……兩個微整型，只有局部麻醉，在醫生的辦公室做。那是我的主意，亞倫只是非常支持我。」

「我覺得妳根本不需要……但妳開心就好。」當然，她值得這一切。畢竟米蘭達讓她經歷了一遭苦難折磨。

她母親露出微笑。「我看起來有像三十五歲嗎？」

「媽，連我都要三十五了。」

「我的老天！」芭比嘆了口氣，將米蘭達的手握在手中捧著、研究著。有福的確據，耶穌屬我，那些女人唱著，我今得先嘗主榮耀喜樂。「那天我在想，一月就是意外發生二十週年了。但我好難想像……妳呢？」

「我也一樣，不太能。」她把空著的手蓋在母親手上。「這裡的時間過得好慢好慢，但艾美就像……十分鐘前還活著，我坐在她房間，看她化妝打扮準備要去參加某個舞會……可能是返校舞會吧。穿那件藍色長袖洋裝。」

她輕輕露出微笑。「妳還為了紀念她穿去高中舞會。」

「我有嗎？」米蘭達不記得了。她不記得有這件事。

然而，有些記憶是如此精確，焦點清晰、色彩鮮明，連感覺的細節都豐富飽滿。生日派對前，姊姊和母親將紅紫色的摺疊紙花打開、掛起，發出沙沙聲；烤箱裡的電視餐醬汁燒焦的氣味，是牛肉餅加青豆。當然，還有聖誕鈴聲與那些節慶歌曲。手拂過貼了絨面壁紙的牆壁，天鵝絨布搔弄指尖；筆筒，彩色通心麵黏在冷凍的柳橙汁罐上；還有她坐在父親中央政府部門的辦公室桌前；艾美在海邊調情的救生員的名字，她的泳衣上還印了流星。

但在艾美死後幾年，那些記憶稀薄了。米蘭達轉到公立學校就讀，不是繼續在博城私立高中。在那裡，她永遠都會被當成某個過世女孩的小妹妹，她不想被那樣孤立出來。所以，雖然她父母擔憂不已，他們說，「小學校大家會互相幫忙啊，在大學校妳只會迷失自己」，她開始在林肯高中就讀。她能輕易想起那天，入學不過幾個星期，她就可能要被田徑隊踢出去。她母親打電話給教練，然後他就在體育課時單獨找她，說她可以加入學校代表隊——如果她還有意願的話。芭比發誓她沒有跟那人提到艾美的死，但米蘭達知道她撒謊。每次教練看著她，她都能從他眼中看到同情。

在那之後呢？在法蘭克・隆斯特的坦白和那荒謬的提議之後，她度過好幾小時、好幾天的時間，試圖重建高中歲月——那些艾美過世後她一度失去的時光。關於她父親運氣不佳的再選、他所謂的風雲再起，這都發生在她於林肯高中的第一年。但她什麼也想不起來。除了她拒絕助選——母親也拒絕了。

此外，那些月與日全都缺席消失，隨著姊姊一起飄飛遠去。

她倒是記得畢業典禮。她穿著過高的高跟鞋在臺上搖搖晃晃，朝著自己的學位證書伸出一手。她的眼神落在一名身穿暗色西裝的孤獨身影，那人站在擁擠的禮堂後方，是未受邀請的來客：她的父親。他看見她注意到自己，便對她揮了手——微微的、有些緊張的手勢，稍稍猶豫的微笑。那個瞬間，灼燙的眼淚湧上眼眶，一股顫意從她背脊掃上，奔向肚腹，衝進心臟。她以為自己會昏厥，但她沒有。當她跟著其餘畢業生大步走出那個空間——或說穿著可怕的高跟鞋踉蹌出去時，他早已消失。

那個畫面震撼了她。如果聽到哪個地方又在演奏一、兩節《威風堂堂進行曲》，那股顫意必定會再度回歸。

幾週後，當她衝去陪讀的工作，他在教室外的走道攔截她。他一直想假裝跟她偶遇

——這她還看得出來。他的扣領襯衫白得像雪，一邊沒紮好。

「米蘭達。」他說。

「我覺得我們好像不該再講話了。」她說。

「等一下——」

「請別來打擾我。」她強硬地說：「無論在什麼境遇，我都要在那裡綻放。」她轉身，繼續走在荒涼的走道上。

她聽見他又喊了她的名字，但她沒有回頭。

11

若診療中斷，必須優先考慮客戶的一切。
（準則 10.09）

做為一名青少年，我會狼吞虎嚥閱讀一些故事，例如講述男性受到一股特別的熱情驅使，那是一種能左右英雄每一步的使命感。如巴頓，如傑克・倫敦，如喬・蒙坦納[1]。實踐行動之人、積極進取之人——在隆斯特曲線中不會與我同在最高峰的人。我在夜晚蜷縮床上，透過窗簾望進夜空，看著因附近街燈變得黯淡的星星，祈禱我的祕密任務能在面前靈光乍現。我試圖想出一個精準的行動方針，早晨卻隨著鬧鐘收音機的四十金曲

1 George Patton（1885-1945）。美國陸軍上將，於二次大戰擔任指揮官。Jack London（1876-1916），作家，知名作品為《白牙》、《野性的呼喚》。Joe Montana（1956-），美式足球運動員。

一同來臨，一天又要開展。毫無目標地像打彈珠一樣，從一個樁撞到另一個樁：化學測驗、安全駕駛教育影片，還有一些沒什麼想像力的傢伙。人生到底是什麼呢？

我七年級某一天，母親拉著我為外公葬禮去買了一雙正式皮鞋。他這輩子一直都是驗光師。「所以他幫人家配眼鏡。」當我坐在那裡等店員拿來棕色短靴時，我問道：「他的人生目的就是那個。」

「嗯，算是吧。」克萊德那時還是嬰兒，她調整了蓋在他身上的毛毯，他正在她旁邊的嬰兒背帶裡熟睡。「他還有跟你外婆結婚，把蘿瑞阿姨、貝絲阿姨和我養大。」

我嘆了口氣，下巴擱在一手上，看著寬廣前窗外頭的車水馬龍。棕褐色，藍色，紅色，茶色，藍色，銀色，藍色。顏色不斷重複，好像只傳給我的某種神奇密碼——只給身在洛克維爾路這間鞋店裡的我。但我看不出端倪。

「法蘭克，你有什麼不開心的嗎？是因為某個女孩嗎？」

我轉回頭看著她。「妳就告訴我吧，沒事就表示有事——大家都在努力把一個大祕密藏起來，這樣他們的小孩才會繼續寫功課，對不對？」

她面露微笑，對著我搖頭。「你真可愛，」她說：「你知道媽媽多愛你嗎？」

「拜託，我很認真。」

「聽好，為什麼不先把你對這件事的成見放下呢？」她說：「等到結束你就會知道答案了——又或者你根本不會記得自己有問過。」

我翻翻白眼。店員拿著鞋拔跪在我腳邊。當他把我的腳剷進那僵硬、閃亮、繫著鞋帶的鞋子，母親伸手過來，將落到我前額的頭髮往後撥。「你是一個胸襟寬闊的人，」她說：「現在看來可能不是，但你會讓很多人跌破眼鏡——例如老丹外公。」

我一直搞不懂她這是什麼意思。老丹外公到底因為誰跌破過眼鏡？他這輩子都住在巴爾的摩賣眼鏡。就我所知，他唯一付出熱情追求的東西就是雙人紙牌遊戲，還有拿繩子綁條雞脖子到港口釣螃蟹。但我猜，關於外公，她知道一些我永遠不知道的事。

說到什麼我有寬闊的胸襟？也許吧，這就看每個人對寬闊見仁見智的定義。

在我對M提議逃亡的次日，薇妮在墨西哥灣過來的飛機上打電話到我辦公室。她說我們得談談，要我到哥倫布圓環一家她喜歡的酒吧見面。我覺得那裡給酒給得小氣，價位又過高，但無所謂，我說。至少我們可以回到能夠交談的狀態。先前以那種方式分手，我相當抱歉。

晚上通勤回家，我彎彎繞繞地走在索米爾河公園大道，把自己浸潤在七〇年代的聲音中。小威利[2]，威利不回家，但你也不能隨意欺侮他，威利不會離開。只要能填滿腦子、只要能讓我分心、不去想到那種感覺——腳底下彷彿有個排水孔「啵」一聲打開，

---

2 Little Willie John，（1937-1968）。美國六〇年代藍調歌手。

水流向下、吸力之強，像是離心力那樣不可阻擋，我的心也不停遭到拉扯，我隨著M一起栽入某物之中。我將釣線投入黑水，卻完全沒有把線往回捲的可能。我也不知道它會在哪裡終結，線又什麼時候會抽完，還有這場冒險最後歇停在怎樣一片被抓得坑坑疤疤、散亂骸骨的地上。

這場脫逃，還有M——也許她正是我渴望的那股特別的熱情——是我的方向。

但話說回來，更可能的情況是這樣：M只是另一個亂數選擇的形象，是暗藏命運中的另一個轉折，是我遙遠過往一個不太重要的小演員，被幸運女神笨拙的轉輪扔進我的人生，再次將我轉到頭暈目眩，然後一把將我往前推入未知、不智而且可能不太愉快的未來。

我猜不到。

我不敢問自己：我愛M嗎？我愛上她了嗎？我真的理解「愛」這個概念嗎？即便我做了那些諮商、經歷那些訓練、拿到那些證明，還為了醫治那些病人徹底破碎的心，做出各種嘗試。

畢竟我起步得晚。到十五歲，我幾乎沒跟任何一個女孩講話——在那之前，藥妝店漫畫書的架子更吸引我。再來就是對M得不到回應的一往情深，這件事幾乎定調了我的大學時光，我去接觸了各種高不可攀的同學，吃了閉門羹，自信心被打擊到崩潰邊緣。等我二十三歲，住在紐約，在紐約大學跟畢業論文纏鬥，對美女已經完全放棄。反之，我跟幾個聰明的女人成為盟友：她們專業，注意健康，有著好洗好乾的髮型，以及非常可靠的節育措施。

於是小薇就出現了。她是紐約時報一名不苟言笑的科學線記者。某次跟我開完會後，她打電話給我，找我出去吃壽司，用日文為我們點餐，以各種跟父親工作有關的問題轟炸我，給我一次非常滿意的口交，並在第二週讓我搬進她的公寓。夜裡，當我在床上為她僵硬的臀部按摩，她會大聲編造一些辦公室政治陰謀，那些華麗而殘忍的情節簡直可以呈到二戰德軍總部，引發政變。大概一週一次，會有個報社高層對她冷嘲熱諷，使她整晚嚶嚶啜泣。她巨大的珍珠框眼鏡會高高架在細鼻梁上，使得她的雙眼產生一種昆蟲般的強烈魅力，她還有著銀鈴般的甜美笑聲——只是我非常少聽見。她總想叫我少吃些飽和脂肪。但我能說什麼呢，我並不想放棄洋芋片。我們在一起快要兩年，我仍不太願意談婚姻，於是小薇把我踢出去。

然後是雪比，矮胖活潑，高盛集團的一位分析師。我們在一九九一年十二月一場品酒會認識，談上一場大膽的戀愛。她交遊廣闊，有相當美好的人格。雪比總是讓我保持在忙碌狀態，我們到法國騎腳踏車，去遛收容所的狗，到法拉盛來一場美食之旅；她在中城有壁球俱樂部，我以努力爭取到的循環錦標賽博取她的歡心。她從不對我們的稅率級次有所不同大做文章，從不堅持為我付帳，讓我保有自尊。雪比用超級優渥的紅利在夸格買了一間小木屋，有海風，有木頭屋瓦，還有嘎吱叫的地板。我們在那裡一起度過三個相當愉快的避暑之夏——我得說：真的很愉快。跟雪比一起在岸邊度過的白天，就代表她會鞭策我玩沙灘排球和羽毛球，她會用小巧的雙腿攪亂沙地，也會因好勝與熱情而瞇起眼睛，那時候就沒那麼好玩了。

我把雪比當朋友一樣喜歡，但從沒有更多感受，最終還是得把這件事告訴她。雖然她很傷心，但不至於世界崩毀吧，我想。我們分開了一陣子，然後再次成為好友。我最後一次看到她時，她的事業蒸蒸日上，她也成為帶著一對雙胞胎的單親媽媽。

我提早走到哥倫布圓環，逕自站在酒吧外頭等薇妮。薇妮是我生命中最後一位睿智的女性。能力強，個性真，經過近十年在紐約的洗禮，她眼中已沒有光采，但依舊不可否認，她有她迷人的一面，她纖細苗條，還有一頭小捲髮。她比我大幾歲，但我們都像是未老先熟的果子，要不是就這麼從樹上落下，因為沒人要而爛熟，就是被摘去。我們倒是摘了彼此，如果沒有其他原因的話，大概是想避免浪費掉自己。

薇妮走進門口，背後拖了一個有輪的行李袋，身穿麵包色的褲裝。我們迅速抱了一下。那個瞬間很詭異，她似乎心不在焉又疲倦。

「妳氣色不錯。」我說。

「你氣色倒是有點蠟黃。」她回答。「生病了嗎？還是我太習慣看到生病的人？」她在我旁邊坐下。「我才跟生病小孩待在一起三個禮拜。」她把這趟去圭亞那小鎮的旅程告訴我，那裡食物中毒的疫情放倒了一整學校的小孩。我點了骯髒馬丁尼，她則是老樣子：氣泡水加少許鳳梨汁。她把吸管從杯中拿起來嚼。

「所以？」我看得出她有很多重要的話要說。

「我下禮拜要結婚了。」她對我眨眼。

「還真快，」我喝了一大口馬丁尼，迎接酒帶來的衝擊。在我口腔上方，那感受刺激而鹹澀。

「蓋瑞想要小孩。」她說。

「喔，好，」我的高腳椅彷彿開始傾斜浮沉，像救生圈一樣。「先結個婚的確很合邏輯。」

吸管現在整個被咬爛了，她把它丟在吧臺上。「法蘭克，那時你應該排除萬難來驚喜派對的。」她的嗓音變得深沉。

驚喜生日派對大慶典——我的主意，但當然被她發現了。你什麼也瞞不過薇妮，她才是老大。蛋糕她訂，菜單她編，招牌雞尾酒的龍舌蘭要用哪一牌她挑。因為她說：「法蘭克，你對這些社交活動沒頭緒，你在那個領域很笨拙。你只要陪我走進去就好。」但接著費勒事件發生——就在當天，就在薇妮生日那天。我完全忘了派對，最終她必須獨自出席。

「你搞砸了。」

「我不是故意的。」

「大多時候，婚姻之於你就像什麼廉價便利的玩意兒，好像只是為了私利才做的安排。記得我婚禮敬酒時說的話嗎？」

「不要舊事重提好嗎？」

她手中拿著麥克風，蓬蓬裙在身周鼓起，她背後的樂團都戴著閃爍的亮片蝴蝶結。我的父母站在一旁，裝出開心的模樣，雖然他們並不認可薇妮，因為她說母親家裡沒弄乾淨，害她過敏，他們認為她對我有害無益。她的父母也在裝開心，他們早就清楚表示覺得我是個很糟的女婿。而我根本不記得她的敬酒詞。

「我說，我覺得我們的結合有很充分的理由，因此，可能可以維持到天長地久。雖然我錯了。」

「是。」

「愛不需要充分的理由。」

「的確。」我想到M。

我們離開的時候，薇妮轉向我。「我該邀請你嗎？」

「不了，」我幫她穿上外套。「也許不用了。」

如果要描述我們這兩年的婚姻，可以用一句話概括：薇妮和我以極度貼近的狀態，過著截然不同的生活——我在客廳看電視，她在床上看書；她十點睡覺，我則在兩點左右逐漸昏睡；當我溜進我們那張加州大號雙人床四分之一的位置，她不會醒來。她會在太陽升起前的黑暗中前往機場，我則是孑然一身起床，獨自在公寓到處走來走去，尋找內褲的下落。

於是我再次回到我們那間瀰漫陰鬱的公寓。這次跟薇妮的見面讓我再次認知到一件真相：M以某種神祕——甚至可說神奇的方式吸引著我。她有一些特質，從我在打字室外頭吵吵鬧鬧的走廊初次瞥見她的瞬間，就緊緊糾纏住我的魂魄，從未放手。但那足以讓我把整個人生帶入危險中嗎？如果看實質的物品，我沒有什麼可失去，面前也沒有光明未來，但我有這間公寓、我的弟弟和父親——甚至是那隻貓。我至少有這些。

但我也擁有那樣的可能性：做出正確且善良的選擇的可能性。你還有這個，不是嗎？直到吐出肺裡的最後一絲氧氣，在那之前，這些可能性都屬於你。

沙發召喚我去躺下，松露出現在椅背上，在我腦袋後面伸展身體，變成一只頸枕，雖然有點臭，但很暖和。我找了部西部老片來看：《單騎屠龍》，然後一直看到夜深。藍道夫．史考特那種禁慾而聽任天命的模樣似乎頗有教育意味。孤獨的人生看似嚴峻，可是不會拖泥帶水。

M是我一輩子渴望的女人。我不是誇大，也不是隨便講講。就是她，簡單明瞭。然而這是個蠢念頭。越獄是國家級重罪，我最後可能會被丟到一個比我現在工作的地方更悲慘的監獄。去阿提卡，或奧本，甚至葉文萊斯，並穿上橘色囚衣。

我發誓自己再也不見她。再也不見。
無論什麼境遇，都要在那裡綻放，一次也好。

12

一九九九年十一月

十一月令她失去精力，這是一年中最衰弱的時刻，因為這是她童年時的選舉季節，永遠充滿緊張氣息。大雁排成倒三角形飛行發出的叫聲，對她而言就像一種危急的象徵，是警訊：有機會逃就快逃，快逃啊。

她大腿上放了一本沉重的書，《成人閱讀教育之道》。她期望自己能成為更好的老師。書上有一張紙，小心而整齊地從橫線筆記本撕下，黃底紅橫線，頁面最上方寫著：親愛的漢斯小姐。

然後是一片空白。

在單位裡，她聽到有人在唱歌：麥可是我的名字，我有五分錢銀子。

黃色頁面依舊黃黃的、空空的，缺少文字，那是她無法落筆寫下的內容。

□

漢斯小姐，我死過一次，又再回來。人生不放我走，因此我必須要活。我現在懂了，漢斯小姐。

莉諾・派特森・漢斯，如果在犯下不可原諒的錯誤後，我的人生還能活出任何價值，我一定要贖罪，一定要。如果有可能——如果有任何可能，再怎麼微小都可以。

莉諾，可能嗎？如果我打電話給妳，妳願意接嗎？我想妳應該不願意，我覺得妳恨透了我。

我無時無刻都想著他，莉諾小姐。他在週六早晨釣過多少條鱒魚呢？大約六點，太陽剛起，他就前往奧蒂戈溪流，就在這個州的森林再往上一點的地方。他有一個喜歡的位置，就在瀑布下面。他總會帶著一瓶可樂和一袋花生，那就是他週六的早餐。

我記得妳說的這些話，漢斯小姐——叫妳漢斯小姐應該比較好，是不是？

那天之後，妳說：事件之後，我們去登山，爬到那個地方，妳知道嗎？我們都嚇到了。我、我的兒子韋德，還有我父親，即使他膝蓋不好都爬上去了。河岸上到處散落花生殼，我們撿起來、帶回家。

漢斯小姐，那是吉夫牌的花生醬瓶子。那些殼很髒，塑膠瓶也髒兮兮、霧油油。妳的律師把瓶子砸在桌上，距離我不到一百公分。吉夫牌的瓶子，藍色蓋子。

對於妳，莉諾・漢斯小姐，對於妳，也許我沒有辦法再給些什麼，只有我還在世每一刻心中的歉意，至少我會這麼做。在這裡，在米德福灣州立懲戒設施的牢房、單位與工作間，我會為了妳的兄弟辛勤工作，盡我所能完成我能力所及大大小小的好事。

如果讓妳知道，我幾乎在醒著的每一刻都充滿痛苦折磨，會有幫助嗎？假使聽見我每天的悲慘處境，會讓妳睡得好些嗎？

判決——目前，我受到的懲罰就是我現在的人生——看來是有效的。即使在這裡，我失去的東西也不斷增加，我的痛苦持續累積，但我不會逃避。也許，漢斯小姐，這個消息能帶給妳些許寧靜。

那天前，她們把米蘭達找到艾波房間。「她在發瘋！她瘋掉了！」雀莉大吼大叫。艾波正站在自己床上，雙手緊握窗戶鐵桿，似乎正用非常理智的語調在跟自己說話。

「嘿，」米蘭達上前，扯了扯她穿著褲子的一腿。「下來。」

艾波轉向她，摑了她一巴掌；米蘭達踉踉蹌蹌往後退。

「你他媽的不准碰軍官的手。」艾波說。她眼珠在眼窩裡的角度不太對，露出太多眼白了。

米蘭達試圖回想：她是否提過自己有癲癇——或羊癲瘋——或天知道什麼學名——的病史？

「聽到『致敬』就給我停下來敬禮，就算妳是在健身房或娛樂中心停車場，全都一樣。有個妹子沒停，我就把她攆出去了妳知道嗎？她給我一直走，然後我就吼她：賤貨！好好尊敬妳的國旗！」

「艾波。」米蘭達試圖把她從窗戶那邊轉過來。

她撲通一聲倒回床上，眼睛還處於鬆弛狀態，明亮卻一片空白。「妳有坐過那裡的地下鐵吧？他媽的裡面超乾淨。」

艾波把臉埋進自己枕頭，米蘭達小心翼翼靠近她，跪在床邊。

然後，從遮蔽用的窗簾後方傳來一個聲音。「尼可森，妳裡面藏了什麼人？我得罰妳嗎？」

貝蘿．卡孟納把窗簾拉到一邊。魔鬼氈被她這樣冷酷一撕，馬上掉了下來。「簾子關起來房裡不可以有客人。這規則到底有哪一部分妳搞不懂？格林，妳應該更清楚才是。」

「艾波今天過得不太順。」米蘭達語帶歉意地說。

「妳以為我喜歡一大早就寫兩張罰單嗎？」卡孟納露出微笑。「但我心情好，因為我剛把堅果棒放到本州郊區一家禮品店寄賣，我現在變成大企業家了呢。」她發出哼哼的嘲諷聲。「我很快就可以辭了這工作，妳說是不是？五月小姐？」

「是！」米蘭達超用力地對著卡孟納微笑，她覺得自己的臉都要裂了。

「各位女士，我才不管妳是不是剛過了全宇宙最糟的一天，總之不准關簾子。」

「長官，謝謝。」她使盡全力露出微笑，拚命想讓這個獄卒快點離開牢房。最後，卡孟納離開了。

米蘭達迅速走到剛剛這名獄卒站的地方。她已經開口笑的鞋，正好碰到那個躺在地上、全無遮掩的小東西，卡孟納還差點把它踢飛。感謝上帝，她那腳根本沒有知覺，感謝上帝，她低頭時視線會被肚子遮住。

米蘭達揀起那個錫箔紙包的吸毒煙管，塞進衣服底下。

「媽的這些可是超高級的雪茄。」愛德華．格林的眼神穿過她、越過她的肩膀，看向通往會面室門那裡的保全桌。「蒙特克里斯托，妳覺得我拿得回來嗎？」

「天知道。」米蘭達說。

他聳聳肩，把條紋領帶弄鬆。「說老實話，我都忘了口袋裡有這東西。」他對她微笑。「說客的古老信條：永遠隨身攜帶幾根高級雪茄。」

米蘭達試圖回以微笑，但發現很困難。

「我呢，從上週的旅途學到了一些東西。」他似乎想試著從另一角度切入對話。「巴林這國家是個爛地方。親愛的，等這麼久才來我真的很抱歉。」他說：「妳生氣絕對合理。要來這裡實在比我想像中要困難太多，這時節太忙了，十一月啊，選舉啊，新面孔什麼的。」

米蘭達決心不哭。「所以事務所情況不錯。」

「怎說呢，巴林那邊的生意非常好。」他皺起眉。「妳看起來累得要死，米蘭達，妳到底過得怎樣？有沒有什麼需要的？」

「沒有。」她說。

「上訴呢？」

「我不想談那個。」

他靠向她，壓低聲音說：「親愛的，我們正在考慮其他的選項，這條路還沒走到盡頭。」

「我必須專注在眼前的事情上。」

「那個法官——是我們運氣不好。我能怎麼說？布魯費德也許很混蛋，但我知道他給我們出了百分之一百五十的力，我們也會持續督促，」他堅決地點點頭。「我們會用盡一切手段。」

她點點頭。「但拜託，不要用骯髒下流的操弄手法。」

嘴唇扭成詭異形狀的獄卒緩緩走向他們。「兩位有需要去洗手間嗎？我要送幾個人去洗手間。」

「長官謝謝，不用。」她的父親在一瞬間露出個超大微笑，等那個女人再次走開，他又轉回來面對米蘭達，用那雙大手將她的手一把撈進掌中。上次她這樣握著他的手是多少年前？「我答應妳，不骯髒也不下流。」他稍微捏捏她的手指，彷彿在測試厚度。「但為了規避障礙，我們永遠都有別種選項，」他說：「我們只要決定一下有哪些選項就好，就從目前已知的那些開始選起，找到方式、繞過障礙——然後障礙就不再是障礙了。」

她的父親看起來一樣是累得要死。會面結束後，米蘭達在往來檢查點等著被搜身，心中不禁想著：他擔任說客的十年半、多年來各種毫無誠意的承諾、必恭必敬的讓步，還有太多十二盎司肋眼牛排與三十年威士忌外加十六小時班機，這一切都呈現在他臉上。那次失敗的回歸國會競選後，他跟K街[1]那些大事務所之一簽約，但兩者的風格相衝，向來不能說有多適合。如果是就這件事，愛德華．格林絕對會第一個承認。接著事務所因關說接受調查，他那位背景更為完美的合夥人——多數派的前黨鞭、前商務部祕書長——試圖設計他成為替死鬼。至少，這是愛德華．格林繪聲繪影的說法。無論如何，判決沒有坐實。現在，他開了自己的事務所，位於康乃狄克大道一個披薩餐廳上面的小辦公室。米蘭達從沒去過，亞倫．布魯費德說那地方聞起來有番茄肉醬的味道。

好笑的是，她會知道是因為在審判進行中途，亞倫和米蘭達很多時間都鎖在接待室裡等待判決，他毫無目的地哈拉了一大堆事，想讓她暫時從眼前這場災難移開注意力。

1　K Street。美國華盛頓特區的主要幹道。

律師說，那地方是不是就在伍德利殯儀館的對面啊？好吧，這不好笑，但很怪，他這樣說，超級怪。那地方以前是白色的磚塊，不是嗎？現在他們做得太過頭，弄了個天怒人怨的發亮金屬光澤，看起來活像是工業用冰箱，醜死了。

是的，那裡以前像顆白色磚塊。米蘭達精確地記得，白得閃閃發亮的磚塊和黑色百葉窗將那裡偽裝成一幢迷人舊屋，而非處理過世女孩的地方。那裡一定有重新粉刷過，因為在那個異常溫暖的春日裡，它的白令人目眩。雪融了，小小的水流沿著前方人行道邊欄奔流。米蘭達在玻璃門旁等候，在有人來時負責擋著門。整整三天，她都坐在那個被悲傷浸潤的屋裡，現在終於有點事可做，她很開心。艾美那些女生朋友腫著眼睛進來，抓著一小包隨身攜帶的面紙，男孩則是整團出現，安靜得令人感到詭異。有些老師帶來沒打分數的考卷、美術報告、艾美最後的作業，好交到她母親或父親的手上。羅莎莉奶奶坐著輪椅。年紀最小的表親，在列隊停放要開往墓地的黑車邊玩弄車子的自動窗戶。

然後她就看到了尼爾．波特基。他看也不看她，就這麼走進門。

下一刻，有個不知哪裡冒出來的奇怪聲音——一陣低沉、刺耳的尖叫——她母親出現了。她從鋪著地毯的大廳朝他衝去。那個刺耳的聲音是她發出來的嗎？「給我滾，」她痛哭著說：「滾出去。」她雙手舉在前方，好像要去推波特基，或痛打他一頓。但在最後一刻，那兩隻手卻無力地垂到身側。「這裡不歡迎你，」她聲音顫抖。「給我走。」

一陣安靜籠罩裝滿哀悼者的大廳。「芭比，」他伸出一手要去搭她的肩膀。她整個人一跳，躲開他的手。「你想都別想……」她說：「愛德！」她轉過身，瘋狂掃視那群嚇得說不出話的群眾。「愛德在哪裡？」她強硬地隨便問了旁邊某個親戚。

「不、不，」尼爾．波特基說：「不用麻煩。」他轉回芭比面前。「我只是想讓妳跟愛德知道，在這艱辛又可怕的一天，我一直把你們、把艾美放在心上。」

「不准你說她的名字。」米蘭達的母親說，然後突然開始啜泣。她一個撐不住，腿一軟，有人把她扶起來，帶她去內室休息。那裡悠悠揚揚傳出風琴版本的《綠袖子》——這是米蘭達的主意，也是艾美唯一學會用鋼琴彈奏的曲子。那架鋼琴在他們起居室中已積起灰塵。

波特基轉身離開，米蘭達為他開門——因為那是她的工作。「小可愛，謝謝。」他說，走過時在她頭上拍了拍。

米蘭達和艾波曾在四D大樓主辦過週六賓果夜，那是高安全等級的牢房。由於保全措施更為嚴苛，代表住在裡面的人沒什麼機會出去。這曾是米蘭達人生嶄新起點的一部分。她聽說那裡有個傳說一般的賓果遊戲，大受歡迎，是由約十年前釋放的一個富有女謀殺犯主辦。米蘭達決定要讓這個遊戲復活，並說服艾波來幫她。

當地修女團捐錢給她們買香菸、塑膠梳子、牙膏、香皂、扭扭糖、花生糖巧克力棒，做為遊戲獎賞，雖然這些女人參加多是為了香菸。米蘭達只能在香菸和糖果都被拿走後才送得出香皂和梳子。

但這個週六夜不會有賓果。艾波把香菸、糖果、香皂甚至塑膠梳子都拿去換古柯鹼。米蘭達在外頭的場地找到她，十一月的天氣，地面十分乾硬，她坐在長椅上顫抖，環抱著自己。

「妳從誰那裡拿到的？」她質問道。

「妳一定會去打小報告。」她高傲地看著米蘭達，臉上的皮膚蒼白而乾枯。「妳把我的管子怎麼了？」

「沖掉了。」

「真希望我也可以這樣對妳。」艾波扯著嘴唇。「反正我還有另一管。」

「我希望妳沒在房間囤積東西，艾波，妳知道我們三不五時就會被搜。」

「我可以照顧自己。」她繃著一張臉。

「是因為奈莎嗎？她做了什麼讓妳傷心的事嗎？」

這讓她笑了出來，她的牙齒周圍都染了血。

然後小路大步走過場上，雙手塞到防風外套口袋裡，橫過胸前的NYS DOCS的O裡面有個手繪的微笑臉當裝飾。

「她整個壞掉了。」米蘭達的聲線破開。

小路搖搖頭，剪短的頭髮在狂風中亂飛。她溫柔地將一手放在艾波臉上，艾波怒瞪她。「親愛的女孩，」小路說：「這玩意兒會害死妳的。妳想死嗎？」

「當然啊。」艾波無神的眼睛立刻盈滿淚水。

「來陪我舉重，」小路扯了扯艾波的手臂。「除了妳，還有誰能把舉重輔助做得這麼好呢？拜託嘛？」

「不要管我，」小路吸吸鼻子，緊緊把膝蓋貼到胸前，臉埋進去。這樣一個小小的人，壓縮成更小一團，簡直可以輕易裝進垃圾袋。

小路握住米蘭達的手臂，把她拉到艾波聽不到的範圍。「米米，我可以找出誰給她那玩意兒，就算要去割她們的喉嚨也沒關係，我可以阻止她們。我會解決這事兒，妳不要擔心。」

那晚，四D因為沒賓果可玩怨聲載道，兩個女人在床上放火，一個精神分裂、下半身麻痺的囚犯差點因吸入濃煙死在輪椅上。高安全等級牢房的女囚犯被分別送去馬西、比肯及阿爾托納的一間基礎監獄設施，距離這裡七小時遠。

米蘭達在洗澡間見到一具無頭身軀。

此處散發溼水泥和漂白劑用過頭的氣味。這一整排淋浴隔間是2A&B大樓最陰森的地方。這一天，她就跟其他天一樣在晚餐前進去。此時多半空盪無人。儘管髒得要命，但這是能暫時脫離單位那些噪音的機會，這讓她心存感謝。

有張鐵摺椅被拖到角落，那裡天花板有灰泥剝落，像蕨類植物一樣垂往地面，有如芋葉。上頭露出網格狀蒸氣管，一點絕緣體，還有深暗的內牆空間——這裡是惡名昭彰的走私物藏匿點。椅子上搖搖晃晃站了個無頭身軀，踮著腳尖，細瘦的軀體扭曲，雙腳穿著寬鬆的囚褲和破舊黑色上衣，細長雙足裸著，一隻手臂以不自然且絕望的姿態摳抓天花板，另一手明顯也和腦袋一起被吞進同一個洞裡。

米蘭達整個人凍結在那兒，但太遲了，那副身軀已經聽到她進來。

「是誰？」一個氣音從洞裡傳出。

「格林。」她不太情願地回答。

「格林！快點幫我！我他媽的卡在這裡了！」

是朵卡絲．瓦特金。米蘭達扭著臉放下肥皂和洗髮精，萬般謹慎地靠近那張椅子。

「妳想要我怎麼做？」

「他媽的幫我弄下來啊！」她自由的那手又開始亂扒天花板的灰泥。

米蘭達爬上椅子，抱住瓦特金的腰，穩住她。「別想惡搞我喔。」那個卡住的女人用悶悶的聲音說。

米蘭達放開她的腰，鼓起勇氣靠在隔間上方，開始一點一點弄掉灰泥。灰泥不斷從兩旁掉落、在地板摔裂，她努力地躲開。

「上面這裡熱死了，」瓦特金抱怨道：「我扭到脖子。」

「撐著。」米蘭達說。

那個洞越來越大，瓦特金終於能稍微移動。「好，」她咕噥著。「我們要出去了、要自由了。」

米蘭達去抓一大塊灰泥，但它突然鬆脫，她一下子站不穩腳步。可以瞥到上面的頭了，她自由了，那臉面閃著汗水，米蘭達則重重摔到水泥地面。當她瞠目結舌地抬起頭，便看到朵卡絲褲子前方不小心露出一小截白色塑膠袋。

劇烈疼痛有如彈飛的子彈，在她臀部、背部亂竄。

朵卡絲從椅子上跳下來，低頭看著米蘭達，那張閃閃發亮的臉像月亮般懸掛在上方。「謝了，格林。」她伸出手，米蘭達握住，朵卡絲把她拉起來。「要是妳敢告訴任何人，我會掏了妳的腸。」

米蘭達只是火大地看著她，轉身離開，小心地揀出一條穿越滿地灰泥碎塊的路。

「妳是不是在想那個袋子裡是什麼？還有妳親愛的艾波？」朵卡絲說：「搞不好妳還考慮要去跟一些不該惹的傢伙聊聊？」

米蘭達選了個遠一點的隔間。她轉開水龍頭，水發出刺耳的嘎吱聲噴了出來。她沒脫衣服，也沒走到水底下，只是站在一旁豎耳細聽。突然間，有一隻手繞過隔間牆壁伸來。朵卡絲抓住她的頭髮，米蘭達揮動雙臂，但還來不及攻擊，就先被熱水沖了一臉，接著撞上斑斑鐵鏽的牆壁——疼痛——抹去一切雜念又迅速飆升的痛——立刻占領了她的鼻子和前額。她頹倒在地，雙手緊緊抓著自己的臉。

「妳得更小心啊。在淋浴間滑倒，或是在團體裡面當抓耙子，都是會傷到自己的呢，這種生活方式是很危險的喔，格林。」

米蘭達只是躺在那兒，在一片溼淋淋之中把自己蜷成某種甲殼類動物。她的血流過雙手，她聽見朵卡絲離開時腳大力踩在水泥地上的聲音。淋浴間微弱的水流打在背上，毫無安慰效果。

現在我想尋求贖罪，漢斯小姐。我希望能找到一條道路，重回有意義的人生。在紅色橫線的黃色紙上，她終於寫下唯一的一句話。不斷鬼打牆，寫得歪歪扭扭。但你想，莉諾．派特森．漢斯小姐當然不願、也不會有一點點在乎這個想法，她才懶得理這人想追尋什麼意義。畢竟，她見到自己的手足因某人對命運、對道德、對人生漫不經心的態度而死。這點事情連米蘭達也知道。

漢斯小姐，我再也不會來打擾妳，妳可以高枕無憂，假設妳還能入睡的話。妳可以高枕無憂，因為這無意義的胡說八道不會被送到美國郵政系統，會在週二早上，當一臉怒容的奧保戴著用完即丟的橡膠手套，辛苦地推著帶輪的垃圾車，一間牢房、一間牢房地前進，它會被丟到裡面，被拿去垃圾回收。漢斯小姐，妳一點也不用擔心。妳不需要知道我今日有多麼恨不得自己能被饒恕，多麼堅決地希望，就算只有一點點也好。現在是十一月了，節慶近在眼前，我不會寄字跡潦草的閒話家常給妳，也不會有聖誕卡，什麼都不會有，只有這個水泥方盒中一波波緘默的訊息。我只會送上我的祝福，我最誠摯而緘默的祝福，希望妳舒心。祝妳在今年最後一個季節能夠平靜。

13

不得剝削受其評估並對其握有影響力的對象。

（準則 3.08）

我非常憎惡「醫病亂倫」一詞。這指涉的是某種程度的汙穢下流行為（但根據情況的不同，此行為也可能並不存在）。事實上，這個名詞可能會出現在教科書中，用以定義發生在一九九九年十一月十五日，及隨後幾個月M和我之間的事件。可是這種描述將是大錯特錯。這個指稱完全是錯的。

那個名詞給人的感覺很像是什麼變態的叔叔，或克萊德來找我時說的一些話。我還記得河濱公園因樹葉的顏色明豔照人，其後風就掃蕩了整座城市，奪去每一片樹葉。我按開大門讓他上來，他屁股後面跟了個骨瘦如柴的女孩，女孩肩上有隻雪貂，脖子上有狗項圈。克萊德一手攬著她，驕傲地說：「法蘭絲，這是法蘭克。法蘭克，這是法蘭絲。」他微笑。「法蘭克和法蘭絲。」

那頭透綠的金髮圈住她小巧又雪白如骨的臉龐，她從瀏海底下窺看著他。「嗨，」她說，音量超小，聲線又很像小孩。雪貂從她肩上跳下，在走廊上朝客廳蹦跳衝去。

「噉！路易吉跑了！」克萊德說。

雪貂髒兮兮的尾巴消失在轉角。法蘭絲抓住我手臂。「如果你這地方沒有很亂，他就不會隨地大便，你家會很亂嗎？」

「沒有，但我的確有隻反社會的貓。我提個建議吧：外面天氣正好，我們不如帶牠出去公園散個步？」

法蘭絲急忙跑去客廳，帶著雪貂重新出現。牠就像瘦長又毛茸的皮包那樣掛在她手腕。「你這裡還真是有不少好東西。」她說。

「沒有，這裡沒什麼有價值的。」我領著他們出去。「大部分都是些二手垃圾。」

公園裡，步道潑滿黃色、橘色和紅色的樹葉，路易吉在其中蹦跳嬉戲，法蘭絲跟在牠身後漫步，竹竿似的雙腿裹在斑馬紋的人造纖維褲中，映著午後陽光。她不斷想讓雪貂把球撿回來。克萊德和我在他們後面慢慢走著，看著。

「我們是在打結核病疫苗的車認識的，」他說：「我看到她，就打了聲招呼。那女孩很可愛。」他對我咧嘴一笑。他顯然在蓄絡腮鬍。

「老天，克萊德。她看起來根本沒滿十六歲。」

「她說她二十二了，法蘭克，」他說：「我覺得她不是在騙我，」他面帶斥責地瞥了我一下。「我得說，我拯救了她。」

「怎麼救的？」

「那個神父淨是跟她講什麼有可以坐回印第安納的免費灰狗巴士車票，或什麼免費吃漢堡王的餐券之類的屁話。我在最後一刻出現在客運總站，把她勸下那輛巴士。」

我看著她跟在雪貂後面跳啊跳。那動物從丟在水溝的厚紙板容器拔出一個洋蔥圈，甩進嘴裡。「那女孩應該在學校上代數課才對。」

「然後每天下課應該要回家，回到她喝醉的老爸身邊？這還真是個好主意。」他轉向我，露出史上最認真的表情。「她說他們打算把她賣給撒旦教，就是這樣她才逃家，她講的那些經歷會讓你嚇到眼珠子都掉出來。」

我再次嘆氣。我再一次來到放生克萊德的邊緣，理性的邊緣。

「嘿，」他突然一臉開朗。「你跟林肯高中那女生後來怎麼樣了？」

「她終止了治療。我已經好幾個月都沒有跟她進行療程了。」

「那可能是件好事，」他說：「我都有點擔心你煞到她了。」

我空洞地笑著。「最好是。」然後聽到那女孩吼著說：「不行不行不行！路易吉！不行！」遠遠前方，她在一根電線桿底部換著腳跳來跳去，仰面望向天空。雪貂在她上方東晃西搖，敏捷地在電線間溜來滑去。後來我們花了兩小時又四根熱狗，才重新把牠誘回她懷中。

週三九點，十一月十五號，一波低氣壓降臨西徹斯特，威脅著要下冰雨或吹陣風。諮商中心走道上則上演一如往常的同僚打鬧，蔻瑞和蘇芝嘲笑我沒有可抵禦壞天氣的外套。我在辦公室把那件薄得可笑的外套掛在椅子後面，心不在焉地瞥過寫在記事簿上的每日行程表。

那個草率地寫在我一點半空檔的文字，彷彿是用了令人睜不開眼的螢光塗料，像個信號、像道標誌，像尖聲呼號著經過我身邊、直衝未來的警笛。

M，它閃閃爍爍。M，它閃閃爍爍。M。

隨後發生的關鍵事件，主述者是我本人。那是無法逆轉的一步，將我送上一條艱難的道路。但那條道路最後導致的是——套句我們常說的話——更像原本的自己。

在我開始說之前，先讓我回憶一下有史以來最偉大的心理健康專家說過的話——你們不要論斷人、免得你們被論斷[1]——我相信，祂就是這麼說的。

早晨看診那一團雜亂模糊的時光就這麼過去。雖然我可以根據確切的資訊稍加猜測，依舊不曉得對面那張椅子上坐的究竟是哪位病人。下午在餐廳，我坐在習慣的位子上，卻怎麼也嚥不下我的主廚沙拉。查理和蔻瑞似乎在討論某個知名心理醫生寫的新書，他們很可能在講匈牙利語。

十二點四十五分，我回到辦公室，坐進我的復古風王座，雙手黏在椅子冰冷又滑順的扶手上，活像是被釘子釘在那兒。我注視著門，意圖鎮定心情。一點半，門上準時響起敲門聲。

她試探著進門，我站起身，她包紮起來的鼻子嚇到了我，我感到臉面湧上熱氣，鼻子彷彿與她心靈相通似的，也反射性地抽痛起來。

「這還真是大驚喜。」

「你粉刷了牆壁，」她打量著四周。「薄荷綠。」

「當然是管理部選的，不是我，不過很高興妳喜歡，繃帶是怎麼回事？」

「噢，很蠢啦。」她說：「在這裡生活本來就不容易，不是嗎？」她靠在我的桌子邊緣。

她的大腿正好與我視線齊平——我移開眼神。

「但我的上訴正在處理了，我的家人會採取所有管道，所以……誰知道呢？希望再渺小也是希望吧，我想。只要我還在這裡，甚至能得到一些免費諮商……至少我是這樣想的。」她露出詭異且悲傷的笑容望著我。「我很努力要想起更多你的事，就是以前，在林肯高中的事。」

---

1 Judge not, that ye be not judged。馬太福音 7:1。

暖氣開始轟轟響，哀嚎不已，好像因她的出現激動了起來。

「M，」我得在時間又過去一分鐘前問出口。「妳是否有做……妳的檔案是怎麼說的？」

「噢，」她喃喃道，抬頭看著天花板，然後又垂下眼神，看自己的雙手。暖氣劈劈啪啪響。「是，但不是上面說的那樣。」我看見她一邊濃密的新月狀睫毛底下滴落一顆淚水。

她轉過來面對我，紗布上方的眼神令人眩暈。我像塊鉛那樣筆直落下。「我相信妳，我懂得懊悔是什麼滋味。」我說。突然之間，我們是如此貼近。我可以感覺到她溫暖的吐息拂過臉頰，她好似鑽入視覺的模糊地帶，遠離焦點。我的呼吸變得好亂。

她散發出一種暖暖的梨子氣味。

「那是不可能的。」她退後。

血流如洪、心臟狂跳，我耳朵竄過一陣呼嘯聲，但它製造出的白噪音還不足抵消腦中響起的警報。「妳說的沒錯，」我恢復呼吸。「我真的真的很抱歉，我打從九年級就是這樣。」我撤退回桌邊。「我的意思是，我一直想對妳伸出援手。我想幫妳。」

她彎身坐到客戶用的椅子，仔細打量了我好久好久。她的面容看起來模模糊糊，是因為紗布的關係。

「但我需要的不是這個，」最終，她說：「我需要的不是上訴。他們說我是真的有機會，你可以幫我在這裡待到那個時候。」

「所以我提議的計畫不在考慮中？」我們之間的幾公分開闊得像是陡峭的峽谷，然後她伸出一隻手，橫過那個無底洞。「我要繼續上訴，但你的計畫也相當誘人。」她將手掌貼在我手臂上，就那麼短短一瞬間，這個連結，是個恩賜。皮膚貼著皮膚，就那麼一秒。一週過去後，我還能感受到。

14

一九九九年十一月

一張影印的單子貼在單位門旁的牆壁上：

福利社已無下列商品：

洋芋片、玉米片、起司餅等。替用品：吐司脆片，裸麥或碎麥

舒潔輕巧包面紙。替用品：家庭號餐巾

餅乾、奧利奧、巧克力豆餅乾、所有碳烤吐司。替代品：吐司脆片，裸麥或碎麥

除維珍妮細菸之外所有品牌的香菸。替代品：維珍妮細菸

一般綜合維他命。替代品：無

女人們在告示面前形成歪歪扭扭的一條隊伍。她們等著，喊叫推擠，將鈔票和硬幣抓在手中。

「喬喬登記我了，她把我登記在第二個，」薇拉宣稱，她正試圖要搶隊伍前面的位置。

凱西把她推開。「最好是，妳給我滾去後面。」

「如果是朋友就不可以幫她登記，」傑洛德．利威爾受到指派，要把這些女人帶下樓到福利社。他靠在門上，兩根拇指勾在皮帶環上。

「她上禮拜登記的，上禮拜可以。」

「這禮拜又不是上禮拜，」利威爾說：「時光一去不回頭就是這意思。」

凱西熟練地用臀部把薇拉撞開。「現在給我滾到隊伍後面去，妳這臭婆娘。」

薇拉轉向利威爾，眼睛睜得好大。「你聽到她叫我什麼了嗎？」

利威爾咧嘴一笑。「妳已經是大人了，不要像找爸爸一樣哭著來找我。」

「你最好是我爸啦。」

利威爾瞇起眼睛。「妳他媽的給我到隊伍後面，不然我就把罰單塞到妳屁眼——」

米蘭達注視著這一切，卻像隔著一片大霧。這一整段時間中，有個聲音不斷在喃喃細語，像蟲一般溜過所有思緒之間的空隙：妳可以把這全拋到腦後，妳可以這麼做的。

她的骨折已經好了，也覺得安全許多，她拿了琪卡好多個月前給她的剃刀片，塞在球鞋鞋底下。

小路走到她身後的隊伍。「妳差點就笑出來了呢我的小母牛。有哪裡不對勁嗎？」

米蘭達搖搖頭。「只是在想事情。」

「噢，想事情，」小路對她眨眼。「這還不錯。」她扯扯她的手臂。「看是誰來了：打斷妳鼻子的人。」米蘭達轉過身看到朵卡絲·瓦特金加入隊伍尾端。小路若有所思地注視著她。「時機不錯，」她對米蘭達低聲說道：「妳看好。」

利威爾喊著：「女士們，排成一列，識別證拿在左手，」然後解鎖那扇巨大的監獄門。門一晃打開，他消失在門後方，隊列隨即開始移動。小路抓著米蘭達的手臂，讓其他人經過身邊，直到朵卡絲走到她們身旁。她正小心翼翼地數著滿手的錢。

小路伸出長腿，絆倒走到一半的朵卡絲。她跌倒，零錢四散在地。「操你媽——」她喊出聲，但還來不及把話講完，小路就像舞者那樣一個滑步，瞄準朵卡絲寬大又油亮的額頭，稍微往後退一小段距離，狠狠一踢，像足球選手執行罰球時那樣一腳印在上頭。她做這個動作時發出小小的「哼」一聲。朵卡絲的臉因劇痛而扭曲。

「不准再賣藥給我那位毒蟲朋友，不准再弄斷人家鼻子。」小路邊說邊俯身注視朵卡絲的臉，捏著她一只渾圓的耳朵，讓她昂起頭，接著狠狠往地上一摜。

米蘭達嘴都要闔不攏了，小路抬頭看她，作勢讓她也貢獻一腳，米蘭達搖頭拒絕。

「長不大。」小路斥責道。血從朵卡絲的鼻子涓滴淌下。米蘭達的確是長不大，她絕不可能去踢任何人的頭，就連朵卡絲・瓦特金她也沒辦法；同理，她也無法拿剃刀片割傷別人之類的。她打算跪下幫忙，但小路抓住她手臂，阻止了她，並且喊了利威爾。這些女人排成一列走進去，他正在檢查識別證。「長官，」小路喊著。「等一下！利威爾長官！這女孩不舒服，她撞到頭了！」

利威爾抬起頭。「媽的。」他在走道上朝著另一道鎖起來的門大喊出聲，那些女人全擠在那兒等著他開門。「退到後面，」他喊：「福利社這趟取消，今天都不准買了。」

整條走道響起憤怒吼聲，此起彼落，小路看著米蘭達，低聲說：「妳瞧，我告訴過妳我會解決問題的。」

晚上的監獄很冷，冷到一個慘絕人寰。米蘭達把自己緊抱成一顆球，牙齒格格顫抖。她從櫃子拿出所有衣服全穿上身，也蓋在床單上，堆成一堆。她側身躺著，膝蓋貼下巴，看著從她窗戶射入的方形黃色光塊，在整片牢房中繪出一條緩慢卻又避不開的道路。

自從最後一次跟法蘭克・隆斯特會面她就難以入睡。白天，她會在心中將這個逃亡提議翻來覆去地思考，然而到了晚上，一切就變得令人恐懼。她真的親吻了這個受到蠱惑的人嗎？老天，幫幫她吧。

早上，她會陷入冷感。她把現金放進信封，寄去一家透過商品目錄賣女用內衣褲的公司。珊瑚色成套內衣，蕾絲胸罩，外加同色比基尼。

晚上，她會被恐懼與自責包得密不透風。她現在三十二歲，早該結婚。曾有人跟她求婚，那是她大學的男友。可是，一直以來她想嫁的人只有一個，但那人從沒開口問，又或者說，在一切太遲前都沒問出來。

鄧肯·麥克雷是個著迷於短期借貸的小男孩。他著迷於它的真實，還有它的概念。短期借貸是他最喜歡的詞。他總是需要短期借貸，因為他擁有三家夜總會。在那個地區，新創夜店可以在短短幾個月內先被夜店咖擠爆，隨後立刻被棄之敝屣。雖然鄧肯的酒吧也歷盡了這樣飽經風霜的時期，受到一些同樣愛好非法物品的藝人、商界、媒體界的忠實顧客資助，對此，鄧肯相當感激。接受過詳細檢查的幾位販子可以簡簡單單揮個手就被放進去，長腿又渾身灑滿亮粉的模特兒和穿著上好西裝的男人則非等不可，不情不願但也默默接受，就這麼被擋在繩子後面。他總是強調，他們必須有個進行一些高額交易的地方，或給日常花用低但薪水能一飛沖天的亢奮男孩們。總之，也是一些跟短期借貸糾纏不清的傢伙。

但就第一家店而言，他找到了更有創意的借貸方式。「信用卡，」當他們躺在床上，手指穿梭米蘭達髮間，鄧肯注視著她。「不過是其他人的——絕對不要告訴別人喔。」

他在一九八六年來到紐約，二十一歲，在俄亥俄州衰敗小鎮受性情凶惡的鰥夫父親養大，憂鬱不已，身上僅有社區大學的學歷證明，以及熱心且海派的明星氣質。他的第一份工作是在城裡最潮的旅館當前臺，制服是墨藍色的高領有扣上衣，更能襯托他的眼睛。在美國機場的貴賓休息室，女性商務人士相互交換關於他的各種傳說，他在同志族群中有大批追隨者。他蒐集他們的信用卡號碼——女性商務人士、娛樂界人士、必須四處飛的銷售人員——誰都可以。他值大夜班時會在小小的筆記本上，把數字寫成一張彷彿看不見盡頭的名單。起先，他不確定自己要拿這些東西做什麼，只是這樣收集著信用卡號碼。

之後某次，他跟一個住在舊金山的女孩談戀愛。她要他在七月四號過來找她，他那時窮到不行，把所有錢花在古柯鹼還有高級音響設備。於是他想到那些數字，拿一個來訂了聯合航空的頭等艙機票，透過《村聲雜誌》分類廣告半價把票賣掉，拿了現金，為自己買了經濟艙，飛去舊金山看煙火。

鄧肯使用各種各樣這類的花俏小手段累積一筆可觀的基金。他精明又小心，而且將形跡藏得很好。他知道消費明細什麼時候出來，並且據此安排好一切。他會特別注意發卡銀行，明確掌控那些警戒心特別高的，他所有電話都從公共電話撥打，在家中不留任何證據。

持卡人甚至不會有損失，「沒有受害者的犯罪是最美的犯罪，」他微笑著說：「我知道，我真的是壞透了，是不是？」他笑著，雙眼源源不絕流出暗黑的能量。米蘭達可以永遠在裡頭漂流，就像深太空。

一直到他們糾纏在一起一陣子後，她才知道這些，她早已無可救藥、成敗已定。無論如何，她發現，關於他誤入歧途的瞬間，還有那些使人不安的零碎事件，她都可以別開眼神，只要重新轉換焦點，去看他的眼睛、臉龐、微笑和雙手，還有這些帶給她的一切感受。

當然等到他們糾纏在一起，信用卡詐騙早就結束了。現在不需要。酒吧正大量聚錢，信用卡公司也嚴加取締，你不能再玩這種把戲了。公理正義再次回歸，外加全新科技。

鄧肯為了她甩掉其他女人。「當她們找上我，我就是……毫無感覺，一點也沒興趣。」他讚嘆著說：「我真沒想過會有這種事，我沒想過自己會墜入愛河。」他用雙臂環繞著她。「妳征服了我。」他說。

「是你先征服我的。」她提醒他。

在早春一個陰溼的夜晚，他們在一起的時間來到一年。此時穿著鎮暴裝備的緝毒警察關閉了第一間酒吧——就是那間真正能帶錢進來、讓另外兩家生存的據點。鄧肯被帶走，但沒有任何起訴，第二天就被釋放。也許是他在市政府有個朋友？或是那些熱愛夜生活、想要大事化小的檢察官？米蘭達永遠不知道。但那間酒吧還是被封了。警方封鎖線密實地綁起滿是塗鴉的門把，貸款不斷到期，少數匿名投資者表示要脫手。

一晚，鄧肯轉向米蘭達。「我想到很久以前來過酒吧的一個人。他是從某個偏遠地方來的，一個消防員，看起來根本醉歪了。他的大嘴巴講個不停，說他們每個月辦一次賭博之夜，好像是那個地方唯一的大事，每個月可以帶來一萬塊獲利。」

「那還挺多的。」米蘭達說。

「那喝醉的笨蛋！我根本也不想聽。然後他就說，大家都認為那些錢會被捐到慈善機構，但他好多年來都在撈油水，已經藏了大概超過兩百萬，埋在某個地方。信不信由妳，這都是他告訴我的。」

鄧肯搖著頭。偏遠地方的蠢鳥事。

「他說他在等到三百萬，然後就要消失。」

他無力地笑笑。

「那基金倒是可以給我用用。」他說。

半夜，他在床上坐起來，無法入睡。「很怪對不對？」他說：「就那個醉翻的消防員？我還記得那個鎮的名字，」他說：「坎多拉。」

電視間的一扇窗戶可以俯瞰一棵年輕的橡樹，在這陽光普照又吹著強風的一日，它不願棄守最後一批粗糙如皮革的樹葉。肥皂劇的聲音刺耳吵鬧，艾波和米蘭達坐在窗臺，看著灰松鼠在樹幹爬上爬下。

「我好喜歡這些該死的松鼠，」艾波說：「人生有這麼多美好的事物。」她轉向米蘭達。「我再也不碰那玩意兒了，米米，在這裡不碰，出去也一樣。妳有聽到嗎？」

「我當然有。」有隻松鼠呈坐姿，把一顆橡果在掌中不斷翻來轉去，好像在讚嘆它有多完美。

「妳的藥沒用，妳不開心嗎？」艾波說：「還能這樣賴活著，妳不高興嗎？」

「當然高興啊。」米蘭達笑著。

「至少我知道我很高興。要是沒有妳，真不知道在這裡我該怎麼辦。」

米蘭達的微笑散去。她注視著艾波的臉——午後陽光下，從側面看她的臉是蜂蜜色，她有著最最纖長的眼睫毛。「妳的假釋聽證會快到了。」

「下個月十五號，」她從窗邊轉開眼神，玩弄腕上掛在金色手鍊上的心型墜子。

「我很努力不要太緊張。」

「雖然我覺得妳一定會獲准，妳不覺得嗎？」

「我聽說委員會有時會很難搞，」她看著米蘭達。「感謝老天卡孟納沒發現那管子，妹子，妳救了我。」

「妳一定能假釋，我非常確定。」

「我只希望妳也能出去。」

米蘭達轉回去看窗戶。一排排枯葉掃過轉棕的草皮，像是被風吹出漣漪的水面。

「艾波，」她說：「妳真的相信人能活在死後世界嗎？」

「我相信。」

「啊，但我不信。我很確定我只能活在這一個人生裡，所以不能放它爛在這兒。即便我可能罪有餘辜——或真的是罪有餘辜——也不能讓它用這種方式結束。」

「也許妳會得到一些寬恕之類的，妳永遠都不知道事情會怎樣轉變，說不定妳的上訴會被採納。」

於是艾波用盡全力給米蘭達一個擁抱。她的下巴擱在她肩上，輕柔的一點重量，壓在同一個位置上，給她些許安心與寬慰。

她渴望向艾波坦白，她希望自己可以問她關於法蘭克·隆斯特的事該怎麼處理。但她知道，就這件事而言，她注定得一個人承受。她思考著是否要再次將命運放在一個有嚴重缺陷的人手中。

「妳要寫信跟我說妳的新生活，」她對艾波咬耳朵。「每一個細節我都想知道。」

法蘭克·隆斯特聞起來有麝香萊姆的味道，他為她噴了修臉後用的護膚露。他們雖再也沒有碰觸，但她知道他想，她看得出來，不過他似乎被自己那次的逾矩嚇到了。時不時，他會晃到她那邊的桌子，稍微在她附近徘徊，這讓她不太自在。她則會跟他要杯茶。

但這一次，他乖乖留在桌子後方。地下室窗戶射進來的光圈住他的腦袋，像是閃亮的正方形光環。他的心情似乎相當愉快。「我應該想出方法了。」她坐進客戶椅時，他說：「我在想我們的障礙究竟是什麼。當然，最大的問題就是警衛。」他往前靠。「那麼哪裡的保全最馬虎呢？」

「諮商中心？」她猜測道。米蘭達注意到他的頭髮比往常更整齊，梳子梳過的痕跡就像輕木材質的質地。

「錯了。我曾見過只有一名守衛看守妳的情形，通往自由的路之間就隔那麼一個打著呼熟睡的守衛。」

「如果真有這種事，那我自己就可以落跑了。」

「妳沒跑是因為那時妳不是『真的』在那裡。」

現在他站了起來，滑步繞過去走向她，停在她椅子前方，往後靠著桌子。「妳在醫院，藥性還沒退，我去看了妳，那裡就只有孤孤單單一個獄卒，而且他在睡覺。米蘭達，那裡連個鬼影都沒有，我完全可以動手，我那時候就可以做了。」他的眼神搜索著她的面容。「真希望我有那麼做。」

「那你有什麼計畫？」

「妳還想不到嗎？」他低頭對著她微笑，眼中閃耀光芒。「我們讓妳再一次服用過量安米替林，妳再自殺一次。」

米蘭達搖頭。「不，不要。」

「我的意思是妳『試圖』再自殺一次，但要算好時間，讓他們發現，然後在他們帶妳到醫院時，我會去接妳，在夜深人靜的時候把妳帶走。」

「我承諾過母親再也不做這種事。」她說這話時聲音破了一下。她已能看出這計畫的高明之處，但她痛恨這個想法，她很鄙視這個想法。

「米蘭達，我已經把這件事想得非常周詳了，我認為這是最好的方法。但如果妳可以想到更好的，我會聽妳說。」

她抬頭看他。「然後要怎麼辦呢？」這幾個字在她耳中小聲得幾乎聽不見。

「然後我們就消失，妳，還有我，我們一起消失。」他在她面前蹲下，把她的雙手握在手中，眼神掃過她的臉龐，她看見他被自己想像出的未來願景深深迷惑。

一起消失。

她無法想像。要跟這個人一起消失。

話說回來，這是人生的另一次誘惑。只要一晚，就能抹去她所有亂七八糟的人生故事，展開一整片乾淨無染的未來。

她看著自己擱在他掌中的手——小一點、蒼白一點的手。這是她的手沒錯吧？可是它們卻沒將任何感覺傳送到她腦中。

小路看見她在單位中走去某處，為了跟法蘭克的會面裝扮得漂漂亮亮。小路攔下她，揪起她小心翼翼整理的一綹頭髮，聞了聞。「有李子花的味道。」她眨眨眼。「他會喜歡的。」

米蘭達微笑搖頭。「妳想多啦。」

小路也在笑，然後一個敏捷的動作把米蘭達的衣服往上一掀，露出珊瑚粉的蕾絲胸罩。米蘭達把她的手拍掉，有人在走道上發出喝倒采的聲音。

小路把她拉過來，親了她兩邊臉頰，緊緊抓住她的手臂。「米米，這就是我們的力量啊，」她低聲說：「我們一定要懂得使用，永遠都要懂得使用。」然後小路輕輕一推，放開她，把她往出去的那扇門推。

15

盡力做到準確、真實與誠信。
（原則C）

風險評估是相當有意思的。它占了我在米德福灣的工作中非常大的一部分。管理部必須知道：如果愛米利亞住在合宿牢房，拿鈍器狠砸人腦袋的可能性有多大？是否會跟她在特洛伊殘破的排屋裡做出的事一樣？如果布莉妮在假釋時重新拿回監護權，再揍她的小孩的可能性有多大？我們能否容許眼神悲傷的阿敏再回廚房工作，擁有碰到尖銳器具的機會，還是說，這麼做只會帶她走向自殘之路？

「風險」不一定代表負面意義。風險評估的五個階段（第一階段：具體說明目標行為——到第五階段：具體說明適當的觀察手法）可以用來判定，這麼說好了：配偶之一出現在另一人的生日驚喜派對的機率有多高，又或者某人的毒蟲弟弟放下那萬惡陋習的可能性有多大。

陶爾與克萊頓[1]在最新著作中下了個相當不錯的小定義：風險評估不過是「預估目標實踐該行為的可能性，結合針對該行為產生結果之考量」。

所以，我在想，如果就我的案例而言，這個風險評估會如何計算？

如果陶爾和克萊頓使用這個五階段評估，試著站在我的立場，有辦法預見我跟我的一個客戶如此糾纏不清嗎？他們會預測到我竟計畫讓她逃亡嗎？他們會知道，我竟然願意打破一堆專業倫理原則外加幾條重罪，只為幫助她，只為滿足自己的慾望，讓人生擁有真正的影響力？

我很懷疑。

就連隆斯特測驗都沒辦法（儘管長久以來，我都被認為與它的準確度不符）。就連它都預測不到我——它的零號測試品——竟會走到這個地步。

可憐又可悲的查理．波金赫，我得撥動他這根弦，因為他就是我的樂器。我下班後找他出去喝一杯。假日的腳步將近，天色開始很早變黑，又暗又冷。我選了河旁一間小店，他點裸麥威士忌，我點啤酒。悲切的鄉村音樂和單薄的耶誕燈飾繞在花環上，氣氛更是加分。我們坐在窗邊，會發光的聖誕老人棲在上頭，讓查理的臉變得一下紅、一下暗；先紅，再暗。

「我前妻打電話給我，」我開口：「她懷孕了，你知道嗎，我們在一起的時候她老說自己決定不生小孩。」這剛好是真的。薇妮打電話來祝我佳節愉快，然後宣布這個消息。

查理搖著頭，臉泛紅光。「法蘭克，不要覺得那是針對你。有時就是天不如人願。」

在我身後某處，撞球正被好好地擺進了三角支架，接著爆開一陣笑聲。「我猜我就是搞不懂什麼事才能打動她吧。」我對著啤酒微笑。「你竟然還覺得我能分析女性的行為。」

「該死，」查理說。現在他的臉色沉了下來。「對一名治療師而言，自己的人生樣貌往往也是解不開的謎，你明明知道的。」

我大口飲下啤酒。「我是知道。」

查理抬起視線，望向朦朧的窗戶。「事實上，」他說：「我剛在心中把心理醫師的名單輪了一遍——你知道嗎，我應該是少數一次婚都沒離過的人。」

「總是有得有失吧。」

「我可以告訴你我們的成功祕密。謝拉的，還有我的，」他又喝了一大口威士忌。

---

1 Graham J. Towl，David A. Crighton，美國心理學者，最知名的作品為*Forensic Psychology*。

「就是嗜好。」

「喔？」我說：「我都不知道你有嗜好。」

他又沐浴在紅光之下，點了點頭。「我會寫生，我會雇模特兒來公寓，素描他們。」

「裸體的嗎？」

「當然是裸體的，法蘭克。那是藝術，是人體解剖學。」他聳聳肩。「很好玩的，是一種發洩。」

「那謝拉做什麼呢？」

「她蒐集石頭和礦物。」

「嗯哼，我都不知道。」

「當然，她隨身帶著一組蒐集卵石的工具，她可以從中得到快樂。」

我喝完啤酒，作勢招女服務生來點下一輪，一面撥弄著溼答答的紙杯墊。「查理，我睡不著。我躺在那邊瞪大了眼，一直在想：以後我一定會孤獨地死去。」

他嘆口氣。「這個啊……唉，這種恐懼是可以預期的。這段時間會很辛苦，是一種過渡期，是會讓人壓力很大的人生大事。如果是這樣，你可能需要一點什麼。」

「但我討厭吃藥，我覺得我應該有辦法自己處理。」

「別傻了，我給你一點什麼吧。你要什麼？酣樂欣？還是樂平？」

我猶豫了一會兒。可憐的老波金赫。他的臉上先是閃著猩紅，接著再度陷入黑暗。他看起來形容憔悴，過去那個來自康乃爾的天之驕子變得一蹶不振、憂愁悲傷，生了褪去顏色的頭髮和皺巴巴的臉頰。這會否讓他賠上工作和退休金呢？當整起事件敗露，他們會否想方設法把一些詭異的罪名釘到他身上？可是他已經快退休了呀，我自圓其說，而且我知道謝拉家裡有錢。查理一定能毫髮無傷地撐過去。

女服務生把新的飲料放在黏答答的桌上，我拿起啤酒，隨意暢飲一口。「其實我是在想安米替林，大概——幾個月的量？」

我屏住呼吸。這個發問非常關鍵，但只要這件事能成，就足夠替M完成任務——此外還有附加好處：供我使用的備用劑量，以防萬一。因為這整個大冒險出差錯的機率實在太高了。

「法蘭克，無論是什麼我都能幫忙，」他說：「什麼都可以。」

兩天後，M在我辦公室拿藥丸，一次一個，塞在她胸罩下方的帶子底下——粉橘色的，顏色有如春天傍晚的雲朵。我避開不看她奶油般滑嫩的軀體，她的腰，她的肚臍，還有如同白色旗幟的起伏曲線。

我怎麼能把一大堆藥拿給一個曾經自殺的病患？而且還給她一模一樣的藥？風險評估。當我跟她談論她的逃亡，我從她眼中看到了生存意志，那是我見過最強大的意志。

當我將她抱在懷中、親吻著她，更感覺到流過她全身的意志之強大。

那股意志給了我翻轉人生的勇氣。

從那瞬間，我每天都像是活在高度現實的狀態。對於自己在這世上的作用，我再也不疑惑了；對於我身為模範小孩，卻沒發揮任何潛力的遺憾，也都消失了。現在，M和我在一起，整個世界似乎淋上了某種祕密醬汁，每個瞬間都明顯冒出多一層次的感受，我所看到的一切似乎被各種徵兆覆蓋。

我比從前更詳細地策劃，更全面地掌控一切。這種使命感、成功感，那些曾被父親的測驗預測出的東西——都展現出來了，但顯露的方式就連最聰明的科學家都提不出來。這股力量來自M最理解的事：受到危險之愛奴役的人。

感恩節前夕，我開著車到處找克萊德。時間正好過午夜，廣播在放史帝夫．汪達的歌曲，我瞥見弟弟在十四街和第七大道的轉角，一下左腳、一下右腳地跳來跳去，因寒冷而顯得蒼白。他的襪子捆了起來，放在兩個破爛的購物袋裡，那塊厚紙板箱兼商品展示臺直接塌了，就這麼靠在燈柱上。

當他看到我的車朝人行道邊欄靠來，臉立刻亮了起來。我靠過去，打開乘客座的門。廣播電臺將汪達的歌聲送入嚴寒而稀薄的空氣：我生在小岩城，我有個小愛人。

「上來，我請你一個漢堡。」

「免，謝了，我在等吉米。如果他來載時我不在，他會有點火大。」他歪著腦袋偷看十四街。「他遲到了。」

「好吧，那至少上車等吧，你都快凍僵了。還有，你頭髮怎麼了？」

他上了車，一手拂過新剪的頭。他的腦袋上方簡直像是短鬃毛，但兩邊還留著剪短的絡腮鬍。「法蘭絲的主意，她說頭髮那樣長長的會讓我整個人看起來沒精神。」

「所以她還在？」

「噢，當然啊。我們在戀愛。」

「那芙羅呢？」

「她為了吉米甩掉我。」他雙手在暖氣送出口前面搓呀搓。

「瞭解。」我說。

「吉米的老婆阿嘉塔是個粗壯的女士，手臂簡直跟拳擊冠軍喬治．福爾曼沒兩樣，我死也不敢惹她，雖然她跟孩子一起留在佛瑞斯特丘啦。我聽說那裡有可以停六輛車的車庫。」

「明天我想帶你去吃感恩節晚餐，」我遲疑了一下。「法蘭絲也可以來。」

「噢，那很棒啊，法蘭克。但我們有計畫了。」

「計畫？你們還可能有什麼計畫？」

「聖約瑟夫收容所要辦餐會，有火雞、餡餅，媽的還有超多配菜！你猜猜誰要烤二十五個南瓜派？」他轉過來面對我，臉上堆滿驕傲的笑容。「最親愛的法蘭絲要幫忙擀酥皮。」

「噢，」我看起來一定很氣餒，因為他有點同情地歪了歪頭。「不然明年？」

「聽著，克萊德，我有新消息。」車裡噴出熱氣，把我們團團包圍，熟悉的流行老歌讓氣氛變得深沉，也給了我鼓勵。我布置了一個古怪的情境，講出我對人生新一章的大膽計畫。我告訴他我需要他的幫忙——他，還有吉米。我說我得跟他老闆見個面，他可以跟吉米說，他如果幫我，我會付錢。我雖然不想相信那個人，可是實在沒辦法自己完成這件事。我只希望克萊德腦子夠清楚，能夠瞭解這起賭注有多大。

接著那位老闆就開了一輛拔掉消音器的骯髒白色廂型車來到我們旁邊。他的臉胖胖的，橫眉豎眼，看起來很火大。被他載在後面上下彈跳的貨物包含：頭髮亂七八糟的人，以及聚酯纖維氣球。「我會跟他說的，法蘭克，只是我不知道他願不願意。他在布魯克林有一堆頭痛事，你知道的，就那些俄羅斯人。搞得他超級敏感。但為了你，我會跟他談談。」

他的聲音哽了一下，嚇了我一跳。我突然發現他的眼神變得很悲傷。「法蘭克，感恩節快樂。」他說，然後迅速轉身，拿起那些盒子，還有一袋袋襪子，接著轉過轉角，奔向等在那裡的廂型車。

我看著車子開走，發動引擎，朝市中心去。在我還沒注意到之前，已經上了收費高速公路，往南開過澤西。我的七〇年代電臺逐漸衰弱，變成雜音。油錶指針在「沒油」上方浮動。我開到休息站，加滿油，找了個投幣電話。

「爸，」我說：「你可以請厄瑪幫我弄個地方睡嗎？」

一整夜，我都順著州際公路四通八達的脈絡走，往下穿過一團混亂、陷入沉睡的中大西洋地區，收費站、貯油槽、有點臭的不知名河流。越過德拉瓦紀念大橋，月亮稍微露出了臉，遙遠高處的細細新月，成為星星面容上的一個酒窩。

當然，我開車時多半想著M。我想像我們住在遠方某處，隱居、用假名和假的身分，住在一間看出去是陌生城市的房間。一張桌，兩張椅，早晨陽光和一張床。M躺在床上熟睡，我在桌邊，拿杯碟中的小杯喝咖啡，邊讀著書。當她在夢中翻動，我就時不時看她幾眼。

她醒過來，對我微笑。然後我再重播這畫面：她醒過來對我微笑。她說出我的名字，她一邊說，一邊微笑。

這是可能發生的，這個結果是有可能的。她可以用愛——甚至用慾望——改變我的姓名。

這個結果是真有可能，只是不能百分之百保證。即便陶爾和克萊頓也完全無法幫上我的忙。即使我試圖理智評估任何可能性，還是被情緒給壓過去。

總之，現在還想什麼可能性都太遲了。我的人生已經確定了，精準無誤，只指向M

一人。對於其他人，我只能道別。

你永遠不會看到華盛頓十一月的照片，絕無可能。明信片上永遠都是顏色飽和的春日，樹上櫻花怒放，紅色的鬱金香有如排排站的合唱團，圍在白色紀念碑周圍，還有一望無際的亞美利堅藍色天空。我向來痛恨這樣的華盛頓：因為這是觀光客的版本。傑森・狄馬亞、安東尼・李和我曾去到市中心開那些遊客的玩笑。我們會故意給他們指錯路，然後在他們搭乘小小露天觀光車在林蔭大道被載來載去時，對他們亂喊「鄉下人，滾回家啦！」這樣的話。凡是穿襪子配涼鞋的傢伙，都會遭到傑森以紫色水槍掃射。

不，我們所住的華盛頓不是什麼回憶中的美好時光，尤其當時節來到荒涼的十一月，草皮變棕，又硬邦邦；條紋大理石跟多雲的氣候合為一體，沒有人肯上去那根孤孤單單的華盛頓紀念碑，只有政府機關上班的日子才算數。我們學校裡有些小孩的爸爸在伊朗被當成人質，我們也知道有些媽媽會購買導彈裝備，還有一些青少年夏天都在國稅局接電話。我們不知道政治獻金是誰給的，也不知道什麼億萬身家的參議員或鄉村俱樂部內閣成員。我們只有中等位階的官僚，還有微不足道的國會議員——或微不足道的「前」國會議員。

我父親依舊住在那個錯層式的牧場小屋，位於高中學校後方的一個坡上。我也是在那裡長大，克萊德也一樣。清晨時分，當我開上街，蒼白的天上飄著粉紅色的小雲朵，彷彿有個小娃兒亂晃留下的腳印。艾森豪、甘迺迪和詹森時代建得低矮的古董屋幾乎全暗，只點綴著少數幾扇發出黃光的窗戶，有些早起的廚子，也許正在為餐包揉麵團，或焦急地戳著半解凍的火雞。我轉進車道。矮灌木得修剪了，它們遮到了前窗，要是寇琳就會注意到。她已過世三年，時間久到讓紫杉這樣肆無忌憚地生長。

我們都用母親的名字叫她。克萊德四歲的時候開始這麼做，這會讓她笑個不停。所以我也這樣做了——當時我十八歲，覺得這樣喊聽起來很有自信，還能讓她露出微笑。寇琳天生有那種開朗而充滿魅力的笑容，細緻的臉面被牛奶巧克力色的柔軟髮絡圈著，還有溫順的藍眼睛。她就和我與克萊德一樣高挑。「是很好看的人。」厄斯金總喜歡這麼說，她每次都得拿棍子驅趕他們。她會彈鋼琴，也會在派對上唱狄倫的歌，但她就跟我一樣非常害羞。

她拋下我們，走得非常突然。那時她在熱到慘烈的七月天下葬。儀式辦在墓地的停車場，除了天氣太熱，也是為了盡可能讓身障人士能進來。多年來，她都在殘疾人士之家當志工，共有三十八位坐著輪椅的男男女女來向她做最後的道別。這些人在受到陽光照耀的停車場扇形排開，做出讓人深深感動的發言：她是一個會行善事的人。她的人生有著真正的影響力。

我在車裡坐了一會兒，回想跟她有關的記憶。自從她過世，一切就變得有點亂七八糟，例如克萊德，還有我。

我進屋的時候是早上六點四十三分。廚房被照得亮晃晃，厄瑪織的粉紅色餐巾像掉落人間的陽光碎片一樣鮮明閃亮。父親為我倒咖啡。他看起來很虛弱，身上穿著毛巾布做的浴袍，還有脫了皮的皮革拖鞋。他跟我說，他一整晚都沒睡。

「你打電話來的時候我實在太興奮了，完全沒想回去睡，就坐起來玩接龍，然後看了一部挺不錯講蛇的紀錄片，厄瑪還熬夜到兩點做那些起司米麵包圈。」

「她可以不用這樣的。」

「你們這些孩子總是很喜歡起司米麵包圈，你知道的，厄瑪只是很高興終於可以做給別的人吃。」

我們喝完咖啡後，爸說他可能要去瞇一下，我則晃進客廳。這裡完全沒變，一樣的棕色加橘色的地毯，古董映像管電視，跟我念書時一模一樣的格紋沙發。有一張泛黃捲曲的快照支在書架，拍的是我，我的牙齒裝了牙套，頭髮戳進眼睛，抱著還是小嬰兒的克萊德，拿奶瓶給他喝，寇琳則越過我的肩膀，低頭對我們兩個微笑。

照片後面的書架上放了一排年鑑。我翻閱著我新生時期的那本，邊緣刷金的晦暗頁面都有點黏在一起了。女生田徑校隊頁面，團隊照。下方角落有個衝過終點線的女孩特寫。我撕下那頁，摺成一個小小方塊，塞進襯衫口袋，然後把寇琳和她的兩個男孩的快照也一起放進去。

在那之後，我一定是在沙發上睡著了。當我醒來，聽見模糊不清的咚咚聲響。是我的心跳嗎？我凝視著被灰塵弄得霧霧的銅吊燈，窗戶也隨著那聲音嗡嗡叫，甚至隨著那個韻律震動。砰。砰。砰。砰砰，砰。

上啊，大熊，上啊大藍熊——是一年一度的感恩節足球開球。林肯藍熊對上永遠的宿敵：邱吉爾鬥牛犬。活動正在山丘底下進行，軍樂隊的鼓聲隆隆，逐漸變強，穿過冷杉木。

為了往日回憶，我們當然得去了。爸，還有我。為我們打掃做飯數十年的厄瑪，讓我們隨身帶著她道地的芬蘭麵包捲。爸戴上粗呢帽和鋪毛外套，我則穿了那件過薄的外套。

我們在雜草生長過度的後院一面闢路一面前進，穿過一整叢的幼小樹苗與南蛇藤，就像我高中生涯的每一天早晨。當我穿越停車場，突然想起：這裡就是M初次進入我人生的地方。出現在我心中的是她那輛小小的紅棕色豐田，那是學期開始的那天，她就是在這裡，從這輛髒兮兮的小型汽車下來。頭髮剛剛梳過，濃密地鋪蓋在穿白色牛仔外套的肩上，剛上過唇蜜的嘴唇在晨光中散發黏稠而水潤的美好色澤，牛仔褲上補著一塊塊印花棉布，非常好看。她走路時，有流蘇的麂皮肩背包隨著翩翩起舞。她的臉面平靜，小心翼翼擺出冷漠的表情，但與周遭一切相比卻又那麼活靈活現——那麼伶俐、那麼深刻。她還穿了兩個很靠近邊邊的耳洞——多勇敢啊。我只能在這裡傻楞楞的，連句簡單的「天氣不錯對不對」都吐不出來，只能這樣看她走過去。

那個我總是錯過的女孩。但現在呢？我們一起爬進了木桶，就要跟著水流掉下瀑布了。

爸和我爬上看臺。臺子高高在上，被座位下方演奏的軍樂隊節奏震動，我們穿越爆米花的霧氣和熱狗的蒸騰往上爬。然後一件有趣的事就這麼發生：我感到喉中有一大團酸楚正在滋長。

這種屬於美國人的日常景象，來自我們家鄉的熟悉畫面——M和我——將再也無法觸及。這些高聲喊叫的啦啦隊女孩、長了青春痘的男孩，還有不停拍著你背的父親，全都深陷在這個瞬間，無法自拔。他們是真心在意比賽，也會在盛會結束後盡心打掃。他們遵守這個國家的法律，他們愛著這個國家。

但我也愛啊，我也愛。

我只是愛M更多一些，只是這樣。

那就代表必須跟這一切說再見。再見了。

現在已經差不多到了半場，大熊隊領先，十三比七。「今年的這個四分衛應該是最厲害的，」我爸說：「說不定就跟你那年那個孩子一樣厲害——布什米勒，你知道他從職業隊退下來了嗎？」

啦啦隊翻著跟斗，到處表演，穿著大腿襪。

「爸，」我說：「我希望你以我為傲。」

他轉向我，眼睛藏在凌亂的白色眉毛下，因為有帽子，又再多加一層遮蔽。「我以你為傲啊，就算還是小孩也一樣。看你在那個測驗裡做得有多好，還有後來——我永遠都會以你為傲。」

「我希望我可以當個更好的治療師，費勒的案子——」

「——那可能發生在任何人身上，法蘭克。」

「但就沒發生在你身上。」

原本刺耳的聲響戛然而止，那個當紅炸子雞四分衛把球丟給裁判。

「我從沒離開實驗室，原因就在這裡：我一直待在實驗室。」我的父親拿指節敲敲我膝蓋。「你則是在外頭闖蕩。」

軍樂隊衝進場中央，大號左右搖晃，一個戴著高頂禮帽的男孩撥弄著電貝斯，後頭跟著一個小孩，他推著裝揚聲器的手推車。所有東西加在一起，發出簡直令人嚇掉下巴的聲音；橫衝直撞，又震天價響。分貝之高，搞不好就連遠在博城都能聽得一清二楚，簡直跟南北戰爭的砲擊沒兩樣。我們並肩坐在那裡，承受那些聲音的衝擊。

在克萊德出生前的漫長歲月，他的確被實驗室消耗光了精力。那時我還只是個孩子。真相是：那段期間，我對父親大部分的回憶都與離開脫不了關係。他早晨離開，揉揉我的頭髮；我們去機場送他的時候，他買口香糖給我；爸開著休旅車，在週日下午回實驗室的路上，放我和我朋友在洛克維爾路的滑輪場下車。當然，他一面測試我，並把隆斯特測驗修正得更完美時，我們一起度過了許多時光。悲傷的是，當時我是那麼幼小，完全不記得那些點點滴滴。

哈利甜甜圈的小貨車開到場上，有兩個因為撈甜甜圈本事高超的男孩被選出來，以熟練的動作飛速將肉桂捲丟向看臺。「嘿，你看，」我父親說：「他們現在還有在扔熊爪甜甜圈！」

甜甜圈朝我們飛來。「快抓住！」有人喊道。

「我不知道下次再見到你會是什麼時候。」我說。

他迅速瞥我一眼。「什麼？為什麼？」接著撲向另一個朝他這裡飛來的熊爪甜甜圈。他伸長了手去接，結果失去平衡，身體開始傾斜，從走道陡峭的樓梯滾了下去。

我伸手去抓住他——可是太遲了。有幾個人已經聚集到他身邊，我聽見低沉的喘息呻吟。

「那是我父親，」我喊著。「讓我來。」

爸的面孔因疼痛而扭曲。「你要去哪？」他低聲對我說：「你要離開嗎？」在某個遙遠的地方，下方的樂隊開始演奏《幸運女神》（Luck Be a Lady Tonight）。有個青少女點點我的肩膀，把某個東西壓進我手中。「這是我的手機，」她說：「叫救護車。」

16

一九九九年十一月

艾波．東妮．尼可森是米蘭達這輩子最要好的朋友。兩人的關係比她在紐約認識的姬莉安，或學校認識的所有女孩更堅定、更深刻，也更親密。在矯正設施的牢獄中建立友誼——真正的友誼——需要相當程度的交心，能屈能伸而且大量的愛與慈悲。艾波給了米蘭達這一切，米蘭達也心懷感激地收下。

她們與對方共同的背景比別人想像得更多。當米蘭達第一次來到單位，艾波初次跟她交朋友，她們在談天打發時間的時候發現，彼此在成年時跨入的領域，是一個就算在家也要把形象顧得跟門外草皮一樣漂漂亮亮的世界：艾波的父親是一名汲汲營營攀著軍階往上爬的現役海軍，米蘭達的父親則是以蠻橫的姿態擠進理想職場的政客。這兩個女人的墮落對她們家的對外形象而言可說是一場浩劫，卻得到了天差地遠的待遇：艾波的父親不願原諒自己的女兒，米蘭達的父親則原諒了。因為說到犯法，他自己也不陌生。

時間過去，艾波開始像喜愛自己的手足一樣疼愛米蘭達。「我就只有三個兄弟，所以妳是我唯一的姊妹。」她會用佛羅里達那種軟綿綿的歡快語氣說道。米蘭達就像喜歡另一個姊姊一樣喜歡著艾波——至少，她可以這麼想。

過節的時候，艾波和米蘭達多半黏在一塊兒。她們會把一些新雜誌和少許好東西留起來享用，讓這天可以比較好過。感恩節時，伴著米蘭達費盡心思準備好的燉飯，艾波也存了一罐蔓越莓醬和一盒奶油酥餅。她們兩人都對火雞無所謂，同意最重要的應該是蔓越莓才對。

於是，艾波竟沒有活到看到那一天來臨，就變得更奇怪了。她怎麼會在大餐前夕撐不下去呢？太詭異了。她攝取了這麼大量的晶體古柯鹼、迅速讓那毒藥逼她心臟開始痙攣，狠狠將這個維持生命所需的容器扭擰得裡外翻覆，真的太奇怪了。

感恩節清晨，她在自己牢房變得冰冷又僵硬，監獄進入一級封鎖，獄卒的火雞自助餐直接取消。

米蘭達看到了他們。黑色橡膠屍袋把艾波包在裡面帶走，屍袋側邊印了NY STATE DOCS，中央滑過一道粗粗的銀色拉鍊，有如水銀做的溪流。

接下來三天，她幾乎都是縮成一團躺在床上，滿腦子想著塞在空塑膠衣架裡的安米替林。上次用藥過量把她的心神弄得一團亂。雖然她接受了法蘭克．隆斯特給的藥，卻還沒有接受他的計畫。她仍無法將這念頭——這個二度自殺的念頭——吞下去。可是現在她覺得自己動搖了。一口吞下、就這麼睡去，忘了那個關於逃跑的瘋狂談話。說不定最後能在夢中脫離此處，而且是永遠脫離，這難道不是比較容易嗎？

可是她卻聽見自己的名字被大聲廣播出來。「格林請到單位出口三。」

她坐起來，腳穿進運動鞋，聽著卡孟納拖著腳走路的聲音。她粗壯的身形隨即擋住光線。「我們正封鎖全部區域，他們卻說可以讓妳出來。小姐？妳現在是在動用關係弄我還是怎樣？」門栓「噹」的一聲，卡孟納把門打開。「現在這裡有個死掉的女孩欸，妳不覺得我已經夠忙了嗎？」

米蘭達瑟縮一下，卡孟納也看到了。她壓低聲音說：「我知道她是妳朋友，我們會揪出把這該死的玩意兒帶進來的人。現在給我下去會面室，反正一定有人讓妳可以不用被鎖在裡頭。」

在那瞬間的幻覺中，米蘭達還想說搞不好是州長，說不定是總統來給她寬恕。她急忙衝下單位，濡溼的手中緊抓著自己的識別證，卡孟納開門讓她出去。

她衝過那扇會面時間總絡繹不絕的門。那裡已經有個囚犯在等著過程序，只是整個檢查站空盪無人。當米蘭達衝得更靠近，驚訝地發現那是小路。「妳怎麼在這裡？」她邊說邊走到小路身後。

小路轉過身。「米米！」她眨眨眼，有點驚訝。「我在等一個獄卒，那個叫我出來的獄卒，不知道是誰。妳沒告訴他們我對朵卡絲做了什麼吧？妳什麼都沒說吧？妳沒有對不對？」

「當然啊，」米蘭達說。小路竟然會這麼想，她突然有點心冷。

「小寶貝，我知道妳不會，我會發這種瘋只是——為什麼突然有個獄卒要找我？噢米米，艾波的事我好傷心，我好遺憾。」小路搖著頭，為了喘過氣來，似乎費了一番力氣。

米蘭達垂下眼神，搖搖頭。「小路，我現在沒辦法談。拜託妳，我們先別談。」

「我懂，親愛的，我真的懂。」小路捏捏她手臂。「我們晚點再說，現在——為什麼妳沒被關在裡面呢？」

「我是被叫來會面的。」

「因為這樣他們就讓妳離開？那一定是件大事。」

米蘭達聳聳肩，越過小路的肩膀看去。傑洛德．利威爾從閘門遠端的男廁出來，慢慢緩緩地捏著鑰匙朝她們走來。「我完全沒有頭緒，」她說：「我想妳的獄卒來了。」

這畫面說有多不搭就有多不搭。他在空盪無人的會面室，窩在長桌邊一張小得可笑的凳子上。這個空間因為照明過強，簡直像是燒了起來。他身上穿著極為合身的灰色西裝，看起來像被真空包裝。如果不是旁邊站了一個愛德華．格林——她的父親——她絕對認不出他。她上次看到他是什麼時候？葬禮吧。

當然了，她可以輕易想起第一次見到他是什麼時候。一九七六，在匹茲堡希爾頓飯店某個房間，愛德華．格林最初的選舉夜。就要回歸國會了，格林在本州足足高出三十五個百分點、格林橫掃西米夫林……米蘭達和艾美從一張床彈到另一張床，跳得好高，指尖都要擦過天花板；此時大人則到處走來走去，相互擁抱，把茲茲冒泡的雞尾酒灑在地毯上。芭比坐在靠近電視的桌前，偷偷看著化妝鏡，為了勝選大會一點一點補著妝。腮紅、睫毛膏、蜜粉、唇膏。米蘭達最喜歡看她化妝了。不過接著她就得去上廁所，繞過轉角去廁所。

然後，她在那裡看到父親打開通往飯店走道的門，那個男人，這個身材微胖、穿著合身棕色西裝的男人，便從閃閃發光、鋪著金色地毯的領域悄然出現。他臉上的皮膚好像會發亮，有些地方平滑，其他地方卻有點坑坑疤疤，像個還沒上糖霜的蛋糕。他懷中抱著一個大盒子，父親用大拇指點點他的肩膀——「嘿，很高興看到你。」——然後幫他把盒子放到地上。

「義大利微甜氣泡酒，因為通知得很急，已經是我在這個他媽的爛城市裡可以找到最好的酒了。」棕色西裝男說。他一抬眼，看到米蘭達，便對她眨了個眼。「抱歉我說了髒話，小美人。」

她父親轉身。「寶貝，妳想要做什麼嗎？想去上廁所嗎？」他把她往洗手間的方向推了一下。「進來喝一杯，尼爾。」

他說完便轉回去對著棕色西裝男。「我們鐵定有很多話要談。」

「之後還有的是時間，」那人說：「有很多事要做，」在她關上廁所門前，正好看見那個男人伸出手整好爸爸的領帶。「早告訴你你可以拉到些票數的，是不是？」他說。當她出來，那人已經不見了。她父親兩手各拿著一個打開的酒瓶，到處遊走。大家都來喝氣泡酒，艾美和米蘭達甚至也獲准共喝一杯，杯裡裝得滿滿的嚇人小泡泡，嘗起來像針在刺。她們把整杯都喝掉了。

幾個月後，在哈洛維大道一棟屋子的電視上，他們瞥見那個拿著義大利氣泡酒的人，還有那輛冰藍色的車。他出價標下匹茲堡鋼人隊，一個看報紙的女人說，她說他是暴發戶。

「暴發戶是什麼？」米蘭達問。

「就是做生意的，」艾美說：「整個賓州差不多都是他的吧。」

「包括賓州少數幾個最頂尖的議員。」她母親說。

一九七八，競選宣傳再次降溫。米蘭達其實不太在意，但對艾美而言則很痛苦，因為站在那上頭實在太羞辱人了。當時她處於青春期，在那些沒反應的群眾面前穿著她痛恨的裝束，她說，看起來不是太小女孩就是太老氣，然後還要揮手、微笑、給人家看她的牙套。這對艾美而言真是糟得不能再糟，可是米蘭達其實更擔心父親。她可以看到他冒汗，有時她也注意到，群眾比起上回少了很多。因此她曉得，這次情況並不是太順利。在那些演講之間的空檔，他們會在寒冷而半空盪的匹茲堡屋子裡露營——「業界三年，一點都沒撈到。」當他們開進車道，母親每次都會這麼說。米蘭達和艾美待在貼了發霉鑲板的娛樂室，玩那些無聊至極的桌遊時，其實什麼都能聽見。不堪入耳的話語穿越樓梯與通風口漏進來。母親、父親還有一直都在的布魯費德先生，三人在廚房裡說話。「亞倫，他到底是怎麼了？看看這些數字。」

「沒有廣告就沒有數字。」布魯費德先生說，語氣比較冷靜。

「看在老天的份上，他為什麼不說點什麼呢？」愛德華．格林說：「我哪裡做錯？我還以為他很高興。」

「我已經努力跟你解釋過了。不是你做錯了什麼，只是丹尼．海耶德做對的比較多。」

「那他到底做了什麼？」接著她的父親會進入吼叫模式。「幫他吹嗎？我的老天爺，」他說，嗓門往上拉。「如果非要這樣搞，我也可以跪下來幫他吹。」

「愛德華，就算波特基今晚在桌上攤開五萬美金，我還是看不到未來前景。你得冷靜下來思考其他方案。」

「叫他聽電話。」

「他不會接你電話的，愛德。我試過了，相信我。」

那是什麼聲音？難道是父親在哭嗎？

「愛德，我可不要搬回匹茲堡。」母親聽起來是何等憤怒。

「他會在特區找到很多機會的。」布魯費德先生說：「很多很多。」

父親敗選後的某一個時間點，顯然又慢慢跟尼爾．波特基把關係縫補起來。兩年兩個月後，一九八一年一月，他們全聚一起，在維吉尼亞州波特基家的獵莊裡舉辦的超級盃派對吃著燉牛肉——在那之後差不多過了十九年，米蘭達在米德福灣的會客室，跟這兩個人面對著面。

「妳看起來不錯。」波特基露出一個勉強的微笑。

「波特基先生有些匆忙，」愛德華．格林說：「我們有很棒的消息要告訴妳。」

「真的嗎？」

波特基雙臂交叉在胸前，露出手腕上戴的一只暗金色錶。「親愛的，我跟你們紐約這邊的州長關係挺好。妳父親來找我，身為他的老友，我總得盡棉薄之力。」

米蘭達注視著他。

「不覺得很棒嗎？就是波特基先生剛剛講的事？」

「但我什麼也無法保證喔，妳懂的。」他眼下有著深深的痕跡，層層疊疊的眼袋彷佛滿載各種暗黑的機密。「這可能得花點時間，甚至幾年，但他的確欠了我一點人情，那個州長。」

米蘭達不安地在椅子上挪動。「我不知道該說什麼。」

「不用道謝，」波特基站起身，看似隨意地舉起一手，放在她父親肩上，幾乎快碰到頸子。「我知道妳父親也會為我這麼做的。愛德華，我載你到機場？」然後他移開手，整一整身上的西裝，輕輕檢查一下他那頭吹得虛浮、有些灰白的棕髮。「我讓你們兩位獨處一下？」

他們就這樣一起望著他大步走過會客室，經過投來好奇眼神的兩名獄卒，他們眼中有著欽羨，甚至忘了要給他登記離開。父親轉向她。

「如何？」

「不要。」

他在椅子上往後靠，對著地板皺眉皺了很長一段時間。「聽好，米蘭達，」他最後說：「妳姊姊過世是很久以前的事了，我要講的是現在，妳不懂我的意思嗎？」他往前靠。「妳都要瘦得皮包骨了。」

一聽到這話，熱燙的眼淚在眼眶中一傾，直直墜下臉頰。她用手背擦掉。「你覺得我會同意？」

「我是覺得妳沒什麼資格堅持原則。」愛德華・格林打量著這可鄙的空間，這世上最最可鄙的地點，他們最後還不是一起待在這裡？「講點理啊米蘭達，實際一點。」

「像你這樣嗎？」

「對。」他往後坐，與她隔開距離。因為太疲憊，他的表情顯得曖昧不清。「像我這樣。」

此時，一名獄卒喊了他。「先生，外頭那個司機說你的車要走了。」

「去吧，」她說，擦掉眼淚，淚水好黏又好濃，像樹液一樣沾在她手上，甩也甩不掉。

米蘭達又站在電視間的窗戶旁。艾波的松鼠在那棵年輕而纖瘦的橡樹上盪來盪去，但她眼中沒看到松鼠。

反之她看見一九七八年的父親。敗選演講之前，他在旅館窗戶旁往來踱步，對著匹茲堡雜亂無序的屋間景色吐出各種髒話，他身後的襯衫沒紮進去，母親正拚命地想把他外套上的縐摺弄平，打電話找客房服務拿熨斗來。

反之她看見艾波。每次郵件推車來時她都會抬起頭，在週日早晨禮拜的古老讚美詩歌中全程哭泣。當米蘭達會面結束回來，單位有人告訴她，她們聽說艾波的家人拒絕接回她的屍體。那些女人悄悄地說，她會被火化，收在州政府的靈骨塔。

反之她看見法蘭克．隆斯特，還有尼爾．波特基。

一隻麻雀停在外面窗沿，透過玻璃感覺到她的存在，馬上嚇得離開窗架，喳喳亂叫著消失蹤影。

她看見奧辛達格河，一座橋，在坎多拉外圍三英里，一座搖搖欲墜、兩線道的古老小橋墩，一盞虛弱又遭飛蛾侵擾的孤獨街燈把它點亮。車子慢慢在那裡停下。她有點搞不清楚自己剛剛到底看到了什麼，或做了什麼。然後她低頭看著身邊的座位。槍。她拿起來，槍在手裡感覺好重，金屬稍稍有點粗糙磨人。她猜想，這是那種次級而廉價的槍。她下了車，外頭一點聲音也沒有，只有蟋蟀吱吱嘎嘎叫著。她走到橋的扶手邊，傾身橫過上頭，那東西離開手中後，她什麼也看不清，但在一個心跳的瞬間，她聽見了——噗咚——然後瞥見一小條彷彿白色裂縫的東西，像是腳下那片黑暗中曇花一現的嬌小花朵。

她走向自己的車，往後靠在引擎蓋上。在夜晚空氣中，蓋子好冷又好硬。她可以感到日間的熱能全蓄積在人行道上，透過鞋底傳上來。她在那裡暫時休息，被冷著，也被熱著，等待接下來要發生的未知。

17

不得與目前病患發生親密性關係。

（準則 10.05）

爸瘀青擦傷，急救隊直接在界外線幫他包紮處理，然後順道載我們回家。他的骨頭都沒有斷。在救護車上，他很安靜，鬱鬱寡歡，因為自己在眾人面前失了顏面絆倒相當羞恥。我們也沒機會看到飛毛腿四分衛小鬼完成傳球。

我們回家的時候，厄瑪快要擔心死他了。那間房子充滿令人頭暈的煮食氣味。她鋪開的一桌菜色簡直能餵飽一整群人。我們三人圍坐在廚房桌邊，桌上的黃色格子塑膠貼板雖然褪了色，仍相當明亮。我們頭頂垂著熟悉的白色玻璃燈罩，有一半電燈泡總是燒掉的。眼下至少還有八、九道菜要上，另外，可能還有一大隻熱氣蒸騰的雞之類的，外加兩個派。

「老天，感謝你沒讓我在去抓甜甜圈時把自己害死。」爸低頭看著滿盤子的食物。「不然一定倒了我的胃口。」

「阿門。」我說。

「我給你做了起司米麵包圈，」厄瑪對我說：「趕在最後一秒做好的。」

「我最喜歡妳這一點。」我把裝飾在旁的配菜堆滿盤。

「亂說。」她臉紅起來。

吃完晚餐後，我和爸一起去洗碗，厄瑪則把剩菜打包到一個保冷盒，堅持一定要讓我帶回去紐約。「我不在乎你其實根本沒吃，或拿去給乞丐，我只是看不得東西在這冰箱裡發霉長毛。」然後她搖搖擺擺地走去地下室。她喜歡在那裡刺繡，聽著佩姬李的歌曲。

父親和我退回他書房。爸到處翻找他的菸斗和菸草。「早就不抽了，不過在這全國性的佳節時刻——」他一邊坐在書桌前打開抽屜，把裡頭翻過一遍，一邊說。我彎身坐到躺椅上，不禁發出呻吟。我什麼時候變得那麼老了？竟然在坐下時發出呻吟？就像全美國的中年人一樣，在吃過感恩節晚餐後對令人難以抗拒的軟綿椅子舉手投降，然後發出這種聲響？我頭上的架子放滿測試玩具，有的是年幼的我厭惡的，有的是喜愛的。一堆堆木頭圈圈、方塊，根據大小尺寸與顏色擺放，視覺空間訓練的塑膠小玩具上有些握把，塗上無毒顏料、一疊疊學習圖卡，上面有面無表情的人做些意義不明的消遣。它們現在全成了紀念品。這個時代，測驗都是用電腦做的。

他那臺古老的 Pentax 相機（附加四四方方的閃光燈）放在架子的低處。他曾用那臺機器記下我成功完成謎題的一刻。為了後代子孫，他把我拍下來，認為我將會是曠世奇才，那張照片未來一定會在科學上有某些價值。我拿起來，裡面還有底片，父親也正好從最底層的抽屜撈出胡桃木菸斗，還有一袋黑衛兵菸草。我把相機放在桌子對面的架上，設好定時器，按下自動計時鈕，急忙繞過桌子，在他旁邊彎下身。

「法蘭克，你在搞什麼？」

「讓你勿忘我啊。笑一個。」

喀擦。閃光燈亮起，爸轉向我。我們的臉只相隔幾公分。「孩子，你有打算告訴我你要去哪裡嗎？」

我該怎麼告訴他？又要告訴他什麼？我能從他口中聞到南瓜派和咖啡的味道。他的藍眼有點白濁，眼皮鬆弛，前額被薄得跟衛生紙一樣的皮膚包覆，使得那幾條凸出的血管更明顯。我為什麼會如此肯定今天之後我再也看不見活生生的他？這個想法讓我不快。我直起身，離他遠些。

「爸，我希望我可以……變得更好。」

「媽的，我們不都是這樣嗎？」他對我搖著頭，滿腹困惑。「你讓我很擔心，法蘭克。如果是別人聽到你說這種話，可能會認為你要結束生命。」

「你說自殺嗎？」

「是啊，你講起話神經兮兮的，如果要我給出專業意見的話。」

我露出微笑，一手放在他頭上，他的頭髮稀疏，又軟又白，像蒲公英的絨毛。

「爸，不要擔心。就某方面而言，我從沒有這麼期待未來。」

他抬起頭，生氣地看著我。「該死，你這話是什麼意思？」

「我今晚要回紐約，我得回去。」

「你都開了這麼遠。」

「我只是得見你一面，因為我愛你，爸。」

「只是得見我一面……」他咕噥著說，然後點燃手中的菸斗，就著柄吸了一口，臉頰往內凹陷，面目一瞬間因煙霧而朦朧不清。「法蘭克，那就再見吧。我不喜歡猜謎。再見。」

我緩慢地在車陣中往前開，直到韋拉札諾海峽大橋知名的上坡路。當我開到最高點，正好趕上在逐漸衰弱的冬日光芒中發出閃耀銀色的布魯克林。最後，我要前往日落公園見吉米。

清晨的冷意居高臨下壓在我弟弟居住的毒蟲屋街坊。這棟小小的建築物外牆是磚頭與鋁，蜷縮著隱身在上方鐵路投下的陰影中。人行道邊欄四處可見翻倒的垃圾桶，海灣吹來的風將它們從自家揪出來。在克萊德住處一角，有臺投幣電話倒到人行道上，話筒像吊死的罪犯一樣左搖右晃。

這回，我一按門鈴門就立刻打開了。有個膚色跟烤吐司一樣的乾癟男人對我露出缺牙的微笑。「朋友，晚安啊。」他說。

「麻煩，我找克萊德・隆斯特，我是他哥哥。」

「克萊德的哥哥！進來！克萊德的哥哥！」他帶著我走過散發焦湯氣味的黑暗走廊，進入一個寬廣的房間，以前應該是這排屋的起居室，還稍微看得出精心製作的飾板，苦苦黏在凹痕處處的天花板，像是片片蕾絲裝點在破爛的睡衣上。

大盒子中的內容物像炸出來一樣散得整個房間都是。一批小販站在那堆混亂中挑選，為第二天的工作裝載貨物，面色木然的男女在成堆藍色、粉紅色的絨毛恐龍中挖扒，在垃圾袋裡裝滿天鵝絨布的髮帶。在一個角落，我看到傑克森從那一疊疊還沒充氣的迪士尼仿冒角色氣球中挑出最近的大熱門。他從中抬起頭，注意到我。「老天保佑他媽的獅子王啊！醫生，你懂我意思吧？」他大笑出聲，我也笑了。我整整兩天沒睡，整個世界像在懸崖邊緣搖搖欲墜。

我這位沒牙的護花使者從後頭冒出來偷看。「那個克萊德呢？」

「他在樓上吧我想，」傑克森說：「等會兒見了，克萊德的哥哥，別打什麼怪主意喔。」

他的話給了我很多安慰。「祝你賣氣球順利。」我說，然後跟著這個骷髏人上了一個樓梯平臺，高抬起腳跳過幾塊消失的木板。牆上有一張張印著紫色玫瑰的紙，全捲了起來，變得跟紙軸似的。我們進入後方的一個房間，裡面有張圓床，看來是被拿來當桌子，用來分類裝在塑膠袋裡的襪子和T恤。在床前彎著身子的大概有五、六個人，克萊德和法蘭絲就在其中。

是她先看到我的。「嘿，快看，是法蘭克。」她喊道。

克萊德挺直身體，對我咧嘴一笑。他一手上有一捆襪子，另一手則是購物袋。他身高一百八十公分，骨瘦如柴——肋骨、鎖骨全都收攏在那件破爛的T恤裡。「你的火雞日如何？厄斯金怎麼樣？」

「很好、很好。」越過他們的肩膀，我看到吉米像瓶塞一樣從相連的鄰房「嘣」地冒出來，滿臉怒容。

「這個小丑是誰？」他強硬地問，克萊德以有禮的語氣提醒他說，他們聊過這位哥哥，就是那個有點「狀況」的人。我想他大約矮了我四十公分吧。但也夠嚇人了。這人的腦袋簡直像根短棍。

「這些小鬼在工作。」他冷淡地說，對克萊德點了點頭，示意他回到那堆紡織品山中。短短一瞬，弟弟對我露出鼓勵但有些憂慮的微笑。吉米帶我去旁邊的房間，那是間宿舍，塞滿沒有打理的骯髒上下鋪，足足有四層高，幾乎要碰到漆黑的天花板。這裡就連窗戶也漆成黑色，唯一的光源來自一盞畫了搖搖馬的吊墜燈。

吉米一屁股坐到一個較低的床墊上，示意我也在對面床上坐下。「如果你想帶那孩子走，我不會阻止你，」他說：「但我敢說，不出一個禮拜他就會回來我這兒。」

「這跟克萊德無關，我是說，我想你說的沒錯，如果不是克萊德自己願意洗手不幹，沒別的辦法。」

「你比很多人聰明呢，」他邊說邊點頭，嘆了口氣。「還有，你也知道我喜歡那孩子，克萊德，他就是大家所說的好孩子。」他對著地板微笑。「長得也帥，我老婆跟我只有女兒。阿嘉塔是真的喜歡克萊德，我們常說，就可惜這孩子他媽的是個毒蟲，因為他絕對可以成為某人的好兒子。」

「是啊。」我也邊說邊點頭。

「所以，你是克萊德的哥哥，你想怎麼樣呢？」

「我想要，呃，一把槍，但可能只要借一下就好。」

「借你槍？」他對我咧嘴微笑，胖胖的臉頰用手托著。「耶穌基督啊，老兄，你是想要幹什麼？搶銀行嗎？怎樣？你很需要錢嗎？」

我試圖穩住呼吸，驅逐因睡眠不足而不斷瘋狂抽搐的一眼。我得讓這個流氓相信我。「事實上，我是要幫人越獄。還有，我也需要身分證明，一本護照。你有門路嗎？」

於是他抬眼瞥我，揚起了眉毛，往後靠，手肘往床上一放。在床鋪之間的黑暗中，他越過微微隆起的肚子，像是評鑑什麼似地打量著我。

「我還不知道你的名字呢。」最後，他說。

「法蘭克．隆斯特。」

「法蘭克．隆斯特，你告訴我：你為什麼想做這件事？」

「這要講很久。」我說。

「法蘭克，荷馬是個該死的馬其頓人。對馬其頓人來說，講很久根本不是問題。」

我最終留下來吃完晚餐，晚餐是角落那家有防彈玻璃的中餐館的炒飯。吉米對我的計畫品頭論足、修正砥礪。我離開時，因他的腦筋之好大為讚賞。回到家，我爬進貓旁邊的床位，牠喵喵叫，伸開身體，把醜兮兮的肚皮秀給我看。我給牠抓了幾下，然後睡得像遭遇船難被沖上岸的人。

吉米的白色廂型車在星期天早上七點鬼鬼祟祟開到我的街區。他讓我坐在副駕，我們橫越荒蕪的曼哈頓，像灑飼料一樣發送貨物給他的小嘍囉。等到最後一批送完——在華盛頓高地，將繩子捆好的一串絨毛玩具拿給一名看起來十分孱弱的女孩。他轉了方向，開往靠近白石大橋的一幢破爛小屋，應該是某種店鋪吧，專賣從前斯洛維尼亞走私進來、無法追蹤的武器。在那裡，他給了我忠告，建議我購買小型俄羅斯製左輪，還有一些彈藥。

「你不會上膛的，」吉米說：「你甚至不需要用到，如果你好好聽我的話，法蘭克，你就一點也不需要用到。」

接著他便緩慢鑽過中午時分的車水馬龍，經過拉瓜地亞，來到東艾姆赫斯一座灰泥裝飾的白色碉堡，那是一間叫做「新．斯可皮耶」的餐廳——如果你願意相信那張歪斜著橫在前方的塑膠布橫幅。餐廳裡頭，一排排荒廢的桌椅上方懸著坑坑疤疤的琥珀玻璃球，一面牆上有一幅畫，畫得是一群大胸農家女正在幫山羊擠奶，我想應該是山羊吧。但也可能是狗。

有個蓄鬍的年輕人從廚房出現，朝著像是沾了引擎油漬的圍裙上擦了擦手。吉米用他們那種簡直會讓舌頭打結的語言跟他交談，年輕人點點頭。「五千五，」他以很重的口音對我說：「兩張加拿大護照。」

「這傢伙是最頂尖的，」吉米說：「從頭到腳假名牌，上禮拜他才把大組織的一個俄羅斯人變成墨西哥來的呢。」

年輕人聳聳肩。「大組織的戰鬥民族，不能得罪。」

吉米噗嗤一笑。「如果你愛惜自己的手。」

他的同僚轉向我。「等你和你的相好一到，我們就拍照，過一個小時我就會給你護照。到這裡為止我都覺得沒問題。」

當我對吉米道完別，回到住的地方，他給我一個擁抱，好像我們是什麼親密戰友。「你跟你弟弟，」他說：「是兩個非常好的孩子。」

順帶一提，我後來確認了：荷馬不是馬其頓人。

下個星期一，我對M再次越線，打破我奉為圭臬的職業準則，我甚至對此感到驕傲。那些東西現在感覺起來都抽象又遙遠，像是用於滅亡文明的一套法律。

一開始，我們只是簡單地談話，像從前那樣平凡無奇的對話，談著她朋友艾波——我不禁因此心碎。我們談她父親的來訪，還有那個也許能左右州長的好友。對我來說，這引發我一連串複雜的情緒：這份恩惠對她來說也許是個解決之道，但也會讓她從此消失不見。

然後她悄聲說：「我沒辦法，」她低下了頭。「我無法接受那個人的恩惠。」她說：「我寧可選擇另一種方式。」

我承認，這行動當然充滿了問題，卻是十足十的真相。我心中的動力被這件事填滿，被那股愉悅吞沒。所以說她也看出來了：說來說去，我提議的行動根本是奠基在理想主義上。

「雖然我真的好害怕。」M說。

「計畫都安排好了，很簡單的，我知道它一定會順利。」

「但你真的知道自己為什麼要這麼做嗎？」她抬起眼神，細看著我。「我是說，你真的完全確定嗎？你知道的，因為我是沒什麼可失去，可是你有。」

「沒有妳想的那麼多。」

她檢視了我好長一段時間。「要是計畫真的成功，我卻把你給甩了呢？你一定想過的吧。」

「我是憑著一股信念。」

她的嘴角往下拉，也許還帶著點憐憫。「要是我吞了藥，但他們沒發現我呢？要是他們晚來一步呢？我就死定了。」

「妳得抓準時間，M，就照我們計畫的那樣。不過是五、六個小時，那藥是殺不死妳的；妳的緩衝時間相當足夠。」我露出微笑，再三保證。

她咬著指甲，注視著我。「我不知道，」她開口，語調更慢也更輕柔。「也許我得接受這個情況。無論在什麼境遇，都要綻放。」

我點點頭。

「我在這裡可以做點好事，為我自己找到一些意義。然後，說不定我就可以被原諒了……」

我發出一些模稜兩可的聲音，焦躁地從椅子站起，稍稍踱了一會兒步，然後繞過桌子，停在她前方。「我可以照顧妳。」

「我可以照顧我自己。」

「這是當然！」我抓住她的雙手，半跪下來。「妳當然可以，妳也可以這麼做。」

我拉著她，一股溫柔卻急迫的力量讓我直接將她拉入懷中。起先，她全身都繃得好緊，可是下一秒就在我懷中融化。那股酥軟的感覺一路從她肩胛骨間沿脊椎往下走，我想像自己的心臟發出如雷聲響，在胸腔四處彈撞。

每樣事物都變得好重要。

「幫妳得到自由可以讓一切變得更好。」我在她溫暖的髮中低語。

「我不知道該怎麼辦。」她說。

這是她柔軟又堅強的一面。「一週之內，妳就可以在離這裡遠遠的地方生活。」我感到她抵著我的衣服前方點了頭，便讓她抬起頭對著我，然後吻了她。下一刻，她跟我隔開距離，頭髮凌亂，臉稍微變得粉紅。

「不管妳做什麼決定，我都會尊重。」我說：「心理醫生有句話是這樣說的：選擇就是力量。」

「選擇就是力量。」她低聲說道，朝門走去。

我跟著她走，在她去轉門把前，將一手放在她手腕上。「都安排好了，M。從現在起，我就等妳電話，妳來下這道命令。」

她望著我。「我鐵定對你的名字有印象了，」她說：「但我真的希望自己能多記得一點。」

「妳會的。」我說。

18

一九九九年十二月

獵戶座星帶看起來其實比較像皇冠，它為卵石停車場遠端那棵古老柳樹加冕。夜色是多麼清澄，她等待的位置又是多麼黑暗。那晚，在紐約坎多拉消防局後方，星星非常認真地閃耀放光，亮得像是想在一大早就把自己燃燒殆盡。

米蘭達坐在車裡，告訴自己放輕鬆，試圖透過清點周遭事物的方式安撫心情。停車場裡，長長的黑水坑顫動倒映的星光，就那麼一隻青蛙在卵石邊叢生的雜草中呱呱叫。她猜想，那後面可能有流過一條小溪或一條水溝——還有大垃圾車，三個一疊的輪胎。薄弱的六月微風搔弄著古老而莊嚴的柳樹。

她到底為什麼會跑到這裡？她怎麼會讓他帶自己走到這一步？

青蛙不叫了。她能想到最好的解釋就是：出了大差錯，她靈魂運轉到一半就故障了。

然而，早在此時此地、早在什麼頂上戴了星星皇冠又低聲呢喃的柳樹之前，她就出了大差錯。

遠在某個天寒地凍、天空蒼茫的場所。

別哭，現在別給我哭出來。已經太遲了。

引擎乖順地發出嗡嗡聲，車停在靠近煤渣磚牆的地方，在消防局後牆，這建築只有一層樓。素樸的鐵門上開了一扇小窗，光線透過那裡橫過車子引擎蓋，鄧肯會從那扇門進來。令人愉快的黃光在租來的白車引擎蓋上照出一個平行四邊形。

然後她聽見咚一聲，接著又是咚一聲。兩個致命聲響，散發著大勢已去的感覺。她在那裡坐了好久，心臟跳得超級用力，幾乎要從身體衝出來，在整座停車場到處蹦來跳去，衝進雜草和樹林，跟那些青蛙生活在一起。什麼事都沒發生，沒人從門裡衝出來。鄧肯。

她下了車，從那方黃光（就是門上開出的口子）偷偷窺看。她看到一張灰鐵書桌，塞滿超多紙張的架子，一疊疊橘色交通椎，一組拖把，一排鉤子，上面掛著螢光黃色頭盔。她看到一隻穿著牛仔褲的腿，還有一隻套在磨損棕靴裡的腳。那腳在抽搐。

她用力把沉重的門拽開、衝進去，便看到槍躺在桌子一角，像是紙鎮，像什麼紀念品一樣。她先前在汽車旅館才第一次看到那把黑色的武器，那是二十分鐘前嗎？二十分鐘？還是二十年？不管多久都好，在哪都可以。

她拿起來——出於本能拿起那把槍，她這輩子不斷看見這畫面，人人都有過這經驗。她手扣扳機，指向前方。

槍開始在她手中顫抖。

她與法蘭克・隆斯特最後一次療程（是真的最後一次）之後三天，冬雨從天上落下，從2A&B大樓的屋簷滴垂下來，像是銀色的碎片。在運動時間，所有人都被趕到體育館，米蘭達則躲到牆邊的看臺區，縮在漆了好大一片彩虹和閃耀的美國國旗底下。

小路噗咚一聲坐在她前面的長椅，因為剛剛的手球賽稍微有點喘。「嘿，米米親親，」她說：「這段時間妳都跑到哪裡去了？我一直看不到妳。」

「我在啊，」米蘭達說：「只是不太想要社交。」

「什麼社交？連跟朋友聊聊天都不行嗎？」小路彎下身，從純白無瑕的網球鞋揮掉無人能看見的髒汙。她的運動衫袖子底下溜出一條金色手鍊，心型墜飾懸在鍊上。米蘭達盯著那東西看。

小路注意到她的眼神，睜著大眼睛微笑。「對呀，她死前給了我，親愛的艾波。」

米蘭達對著那東西眨了眨眼，難以置信。「所以，妳認為她知道自己就要死了？」

她忍不住覺得受傷，艾波竟然寧可給小路暗示，卻不跟她說。

「誰知道呢？她有的時候是個奇怪的人。」小路把那條手鍊在手腕往下扯，扭過來若有所思地看著。「還不差，」她把心型墜飾轉過來、轉過去地看。「十八克拉吧我想，但非常優。」

在小路的掌中，心型翻成背面，上面的刻字已經磨光了。米蘭達感到體內寒冷如冰。

「我會從電視購物訂一條項鍊來配，妳聽說了嗎？D單位那邊有有線電視了呢。」小路站起來，低頭用最童叟無欺的笑容看著米蘭達。「我們應該要一起打發時間啊，像親愛的好朋友那樣，米米。妳明天來找我好不好？我幫妳做指甲，妳的指甲油都掉了。」

她一手輕輕放在米蘭達頭上。「妳真是個美好的小東西，妳知道我有多愛妳吧？」米蘭達逼自己露出微笑。「知道。」

小路小跑步到體育館遠遠的角落，跑向朵卡絲．瓦特金，她正拍著一顆藍色的手球，露出期待的眼神看她靠近。她們專注而熱切地談話，心不在焉、妳來我往地將小小的球傳來傳去。因為籃框底下向來激烈的比賽，外加獄卒工作站的音箱播放含糊的嘻哈歌曲，根本沒人能聽清她們在說什麼。米蘭達觀察她們觀察了好久。

最後，小路一個點頭，把球丟給朵卡絲，走到體育館出口。一名高大的獄卒打開門，帶著她出去。當他回頭把門在身後鎖上，米蘭達看見了他的臉。在那電光火石的一瞬間，那張臉出現在門上的長方小窗中：傑洛德．利威爾。

□

Verwirrt，她突然想起這個字，來自高中學的德文。她幾乎把上過的課都忘了，但她記得這個字。*Verwirrt*：全然迷惘，困惑不解，但其中又有一絲驚慌意味，帶有那麼一點危險的氛圍。驚恐、害怕，可是不清楚原因。

姊妹們再度被趕出體育館、回到單位，她加入隊列排好。就跟往常一樣，大家推推擠擠，手肘撞來撞去，咯咯笑，輕聲抱怨，但米蘭達其實不以為意。她正在努力消化她剛剛看到的畫面。

「妳們這些女士到底是想當臭小鬼還是當淑女？」當米蘭達這裡的人川流擠過單位大門，貝蘿．卡孟納發出怒吼。「妳們自己決定、自己決定。」米蘭達在長長的走道上遊蕩回自己房間，打過蠟的地板映出一條條日光燈倒影，牆壁以精準的間隔嵌上一個個門口，還有煤渣磚……這一切都朝著那個消失點聚焦而去。

她進去自己的牢房，坐在床上，試著把事情想過一遍。*Verwirrt*。

她轉過身，注視那片長方形的天空。就像過往的每一次，她從那裡尋找慰藉。但雨雪持續落下，窗戶只是像臺壞掉的電視，顯示出灰白的波浪雜訊。

她舉目四望這個牢房，每樣東西在她眼中都恍若全新：剝落的鐵鏽，水泥，髒兮兮的塑膠簾，一整個監獄單位散發藥妝店賣的香水和效果強大的美髮產品的臭味，衛生間傳來混了霉味的蒸氣，廚房飄著洋蔥味，還有噪音、喧囂、低語、尖叫、哼歌，從四面八方傳來，以她們的不滿、無聊和悲痛，填滿每一個空白的空間與時間。

她好長一段時間都保持在這個狀態。在她腦中穿越的思緒有好多好多，她追著那些念想，像是看著一架架飛機從地平線一端飛到另一端。

法蘭克．隆斯特，他正在等她的電話。他的懷抱感受起來比她想像的更清晰。甚至在這一秒，他也在自己的公寓中等待電話響起。她可以想像那個地方的模樣：二手沙發，椅子，坑坑疤疤的古老上西區牆壁，披上一層歷經數十載的油漆硬殼。

不，這些記憶屬於姬莉安的公寓；在那個冰雪寧靜的生日派對夜。

米蘭達，妳得變成一個完全不同的人，妳要完全不同，不能還是一樣。要跟那個被雪悶得窒息的愛與情慾之夜，甚至是接下來的日日月月都不一樣——亦即那條通往坎多拉的道路。

坎多拉，那將是妳最後一次按照不屬於自己的計畫行動，一個由男人制訂的計畫。妳要變得不一樣，跟以前不一樣。

米蘭達輕輕把牢房前的簾子放下來，把自己的黃色睡袍從白色塑膠衣架拿下、摺起，放在地板，彎身坐到床上。她把衣架放在大腿，撕掉那一小片膠帶，然後把之前斷開的地方先抓好。膠帶掉下來了。

這些藥一定得摧毀，她得把藥弄碎，把碎末給沖了。

她搖搖衣架：沒跑出任何藥丸。

她悄悄窺看塑膠衣架裡面的管狀空間。空的，沒了。

晚上六點，點名開始。她能聽到卡孟納從走道過來，叫女人們站在自己的牢房前方，一邊點名一邊開玩笑、滔滔不絕講些廢話。米蘭達照她說的做，看向外頭的走道。她向仍在等她電話的法蘭克．隆斯特道別——他保守的舉止，猶如一片不安海洋的雙眼。他願意付出一切拯救她，願意掏空他這輩子的一切，只望填滿她一人。

她從沒有真的相信他那荒謬的計畫，她沒有，她知道那會出大事的，照著那計畫走遲早會出事。

還有——這又更悲傷了——她也對法蘭克．隆斯特創造出來的另一個米蘭達說再見。他的米蘭達不是囚犯ＡＳ〇〇六八—Ｎ—九七，不是一個身穿州政府發放的黃制服，品行低劣又無足輕重的人。反之，他的米蘭達是這樣的：值得被愛，值得為她冒一切風險，三十二歲，出身良好、性格善良，擦著櫻桃色脣蜜，身穿補上印花棉布的破褲，一個有價值的女人。她越來越喜歡法蘭克．隆斯特想像的米蘭達，甚至都有點上癮了。

但現在，她要創造自己的版本，又或者說「重新創造」。因為，她當然已經創造過、活過自己那個版本的米蘭達了。

雖然，搞不好這件事根本沒發生過。

無論什麼情況，只要專心努力上訴，別再違規，然後規劃出自己的路線，順著那條路，一個人走。

「摩爾，點名啦，起來。」卡孟納現在來到對面牢房前方。一如往常，薇比大字形躺在床上。她三不五時會這樣在晚餐後昏睡過去，那女人一點聲音都沒有，睡得很死。那副被歲月侵蝕的蒼老形體在那單薄的小空間墜入深眠，像工業革命之前的人那樣，太陽一下山馬上就睡。米蘭達時常對此讚嘆不已。薇比一定一天至少在牢房待上十八個小時。「摩爾，」卡孟納吼道：「現在就給我起來！」

沒有一點動靜。有個恐怖的念頭，透過腦中細如針尖的裂口滲進米蘭達心裡。

卡孟納從臀部的鍊子舉起一串鑰匙，拿出一根，插進薇比牢房門上的鎖中。她一把將門打開，大步走進去，把一張張砂紙踢到一邊。薇比面朝牆躺著，卡孟納抓住她肩膀猛搖。「該死的女人，妳是聾了不成？」

米蘭達別過頭，不敢看。

「噢，媽的——」米蘭達聽到獄卒說了這話，也聽到她嘆氣，那是一個詭異而心碎的聲音。接著她突然聽到對講機從皮套被拿出來。「叫醫療人員上來這裡，單位三，四十五號。」她聽到卡孟納說：「應該是用藥過量。」

有些女人會在夜半打來，一些他不認得名字的女人，一些把自己弄成狐狸精和泡吧妹、不斷巧笑倩兮的好女孩。她們都想要誘惑他，但這又怎麼能怪她們呢？鄧肯・麥克雷擁有過多的男性魅力，多到都讓人覺得怪了。

然而，每個晚上他都回到米蘭達身邊，忠實得不得了，她簡直不敢相信自己的好運。實際上，她甚至讓這份幸運所支配了。因為她擁有了這個難以留住的天菜，這魅力絕對、性吸引力彷彿無限的生物，因此被這難以置信的事實奴役。當他們在初次見面後一個月同居，她才明白這段關係的危險性可能有多高。因為，她非常清楚一件事：如果他要求她為他去死，她是真的願意。

她從來不想要這種激情，從來不想。但人生如此，你還想要什麼？可能性是這麼、這麼多。

她發現自己的確被吃死了。當他們開到坎多拉，高速公路上一整路都是六月那滿滿炫耀的景色，處處綠葉。當他們開進薄暮中，雛菊和其他毫無意義的花卉對著他們招搖。這次越軌根本是大錯特錯，她心裡很清楚，「但不用太擔心，」他提醒她。

「我只是要假裝自己有槍，我不會真的帶槍，不要忘記。」

「還有那些賭博之夜，賓果啊俄羅斯輪盤什麼的，他們以為錢都用來幫助生病的小孩，這傢伙根本也不該撈油水，妳知道的吧？他可是他媽的消防隊長欸，這個妳也不要忘了。」

「丟了這錢也不會傷到他一絲一毫，他有公家機關的工作，在小鎮上可是個大人物。但那對我們來說代表一切，米蘭達，我們如果想一輩子在一起，就會需要這筆錢，是吧？妳想要一輩子在一起吧？」

然後鄧肯轉向她，雙手放在方向盤，他最出名的那雙眼睛——海軍藍？純金色？什麼色都無所謂了，為什麼上帝要造出這樣的眼睛呢？她不禁思忖，還是說，這是生物學的緣故？隨便。只要有那樣的眼睛，就能奴役他人。擁有這種力量不拿來用太可惜了，所以他便使用這股力量。

坎多拉社區汽車旅館天花板的燈上處處黏著死掉的蚊蚋，床用的是滑溜溜的聚酯纖維床單。她坐下來，臉埋在雙手中。「真不敢相信我就要犯下這麼重的罪。」

「要犯罪的是我，不是妳，」他說：「這件事很快就會結束，然後就再也跟我們沒關係。我們會往前走，我們會結婚——如果妳願意的話。」他說，並緊緊用雙臂把她圈住，兩人狠狠做愛。在最高潮的那幾秒，他彷彿將她的身體拆得四分五裂，把靈魂硬扯出來檢視一遍，然後再次穿上衣服，看著夜間新聞，直到他拉開袋子拉鍊，拿出這可鄙的、小小的槍械。「但你說——」她試圖反駁。「不要擔心，這沒上膛。」「我不管，你明明說過——」「聽好，米蘭達，」他跪下來，握住她的雙手。「我從來不想愛上誰，妳知道的。我老早下定決心要自己一個人，但我好想要妳，難道妳要在這個關頭放棄我嗎？這東西不會上膛，只是拿來嚇人。我答應妳、我答應妳，我們一離開那裡就馬上把槍丟進河中。我們開進鎮上時越過了一條河，妳有看到吧？」

「路標上寫奧辛達格。」

「沒錯，奧辛達格，看起來挺深的，挺不錯。」

他們不得不把薇比的屍袋拖過骯髒的地板，因為有人偷走米德福灣最後一個堪用的輪床的輪子。就那麼一次，單位中的姊妹一聲都不吭。在那深沉的死寂中，袋子一面在走道拖行前進，一面發出刺耳的嘎嘰嘎嘰，像某種邪惡爬蟲類的嘶鳴。卡孟納和另外兩位獄卒在薇比的牢房到處搜找，尋找他殺的證據，但他們只找到一張紙條。

我監視她，我什麼都看到了。請不要火化我，把我埋到地裡。

什麼都看到了？他們轉過來看著米蘭達。

卡孟納打開門鎖，米蘭達與她面面相覷。「妳要乖乖的，在管理部那邊替我說點好話，最近我這單位實在拿太多單了。」她邊說邊伸手把她推到走道上。

保全辦公室有面大落地窗，往外可以看到整個廠房。今晚，周遭圍欄映出的白色弧狀光芒中，有雪雨閃耀，好似鋁箔，在這潮溼的夜晚中閃閃發亮。米德福灣看起來就像個舒適的安身之處，或某個草原小鎮，北方荒野中的某座伐木小屋。米蘭達望出窗外。典獄長急匆匆地進來坐在米蘭達桌子對面，把那景色遮個正著。

「好，摩爾是什麼時候拿到藥的？」她是一名雄壯威武的女人，沒比米蘭達大多少，白色上衣有一大塊深色溼掉的地方，很顯然是在大半夜被叫醒的。女人拿起那張潦草的紙條。「就是這個安米替林。」

「我不知道妳在說什麼，」米蘭達說：「抱歉。」

那個女人噘起嘴。有個獄卒跟她一起進來，體型可比足球後衛，她像團烏雲一樣籠罩在米蘭達背後。

「如果妳問我，我會告訴妳：薇比拿到藥的方式就跟每個拿到藥的人一樣。」米蘭達表示。

典獄長瞇起眼睛。「想說明一下嗎？」

米蘭達努力穩住語調。「不太想。但如果可以讓我見我的諮商師法蘭克．隆斯特，我就會想。」

「妳的意思是打算說出真相嗎？」她挑起一邊眉毛。

米蘭達點點頭。「如果我可以跟我的諮商師談談。」

「我會安排的，」典獄長說：「妳該說什麼就說吧。」

「走私品是由小路負責，朵卡絲．瓦特金幫小路賣。」米蘭達突然注意到她們兩人緩緩朝她逼近。「我認為，是有個叫做利威爾的獄卒走私進來，但也許還有其他人也這麼做。我只知道這樣了。」

魁梧的獄卒吹出一個低聲的口哨，結果典獄長狠狠瞪了她一眼。「有個州警正在過來的路上，跟他說我們也需要懲戒設施的調查員。」那名足球後衛匆匆離開，她轉向米蘭達。

「我今晚就要見我的諮商師。」

「現在已經非常晚了。」

「這位女士，」米蘭達說：「我希望妳不介意我這麼說：但妳衣服上有個髒髒的地方。」

「唉我的天，」那女人說。現在那個髒點已經整個擴散到上衣左側。她抬頭看著米蘭達，一臉困窘。「我六個禮拜前才買了第三件啊，」她站起身。「不好意思。」女人將手臂緊緊交叉在胸前，溜出門外。米蘭達聽到她指示守衛去把那個心理醫生——也就是隆斯特——的電話找出來。

他的聲音顫抖。「妳只是害怕，這是可以理解的。」

她無法與他對上眼神。她看著他將一手放在桌子邊緣，他是在顫抖嗎？雨滴潑在黑色的窗戶上。在這個遭夜色遺棄的諮商辦公室，那是唯一的聲響。只有一名守衛坐在黑暗走道的一池光線裡，他脾氣暴躁，又太想睡覺，喝咖啡休息的時間硬是被打斷，然後送米蘭達過來。

「不，我不怕，」她小聲地說：「我只是受夠了；我受夠老是做一些錯事。」

他越過房間站到她面前，站了很長一段時間。她把眼神定在他破爛的皮革網球鞋上，有一邊鞋帶沒綁。

「這是一個重新開始的機會，」他說：「還會連帶發生一些好事。」

「我覺得你沒有搞懂，我說：我受夠了。今晚我站出來，做了一件對的事情，而且還是一件好事，我打算繼續這麼做下去。」

「在這裡，整整五十年。」

「我會考慮接受波特基的幫忙。」然後她遲疑一下，皺起眉。「又或者不接受，也許我會這樣好好地服刑。」

「五十二年？這樣妳就不會是妳自己了。」

從他那張極度痛苦的臉上，米蘭達看見他有多想拯救她，可是她比較想自己拯救自己。「對不起。」她喃喃說道。

於是他站起來，轉身離她而去。他走到檔案櫃上那個小小的泡茶空間，背對著她站在那裡，直到電茶壺開始嘶嘶叫。

她看到他的肩膀顫抖，還以為他哭了。

他準備好杯子，將熱水倒進去，動作彷彿慢速播放，熱水好像也倒入她心裡。

「我對這一切充滿感激，對於你努力想做的事。」她對著他的背後說：「但我真的得讓這件事過去，劃下句點。」

聽到這話，他轉過來面對她，兩只杯子冒著煙，他的臉上有些髒汙，眼神低垂。

「我瞭解的。」他溫溫軟軟地說，還是沒抬起眼神，只是輕輕點了個頭。他把杯子遞給她，一縷熱氣上冒，奶茶色的液體。「那，餞別前喝一杯吧。」

逃亡

19

告知病人療程可能的發展方向、潛在危險，也要告知病人可以選擇是否參與。
（準則 10.01.b）

我從沒想過自己會在近距離見到某些事物，如：

三公斤海洛因，包在玻璃紙中，封在密封袋裡
羔羊肉切成細絲，以糖蜜醃製
夜色中，一名心碎的美麗女子迫切地需要我
一名哼著歌的僕人，為我死去母親的臉撣去灰塵
白子蝸牛

但是我全都見到了，打從M二度死去的那晚。

我眼前所見的那隻白子蝸牛正在窗戶另一端往上爬。它身體底下扁平的黏痕就像脫了色的舌頭，貼在玻璃上。當蝸牛用那細小的肌肉一路前進，身體邊緣掀起漂亮的波紋。

在午間的縫隙中，蝸牛就這麼橫越窗戶。當它這樣慢慢緩緩地前進，我正在寫這些筆記。蝸牛白白粉粉，看起來像一小個復活節點心，或爛兮兮的塑膠花，它非常不像真的。但當我看得更遠，視線越過蝸牛，從這扇窗看見外面的景色：黑色山丘、以詭異的方式擠在一起的錫頂房屋——這些東西看起來也很不像真的。如果你依照我人生的前後脈絡，合理猜測我這樣的人可能會過著怎樣的人生，然後再想想，要是從這位名叫法蘭克林．H．H．隆斯特博士的住所窗戶望出去，應該會看到什麼景色。

我猜大概就是因為這樣，我才會發現自己正將這整起事件的時間軸寫在紙上。我在橫線作文本上徒手記下筆記。這原本是學校學生用的，也是這裡唯一可以拿來寫的紙張。這是我們管家在小村的店裡買的。

沒錯，以下紀錄完全違背了規範。

我得把官方紀錄丟在腦後。我所有的資料夾，為病人寫下的所有診療筆記——包含那個纖瘦的紙文件夾——都必須放在我於米德福灣檔案櫃中「G」開頭的目錄下。我知道那個檔案由波金赫仔細檢視過，也由典獄長和許許多多律師與警探看過。他們讀到的只是平凡無奇的筆記，由一名派任於此的心理學者寫下：患者的基本人口資料，家族歷史，我在我們第一次療程做的MMPI問卷結果，她的兩個主訴症狀（「偶爾陷入沮喪、單位過於吵鬧導致失眠。」）以及我的介入處理（「討論可能採用的治療策略，同意可採取藥物治療。」）以及部分醫療還押單紀錄。

這些東西幾乎無法還原真實情況。

因此，在這裡、在今日、在這詭異的地方、在灰紙板裝訂的廉價筆記本上，我將整件事從頭到尾寫下。這是絕對機密，這類筆記都是這樣。既然我已不受標準規範牽制，必須保管私人紀錄，我就刪去了病人的名字，簡簡單單，只叫她M。

是，我寫下這件事是為了讓病歷完整。我這麼做當然是為了得到理解，但大部分是想說服自己一些事：白子蝸牛是真的。如果這蝸牛是真的，那麼這一個人生，也可以是真的。

最後，則是那晚。雨雪、雨雪，那吹得起勁的雨雪逼得我放慢速度，排排雨滴大軍狠狠把自己甩向擋風玻璃，在頭燈的光束中瘋狂掃蕩人行道。這天氣似乎要將整個郊區吞噬。三輛車造成的車禍堵住園道，我的雨刷唱出悲慘的單音曲調，我的雙手冒汗、顫抖不已。

我剛剛的行為啟動了一場雪崩，現在大雪崩盤滾下。

「上吧。」我低聲說著，敲打方向盤。

「小心點、小心點，」克萊德說。他打開廣播，津津有味大嚼炸雞，那食物就裝在點點油膩的盒子裡。如果無法跟愛的人在一起，親愛的，就去愛在一起的這個人。

我只是想再看一次她的臉，提醒我將自己的人生跳樓大拍賣後會得到什麼報酬。

我做了什麼，又為什麼要這麼做。

我一直把多出來的藥塞在伯爵茶罐子裡，我說的是給她的備用量——又或者——可能也是要給我的，以防最糟的情況發生。如果她不知怎麼因那些藏起來的藥而死，那我也會結束自己的生命。

廣播整點新聞的大頭條：總統否決預算；阿爾巴尼亞激進分子攻擊塞爾維亞南部基地；有人將狗肉賣到高級餐廳，偽裝成澳洲農場養的羊柳條。

克萊德搖搖頭。「怎麼會有這種人啊，」他說：「可憐的小狗狗。」

「有帶急救箱？」我說。

「你都問第十四次了，我有。」

「帽子呢？」

他舉起一頂邊緣軟軟的女用防水漁夫帽。「從阿嘉塔那裡借來的。」

「袋子呢？在後面嗎？」

「在後面。」

過去一週，我一直在將我少得可憐的家產分送出去。我把年歲已長的松露和結婚登記禮物——一盞水晶燭臺，從沒用過——給了薇妮。還有，因為我把一隻貓丟到蓋瑞家中給他照顧，為了補償，我把我的全新子母畫面電視機給了他。我在我和M的兩只小小行李袋中裝滿一個禮拜的衣物，是的，我量了她的尺寸，並到高檔百貨公司購物，買了幾件毛衣，一些T恤和牛仔褲，內衣，還揮霍買了雙喀什米爾毛襪。我相當鄭重地把這些都收到袋子裡。在我的袋子中，我把幾張家族照片跟衣服一起塞進去。最上方的是漁夫外套——七個大口袋，外加一個防水內袋——這我是在中央車站附近一間到處蓋滿灰塵的老舊垂釣用品店買的。我把俄羅斯左輪（這麼小、卻這麼沉重，真是個險惡的玩意兒）放進外套最大的口袋，拉起拉鍊。

這都是按著一週前的計畫做的，我和吉米在新．斯可皮耶會面時將計畫微調到已臻完美。阿嘉塔戴著珍珠和章魚狀珊瑚做的巨大胸針急急忙忙從廚房出來，以超用力的擁抱給我歡迎。她用令人難以理解的語言對著克萊德滔滔不絕，然後帶我到酒吧後面凌亂的辦公室。幾面牆上有空空的來福槍槍架，一扇窗戶用厚厚窗簾遮著。她作勢讓我坐下等待。

她離開後，我看見三落用保鮮膜捆起來、胖胖的海洛因磚，疊放在一雙小孩子穿的膠鞋旁。我彎下身，以複雜的情緒研究那一捆捆蜂蜜色澤的東西：就是這個玩意兒不斷偷取我幼小弟弟的靈魂。然而，那位馬其頓人對我這般信任，實在讓我受寵若驚——他竟然讓我跟他們的存貨待在同一空間。我戳了戳那像是有毒枕頭的毒品，那玩意兒緊繃又厚實，活像是使力繃緊的肌肉組織，裡面好像鎖入某種力量。我希望它能把箝制我弟弟的掌控權交出來，但也只能在心中祈禱，希望那股力量不至將他征服。

吉米帶著一瓶巴爾幹半島的烈酒進來，阿嘉塔在他身後揮著一大盤香氣四溢的食物。她給我們上菜，吉米和我大吃大喝，策劃最後的一些細節，諸如往來醫院的路線、武器如何丟棄，還有控制克萊德當天的毒品注射，好勝任這項工作，不要處於用藥狀態。最核心的角色就是M，必須由她推動這一切。打投幣電話到新・斯可皮耶，說要找我，然後掛掉，吃下她藏在牢房的安米替林。完成。

一個不會很複雜的計畫，目的也非常清楚。

但接下來就是那嚴寒而雨雪紛飛的夜晚。

電話也真的響了，但不是在新・斯可皮耶。反之，是在我公寓響起。

那女人聽來的確是要找我的，但那個聲音不屬於M，屬於典獄長。

所以計畫變得有點複雜，目的也變得有點混亂不明。

防水帽、急救箱、工業膠帶、替換衣服。

「呼叫、呼叫、呼叫。」克萊德說。

我把加了藥的茶餵給M後（我調整了這個計畫），立刻密切注視著她被護送回她的單位。她對自己的命運渾然無覺，仍很清醒，但在獄卒晚上十點來點名時，她絕對會昏死過去。接著，我狠狠把排檔推到以往從沒用過的高速檔，跟賽車一樣衝回城裡，接了克萊德，拿了我準備好的補給，判定我還是可以把吉米和我詳細規劃的其餘部分執行到底。一個小時內，我弟弟便和我衝下高速公路交流道，來到燈火通明的哈德森谷醫學中心，停在濡溼的停車場裡。

「我認為我們都已經準備好了。」我說。在漁夫外套的口袋裡，我用力握著槍的橡膠握把，它稍稍被壓凹了些。左輪沒上膛，這招很嚇人，但不是玩假的。絕對不是，以防——啊，我的上帝！——以防事情出差錯。我的心臟狂跳，敲出深重的餘響。儀表板上閃啊閃啊的時鐘秀出十一點二十分。打從M喝下她的伯爵茶，已經過了兩個小時。

雖然受到這悲慘的夜晚打擊，我們還是將傑克森的輪椅從後車箱抬出來、展開。克萊德穿上特別為這情況挑選的寬鬆大褲子和牛仔布工作襯衫，像個稻草人，頭上蓋一頂巨大的防水漁夫帽。當我把他往主要入口推，看到背架上的貼紙寫道：「你被拯救了嗎？」

我們步入醫院大廳那團生龍活虎的混亂，進了電梯。克萊德從壓低的帽緣底下對人露出慵懶的微笑。他還真是把自己的角色扮演得非常好。四樓前臺，一名個頭嬌小的東印度女人歡迎我們。我從衣服口袋拿出我的識別證。「隆斯特醫生，米德福灣。我是為了我的一個病人來的，這是我弟弟克萊德，還有，我不想把他丟在這裡。」

克萊德對她露出一個傻呼呼的咧嘴笑。

「當然，」她看著他的眼中有著同情，然後回望著我，眉頭糾結。「但我們今晚沒有接到任何米德福灣來的病人啊。」

我目瞪口呆地望著她，忘了該怎麼移動舌頭和下巴。

「我該打電話給樓下嗎？」護士說：「她很可能還在這兒。」

我只能點點頭。所有思緒全然破滅，只剩一個：她死了。

我看著護士撥電話、講電話，一副這輩子從沒看過那玩意兒的模樣。她死了她死了。當她的手把電話掛上，嘴巴還在繼續動。

「不久前才上去，花了點時間才把她救回來，她現在在恢復病房。」

她似乎又露出了微笑。

「要到走道底的電視間等嗎？」她說：「之後有消息我可以告訴你。」

我跟著她手臂指的方向。「好，謝謝。」我口齒不清地說。

在無人的荒廢空間，我們試圖做出常人會做的舉動。我們盯著電視。這是我最後一次可以看那麼久的美國電視節目。但當時我沒那樣想，只是一直想著M。

我手上沒有相關數據，但我依舊假設：一般人應該不會花太多時間思考補救方式。如果從這個角度判斷，我應該不算一般人。如果是從這個角度，那麼，我占據的是鐘形曲線最高處的點。

我狠狠打了查克．費勒，那是一次苦澀的背叛。我曾要求他給我信任，卻打得他步履蹣跚。他小小的臉漲得通紅，張著雙腳躺在地上。

但查克並不是我辜負的第一個小生物。

因為，在查克之前還得把零號嬰兒算進去，那個模範小孩。他是我從第一天——或多或少吧——就背叛的小淘氣。打從他在我父親的實驗室出生那天，在華麗的彩色木頭拼板和帶握柄的積木玩具之間。

我曾經掌控那個聰明孩子的命運，卻辜負了他。我讓他就這樣在險惡的世界亂晃了約莫三十年，然後被貶到底層，來到一座監獄的地下室。

所以沒錯，有段時間，如何補救一切一直是我不斷增長的隱憂。

當M第一次進入地下的辦公室，重新進入我的人生——這個人，我青少年夢想中最女性化的象徵——她落入狼群，隨惡魔而去——我就理解了。M是我的解藥。透過她，我能把一切導回正軌。我可以在這裡再站起來，做點真正的好事，以最精確無誤的方式，讓一個人的人生變得更好。

當前臺護士過來接我們，來了個通知說有人點燃汽車蠟。我將指尖藏進掌心，這樣她才不會看見我因緊張而狂剝指甲，弄得滿手血淋淋。「你的病人在四〇三休息，還在昏迷，時睡時醒。吃了很大量的藥，我猜她是真的很想死。」

我努力微笑一下。等她的腳步聲一變小，我立刻站起來推克萊德。「別打歪主意。」我低聲說。

「收到。」他低聲回應。

我得說，現在我們的確不需要什麼歪主意，整個計畫順利得像一場夢，就像神自己寫下整個劇本。值班的獄卒是個臉蒼白到像生了大病的菜鳥，名牌上寫著珍妮·歐戴爾。乾乾瘦瘦的女孩，被叫來值夜班，只因為她才剛上任兩個禮拜（她邊告訴我們邊對著我沒上膛的槍口嗚嗚哭訴）。我把克萊德推進病房，秀出我的監獄識別證。「負責人通知了我，她就交由我來照顧一會兒。」

歐戴爾點點頭。「收到，長官。」

「這位是克萊德，我弟弟。」而克萊德懶懶地探出腦袋。

「收到。」她打量著他。「我聽說她會撐過去。真不知道為什麼會有人做這種事，但我猜你應該知道吧，醫生，這不就是你的工作嗎？」她亮出一個燦爛的微笑，因為自己講了漂亮話沾沾自喜。她把門在我們身後鎖上，回到窗邊的椅子和她那本字謎遊戲書。

M，她的雙臂看起來軟棉透明，像生蝦子一樣擱在雪白的床單上，兩隻手腕都跟床的扶手銬在一起。她的雙眼微微張開了些，一綹頭髮被唾沫黏在靠近嘴脣的地方。

我喊了她的名字，她的雙眼移往我的方向，但似乎沒看見我。

我拉下外套口袋的拉鍊，握住那把槍（我想我吐出了細微的一聲祈禱），雙手手掌分泌出某種油脂，冷汗也流到頸背，令我發癢。「珍妮，」我把槍從藏匿處拿出來。「不要輕舉妄動，我得帶這個女人走。」

守衛從她的字謎中抬起頭，一臉迷惘。她盯著我的槍，這似乎還不足以讓她嚇破膽，但當克萊德從她旁邊的輪椅一躍而起，她發出一小聲驚呼，把書給丟了。「我家裡有小孩啊。」她說。

「珍妮，不要怕，」克萊德說：「我們是好人，我們可能會需要妳的腰帶。」他開始脫褲子，珍妮·歐戴爾則開始嗚咽。不過她依舊用顫抖的手把勤務腰帶脫掉，放在床上。她雙眼盯著我和我的槍，克萊德把皮帶上的金屬手銬拿下來，轉銬在守衛的雙手手腕。

「真的，」我安慰她。「現在先坐著，」她聽話照做。「不會有任何人受傷。」

克萊德已經脫完衣服，露出穿在裡面的第二套褲子和T恤（上面寫著人生美好，一個跳舞的火柴人這麼向我們保證）。寬鬆的褲子和牛仔上衣披在床尾。他把珍妮的勤務用手槍和無線電塞進我還有很多空間的大口袋，我則把她那串鑰匙拿走，遞給她那把俄羅斯製的槍。珍妮因此哭了出來，克萊德對她微笑。「真的沒事的。」他堅持。

「珍妮，是哪把鑰匙？」我說。

「橢圓的那把。」她用顫抖的聲音說。

我靠向M，撥掉那綹沾到口水、硬邦邦黏在毫無反應的脣旁的頭髮，再為她解開雙臂的束縛。「妳還活著，就快得到自由了，」我低聲說道，掀起毛毯。白色的醫院病袍上點綴著深藍色的點點，還有兩條蒼白消瘦的腿。我將克萊德脫下的褲子套到她腿上，睡袍塞進腰帶處。但是，當我試圖將她的雙臂塞進薄外套的袖子，她好像想開口呻吟。我繼續動作，對她低聲說著話。我把輪椅推來床邊，克萊德和我把她抬上去，她癱軟而溫暖的身體讓我想起一些事：就是把可憐的松露從沙發上我最愛的位置抱起來的時候。

我把她頭上的防水帽壓低遮住臉。「好美，」克萊德喃喃地說：「現在換她，」他比了比珍妮。「然後我們就閃。」

「噢我的天啊。」那名守衛低喊著。

「噓。」我抓住她的手肘，把她推進浴室，讓她坐在蓋起來的馬桶上。我用膠帶把她的腿貼在馬桶底部，在我用工業膠帶貼起她的嘴時，一邊努力安撫她。「現在，這整件事最糟的部分應該會是他們把撕膠帶下來的時候，但那只會是一秒左右。」她以不見邊際的驚慌打量我，我因為深刻而清晰的罪惡感一陣疼痛。「妳坐在這裡就好，數到一百。」我轉身關上門，她眼中露出懇求。「我跟妳說了，這沒有那麼糟。謝謝妳的合作。」我把椅子卡到門把底下。

「都好了嗎？」我對克萊德說。

「好了好了。」他點點頭。

我瞥瞥走道。走道向兩旁延伸，空無一人，遠遠從電視間傳來笑聲，轉角醫療站的電話發出顫抖的鈴響。我對克萊德比比手勢，叫他可以開始行動。「老哥，底下見。」他說。

「不要用跑的。」我低聲說。

他直接出門左轉，走了大約一公尺，來到走道盡頭，那裡的樓梯井直通一樓。到那裡後，他就只是快步小跑過門廳，去到停車場，我則抓住M坐的輪椅，把防水帽再往下壓低，然後把她推出去，朝前臺和電梯走。

我們轉過轉角時，護士正伏在那裡做些文書作業，又長又黑的辮子甩過一邊肩膀。我壓下按鈕，在等電梯時調整M的輪椅角度，面對電梯門。護士抬起頭。

「醫生，晚安。」她說，然後又回去專注在工作上。

大廳裡有一群群親屬在那邊晃來晃去，外加一個上了年紀的工友推著地板打蠟機，發出嗡嗡聲響。這裡看起來似乎比先前更寬敞了。過不了多久，玻璃門滑開，就像通往某個神奇世界的入口，我一路衝過閃耀反光的停車場，穿越一束束橘黃光束。克萊德已經發動了車子引擎。「妳做得很好，妳超棒的。」我們把M抬進後座時，我對M說。

這便是狂喜。當你突然意識到自己處在極度愉快的夢境中，定會感到一陣狂喜。當我把輪椅塞進後車箱，完全被這感覺征服了。我咧開嘴，笑得像個白痴，卻在鎖「啪」一聲關上時突然聽到一個聲音。

「法蘭克，他們已經打電話跟你說了嗎？」

我轉過身。查理．波金赫。他的臉一半在陰影裡，一半在橘紅色的光中。軍用雨衣用一手抓得緊緊，另一手則舉著雨傘。我想起雨還在持續落下，我又被淋得溼透。我望著他。

「她又這樣做了，真是糟糕啊。」

「對啊，對。」我想起那槍——那把上膛的槍，珍妮的槍——正在我口袋裡。

他看著我，又抬頭看天空。「你都不用雨具嗎？」

「我只是……只是太急，你知道的。」我回頭瞥一下身後，看到克萊德在我們後面伸著脖子探看。

「不要淋雨，」查理說，把我拉到他傘下，近得我都能數出他稀疏的眉毛有幾根。「聽著，不要因為你這個病人太難過，你對自己太嚴格了。她很顯然是鐵了心不理我們任何人。如果有人這麼堅決，你是很難阻止她的，是不是？」

「是，謝了，查理。」我摸索著他的手，大力握了好幾次。「現在我真的得走了。」

他緊抓住我的手，手勁了得，令人驚訝。「謝拉把我踢出門了。」

「噢，我的天，我很遺憾。」我說。

「法蘭克，你覺得我可以在你那兒借住幾天嗎？」

「當然，我們可以明天再談嗎？我會去你辦公室。」我扭動著把手抽走，朝車子的方向退後，然後轉過身狂奔，立刻上駕駛座。我倒車退出那裡，波金赫還站在原地，像雨中的一道蒼白幽靈。我們遁入被雨濡溼的黑暗，那漆黑、深濃又美好的夜晚中。

20

一九九九年十二月

她蜷曲在車子後座，注意道路上每一小塊草皮，整個人被全新的人造假皮襯墊氣味擁抱。公路上方的燈光咻咻經過，還看到了電線桿，茂盛且粗壯的樹枝因為雨滴看起來滑溜溜的。

「你覺得其他事情都不重要了，是不是？」

「喔拜託——」

「你比他還要糟糕。他是邪惡，你是懦弱——我寧可選邪惡。」

「邪惡……我的老天，芭比。妳不覺得妳有點反應過度了嗎？妳什麼時候才可以不要這樣攻擊我？」

「你一定是被誤導了，愛德華，在那樁石油關說交易裡，你拱手把機會讓給那些奈及利亞人，」她現在開始模仿他。「喔糟糕！親愛的，他們不是獨裁者，是名正言順選舉出來的！」

突然之間一個煞車。「我要離開了，妳去折磨卡斯汀．布魯納吧。」

「他謀害了你的女兒，還撒謊掩蓋真相。但那又怎樣呢？你根本不能沒有他。他在白宮的那些該死的午餐會，白宮樓上的私人住所——私人住所啊！你怎麼能這麼膚淺？我認識你的時候你還沒有這樣。」

「親愛的，我認識妳的時候才十九歲，而且蠢得要死——妳也一樣。所以我們才會這麼相配。」

引擎熄滅，門打開。

「你別想走，你在幹什麼？」

「告訴妳女兒說我要走了，我希望她還睡得很死，畢竟這些爛話不該給任何人聽到。」

門被甩上，雨滴像是勤奮的打字員那樣敲打在後面的擋風玻璃，傳來車子從旁快速開過的嘶嘶聲。

米蘭達突然起身，過了一陣子疼痛才逐漸湧上，令她倒抽一口氣。「他要去哪裡？」她喊著。

「不、不，妳還不能起來。」法蘭克．隆斯特的聲音，彷彿在千里之外。「那是我弟弟克萊德。不要擔心，妳睡得很熟。」

米蘭達看著那名長腿男子飛快跑上一段階梯。這是近郊的一座車站，停車場空空的。車子再次開動。

噢，她是在做夢啊。由夜色浸潤的世界在窗戶外流動，法蘭克．隆斯特把方向盤往這兒往那兒地轉，她陷在寬敞的後座裡，溺在夢中的感覺從四面八方將她包圍。黑暗的簾幕，像灌了鉛的四肢，她軟棉無力，再一次往後倒，臉頰感覺到冷冷的聚氯乙烯材質。

幾分鐘後：我的臉溼溼的，我在哭。

這些自熟睡中冒出的眼淚令她驚奇不已。

不久，夢中的車停下呢喃，她再次起身，看到那個應該是法蘭克．隆斯特的男人拿起一把槍，另一隻手持無線電對講機，以及一串鑰匙——那自是令人相當熟悉，那是幹獄卒的人專屬的工具，就是這玩意兒攪動她昏昏欲睡的注意力。鑰匙叮叮噹噹響。米德福灣，那個聲音，艾波，小路。

他打開車門，走了出去，然後大力一拋把槍丟掉，接著把對講機、鑰匙丟掉，然後不知怎麼又冒出第二把槍，全扔進被圍欄和水泥屏障關在裡頭的一道長長黑水中。這個國家的水域裡槍枝鐵定多得跟石頭一樣，她想。然後感到整個世界再次在周遭分崩離析，將她拋棄，又把她交付到虛無之中。她一倒下來，就快速掉入那洞中，被那股力量扯進去——那股力量就住在洞裡，正體不明，但對她極度渴望，她只能做出最後一瞥：黑水上的一朵白色水花，然後靠在冰冷的汽車保險桿上等待，車就停在奧辛達格河上的橋。當警車靠近，藍色燈光在河流上恣意潑灑。

「就毒蟲而言——就你弟啦——他其實幹得不錯，」

「那位女士就是她了。」

「那位女士就是她呀。」

「瞧瞧她的眼睛，她現在到底有沒有意識？」這個聲線更為低沉，一字字都帶著濃厚的陌生口音。她透過密密的屏障（也就是她的睫毛）見到掃把、水桶，還有擺了一架架的盒子。角落有個魁梧的女人從手上正在編織的東西抬起頭。

有隻手放在她臉上，那是法蘭克．隆斯特的聲音。「的確還沒意識，但我有好多東西要給她。」

「不要。」她低聲說，喉嚨痛得像被紙割傷。

他要她別說話。誰准你叫我別說話？她心想。

「別管了，」又是那道低沉的聲音。「我們要拍張照，所以眼睛得張開，反正就是要——」他講起話有點像小路。

「米蘭達，妳現在安全了。」他把手放在她臉上，他的臉面進入她的視線。

是你幹的，她想。雖然她無法明確說出他到底幹了什麼。

他把那張屬於法蘭克．隆斯特的臉轉開，音樂在她耳邊迂迴縈繞，位在亞利桑那州溫斯洛一角，面前景色是多麼美好。

一個蒼白的年輕人在她面前稍稍躬身。「現在不要擔心，」他說：「我們拍了照片，做了新護照，沒問題，看這裡。」他指向一小張泛白的村莊照片，中央釘了個牆壁飾釘，閃光燈簡直是直接刺進她眼中。

他給我下藥、他把我抓走——他把我給抓走了！她試圖大聲說出來。有人聽到嗎？

「我要給妳一點水，」他低聲說：「不要講話，妳的喉嚨因為洗胃還有輸液……動作挺粗魯的……噓。」

誰准你叫我別說話？米蘭達想。但她還是喝下水，因為她的喉嚨好像真的著了火。

她突然被渴意給控制住。

有另一張臉靠了過來，深色鬍碴，寬大下頜，講話時嘴巴正中央有非常顯眼的一排灰色牙齒。

「小姐，妳離開那個毒窟了，所以開心點，但要低調，換作是我也會這麼做。現在鐵定有人伸長脖子發瘋似地在找妳。」

長在這張臉上的眼睛真是令人讚嘆，可以說是她見過最深暗的雙眼。

「妳要開開心心、安安靜靜。這位法蘭克．隆斯特為妳做的事情啊，妳餘生的每一天都會對他感激得不得了。」

「吉米。」她聽見法蘭克說。

「她一定要知道。女士，這個交易已經談成了，妳完全不用動腦袋，只要開開心心、快快樂樂，因為他全都處理好了，妳可以從此自由自在地活著。」那張臉就快看不見了，但她在他眼中見到的依舊是自己的死亡。「一旦妳開始動腦筋，妳就完了，因為我根本不在乎妳怎麼樣，聽懂了沒？」

「好了，吉米！好了，她聽懂了。」法蘭克．隆斯特飄進她視野，她又緊緊閉上眼，只感覺到他的溫暖，把頭靠在他舒適溫熱、血肉之軀的肩上。整個世界又開始下墜。在世界完全崩塌之前，在緊閉的雙眼底下，她看見那女孩在飛，直直飛越視線中央。她看見這個畫面，領悟了一些什麼。

21

若道德責任與法律、政府司法單位產生衝突，心理醫師需負起責任，解決衝突。（準則 1.02）

如果認真去研究馬其頓人的歷史，就像我現在在做的一樣，拿本被蟲蛀爛的書，透過快要解體的翻譯字典幫忙，你很快就會發現，可以用簡單一句話概括：他們是徹底的反獨裁主義者。千年來的封建君主——拜占庭、保加利亞、鄂圖曼土耳其、塞爾維亞、蘇聯——讓他們對於叛變產生黑洞般深不見底的胃口。他們喜歡組織地下軍隊，取一些落落長又凶猛的名字，像是馬其頓祕密青年革命組織，去實行游擊戰和破壞活動。而且，這不過是一種手段，好將他們對於目前掌權的政府組織共有的鄙視組織起來。

因為這個傾向，馬其頓共和國的人民對北大西洋公約組織的國家嗤之以鼻就一點也不驚訝了。這些國家甚至在不到九個月前，像降雨一樣往他們親如兄弟的科索沃灑下戰斧飛彈。此外還有國際刑事警察，他們在當地最有利可圖的進出口事業中不斷插手管閒事。石牆之外，最遙遠又最高聳的內陸山谷中層疊蹲踞著蒼白的小村莊，他們也不怎麼欣賞那些來自斯科普里和比托拉都市中心的政府警察。他們會保護自己，為自己而戰，遵守自己訂的規則。

換句話說，吉米祖先的村莊成為窩藏兩名美國逃犯最理想的地點。這地方雜亂無章地擠了搞不好有十數棟房屋，像藏在老太太裙褶裡的鬼針草一樣嵌在奧賽克山的低坡處。村裡住的幾乎都是吉米的親戚，村莊生活圍繞在羊群、鉀鹼，一間十三世紀的教堂，還有輕型武器走私身上。大多人家中都有吉米的照片，照片中他戴著飛行員的那種墨鏡和金鍊子，每家人都把照片掛在馬其頓奧赫里德聖索菲亞教堂那幅聖母之苦複製畫旁邊。

在我心中，已將這座小村莊當成我們最終的目的地——可是村莊在我腦中的形象非常模糊——我怎麼可能對這種地方有概念呢？我頭靠在窗上，看著格陵蘭和冰島黑暗的身影經過腳下。M在走道另一邊，橫躺在三個座位上。機艙前排有低聲閒聊、有鼾聲，還有一個寂寞的嬰孩哭聲。那一大家子和年邁紳士來自保加利亞在布朗克斯的飛地，為了十二月的宗教節日，朝家鄉飛去。旅遊季節已經結束了，吉米在保加利亞航空的朋友（便宜的包機航線，在美國只有一個點，也就是紐華克一個孤孤單單的飛機棚）給我們空蕩無人的機尾座位。有非常多空間可伸展身體，也是個可以好好思考的平靜座位。

□

我的行為可說草率魯莽，甚至能稱得上不智。我踏出一步，使自己腳步踉蹌，被高高彈射過代表合理行為的高牆，但我不會說這不理智。風險我都知道——畢竟，我早就充分思考過跟她一同逃亡的念頭。

即便在最關鍵的時刻，當我將應急用的安米替林攪進溫熱的奶茶，還多加了些糖掩蓋餘味，立刻明白這個舉動最可能帶來的是逃脫，而不是愛。那晚我就知道這是自私的行為。我對自己說：在我們魯莽的逃亡行動中可能不會有什麼真心的話語，或令人窒息的黏膩熱情，或多年不見的甜蜜重聚，或仍歷歷在目的共有回憶。

可能不會有什麼結果。

但是她會去更好的地方，我將會成為給她自由的人。

就讓命運去決定吧。就這樣讓我跟她一起踏上這未知的旅程，讓她能平安開展未來，遠離固有的正義形式，以及心不誠、意不正的醫療介入，遠離那個地下室，前往眼前的世界，把她剩下的人生還給她，讓我繼續走我這輩子接下來的路——不管它是什麼模樣。

要想贖罪，也許得走些奇怪的冤枉路，但最終結果才是最重要的。

還有另一個無可反駁的美好轉折：當我們飛過那冰封區域時，克萊德正由名聲遠播的巴爾幹名貴計程車接送，來到一間高級又低調的診所。這裡很近，爸可以輕鬆地去探望他——未來我們搞不好真能聯絡上。我留下足夠的現金付克萊德的帳，現在我手邊錢很夠，吉米對瑞士銀行之熟，簡直像探囊取物。

22

一九九九年十二月

你還記得年輕時的夢想是什麼嗎？人生模糊了夢想，讓它變得混亂不清，無止境的月日沖刷，分分鐘鐘不斷滾過，一點一滴把那些景象的所有細節抹滅、消磨。每天感受到的憂慮，使那些細緻的質地遭到侵蝕與磨損。夢想當然是描繪在最柔軟的物質上，不是嗎？夢想並不是雕刻在花崗岩或大理石，甚至也不是沙雕。你年輕時的夢想不過是腦中幾圈漣漪，是軟組織中縹緲細小的波浪，可形塑，可彎折，非常不耐久。

例如：十二歲時，她夢想當個總統。當車子開過華盛頓，她看見那些頹傾的社區，心中想著：我要幫助這個世界，我可以幫助這個世界。如果不當總統，那就當參議員，或國會議員，像爸爸那樣。於是她競選七年級在學生議會的席次，並且選贏了。

但之後是艾美，然後又是那個十一月。他們在選中二度敗陣。她和母親躲避那座高高的講臺，在他旁邊不揮手也不笑，像局外人一樣目睹一切。她的父親獨自一人站在那兒，暴露在他的妥協和失敗裡。每過一天，痛苦就更加清晰。一開始她還太小，還無法明白，但不知怎麼，她慢慢開始瞭解了。在那之後迎來的每個頓悟的瞬間，都像是無止境的浪來浪走，直到那個她想要也需要幫助世界的念頭變得微弱再微弱，最後無影無蹤。

二十六歲，她有另一個夢：那個夢就是鄧肯。她在被愛沖昏頭的視線中，放縱自己陷溺在這些願景裡，一面讓人生往前推展。他將超越這些充滿毒蟲的夜總會，兩人會一起開幾家餐廳，他可以負責前臺，她負責公關與會計。藝術家和表演工作者會圍繞在他們身邊，他們要舉辦滿滿的私人派對，讓那些人成為他們的密友。兩人——也就是鄧肯和米蘭達——會在山丘某處買下一棟房屋，那些才華洋溢的客人會在陽臺聚會，他們的孩子則在草皮上嬉戲。

孩子。那個念頭讓她剎那間睜開眼睛。

抵在頭上的車窗好冷。外面是一片平原，低矮的奶油色房子蓋上棕色屋瓦，地平線那端有一間發電廠，三根輪廓分明的煙囪直入明亮的天空。冷硬的玻璃抵在她頭上，還有香菸的氣味。電臺廣播片片斷斷傳出夾著雜訊的流行歌，然後是一個安慰人心的女聲，隨意呢喃著一些音節。

她睡了多久？「我睡了多久？」她小聲地說，舌頭貼在口腔內側，黏答答的，有一種舔了信封的味道。

「妳醒啦。」他說。

有著斯拉夫字母的卡車川流而過。前座有兩個人，都留著削得極短的平髮。陽光透過擋風玻璃尖銳刺入，開車的人頸子一側有個米老鼠臉的刺青。米老鼠在上頭看來粗獷又瘋癲。

法蘭克．隆斯特把頭靠在她肩上。「我們要停一下。想吃東西嗎？還是上廁所？」

他得用洗髮精洗洗頭了，鬍子也長了出來，鬍碴好像小麥桿。

看這人都做了什麼，她想。你一定得看看。

在裡面，一塊餡餅蓋上切丁的肉和炒蛋，番茄加小黃瓜拌酸酸的白醬。她大吞大嚼。

「很好吃吧？」法蘭克已經吃完他那盤，正看著她吃。「穿那毛衣其實有點熱，」他悄悄地說：「衣服在後車箱，想換可以換。」

悄悄地說，她知道他為什麼要這樣：因為他們是外來者。如果從擁擠的停車場以及排在泵旁那些器械判斷的話，這個地方只是個暗得伸手不見五指的玻璃盒，裡面是水泥地擠滿男人和卡車司機。透過香菸的煙霧，她可以看到電視就掛在吧臺後面，但下一秒就有個毛茸茸的肚子擋住她視線。

「美國。」那人鬼鬼祟祟靠近他們，牙齒尖得讓人心驚。他穿了件緊身運動服，在多毛又圓滾滾的肚子上掀了起來。他挺起那個肚子，讓他們看德州形狀的腰帶扣，然後咧嘴微笑，牙齒髒得要命。

那人對著旁邊桌子喊了些什麼，有五個人彎腰駝背地在那邊點菸，然後從一個老舊的水瓶中倒出烈酒。他們邊盯著米蘭達邊笑，大腹便便的男人抓著瓶子，和兩只杯子，對著他們的方向高舉。「拉基亞[1]，保加利亞，」他倒出液體來，把那飲料遞給他們。「美國。」他用瓶子敬酒，深飲一口。那男人對著他們點頭，一直盯到他們跟著他做才罷休。她沒去看法蘭克的眼睛，就這麼喝下去，讓它一路燒灼。

大肚子先生抓住她手臂捏了捏，邊笑邊對著他的朋友喊了些什麼。他的手勁其實讓人滿痛的。法蘭克試圖把那人推開，可是抓她手的力道卻更得變大。椅子刮擦移動，突然之間，米老鼠逼近，離她的臉只有幾公分。開車的人以尖銳的語氣說了三個字，她的手立刻重獲自由。

「這房子可以看到湖，」他說：「很顯然湖裡都是魚。」

他們持續開著車，每一分鐘她都覺得自己更清醒了。法蘭克．隆斯特正在溫柔地對她說著話，好像在安撫一個暴躁不安的小孩。她將頭移開，去看擋風玻璃外寬廣的視野。更多平原經過眼前——一條條灌溉渠道，到處都有牽引機，還有煤渣磚砌的筒倉。他們靠近邊界了，法蘭克說，現在在走小路，全是泥巴跟圓石。

他們再次陷入沉默。

車前座，米老鼠在司機的脖子上輕蔑地望著她。

「妳有幾次這樣待在後座的經驗？」他得意地哈哈笑。有幾次呢？

愛德華．格林在前面抓著方向盤，跟她媽媽為錢槓了起來。米蘭達在後面的人工皮革襯墊上伸伸懶腰，假裝睡覺。妳假裝睡覺！米老鼠咯咯發笑。

計程車駕駛在前面抓著方向盤：某個「為什麼不能」的男人一氣呵成寫下地址，將帶著酒氣的吐息吹進他髮中。

高級禮車駕駛在前面抓著方向盤：鄧肯的手往上溜進她裙中。

坎多拉郡的警察在前面抓著方向盤：車門上沒有把手可開。

州立矯正機構的警官在前面抓著方向盤：廂型車裡散發恐懼與嘔吐的氣味。

法蘭克．隆斯特在前面抓著方向盤：她身上穿著某人潮溼的衣服，雨中，車子驚慌失措地駛過街燈旁邊。

現在又——這到底是誰的車子？

她距離任何稱得上家的地方好幾千里。

那隻米老鼠斜眼看她。小妞，所以什麼時候才換妳呢？

1 Rakija。巴爾幹半島常見的酒，經過發酵的果實蒸餾酒。

什麼時候才換妳到前面抓著方向盤呢？

她別開眼，不看那張促狹的臉。她瞥了一下，在遠處，橫過平原的地方，有一整片高低起伏的藍色山脈。一看到它們，她就有靈光一閃而過。

我自由了、我出來了、我消失了。

然後，那一線湛藍的山脈為她的心靈揭開一個新念頭。

新的駕駛，是我。

23

若遭客戶／病人威脅，或陷入危險，需終止治療。
（準則 10.10.b）

冒了風險終於得到成果，該如何形容這種喜悅？

維斯考[1]描述過一個人可能會承擔的許多風險：情緒風險，成長風險，改變風險。儘管我們大多數人對風險都感到恐懼，他還是提醒我們，單是活著就必須承擔風險。

事實上——相信我，就算是在這個瞬間，你都在承擔風險。光是坐在這裡呼吸空氣，就等於承擔著這是你最後一口氣的風險。

有時我會躺在這裡，望著天花板上的裂縫。這些破洞在老舊且被煙燻黑的灰泥中形

1 David Viscott（1938-1996）。美國精神病理醫師。

成一條三角洲，我過往病患的臉面一個個閃過眼前：奎莉芭——喜歡偷高級巧克力和昂貴酒類的竊賊——為什麼她就該受到快餐店的薪水限制呢？海莉葉——只要入睡，一定會尖叫著醒來。還有個名叫海森的牙醫，儘管他很想對自己的太太忠誠，卻怎麼也做不到——還有查克里．費勒。

最後是M。我轉向她，她就在那兒，躺在她的床上熟睡，說不定還在做夢，新剪的短髮就像軟軟的銅色皇冠。

我們共用一房，但各自睡在自己的床上。這是為什麼呢？但我能理解。

吉米給我們找了個好地方。這裡真的有湖，也真的有滿滿的魚，只是當地人並不吃：他們說鉀鹼汙染了水。吉米最大的姊姊曾住在這屋子裡，她從沒結婚，是村莊裡的老師，每年都遠征法蘭克福買教科書。她做工精緻的德式服裝還掛在衣櫥裡生灰塵。我們聽說她去年過世了。這位姊姊養了隻有趣的小狗，白色帶棕與黑的斑點。牠收留了我們。

村莊裡的男人白天都前往山丘那兒的鉀鹼礦坑。大約中午時分，當地會有個名叫歐拉的女人來煮飯。她會做一點清潔工作，唱著她吉普賽裔的媽媽教給她揪心莫名的歌謠。如果她允許，我會掃地。是我自己想掃地，M則讀著她找到的法文字典。我猜她在監獄裡學會了如何有效利用休息時間，關於這件事，我還在學。當然，籃球在其中占了很大部分，我的確在小村店舖後面的籃框稍微打了點球。我在想也許要開始學射擊，這附近有很多武器。

有一天，我在一個空空的糖袋後方發現她潦草寫下的單子：

講法語的
象牙海岸
賽內加爾
剛果
阿爾及利亞
布吉納法索
海地
瓜德羅普
馬丁尼克
聖馬丁
玻里尼西亞——向風群島、背風群島

很顯然，對於我們在這裡的生活，她還沒完全習慣。她下午花很長的時間在湖岸漫步。我看到她站在那裡，望向奧賽克山。有時她會停在歐拉的小屋前，這屋子遠遠坐落在湖岸另一邊，我能看出她們兩人——M，還有那個老女人——一起坐在泥濘院子的塑膠椅子上。我明白，那是女人間的情誼。這幾年來，這就是她的一切。

與那個春天清早她初次走進我辦公室相比，她現在的情況已經好太多了。不如這麼說吧：她自由了、安全了、被拯救了。我相信她已經開始心存感謝。

雖然，對於我所採取的療法，同業可能會皺眉，可是我因為這分領悟心滿意足。這對我來說是前所未有的感受。

M或許還不能覺得滿足，現在還沒辦法。但她沒提過要離開這裡，或離開我，一次都沒有。

我們都有過一些不錯的時刻。抵達一週後，有個傍晚，我們走到湖邊，看著遠處的飛機燈光飛越山頂，像個胡思亂想的念頭那樣慢慢遠去。

紐約的坎多拉是個美麗的地方，如果不要太講究一些小瑕疵的話。養牛的牧場、拖車停車場，以及幽深的樹林，還有那條河。它完全符合你心目中河該有的形象。看起來很乾淨，順著陡峭河岸奔流，隨處可見樹木將枝幹伸進河中，或泳者去挑戰水流。

M逃亡前三天，我把車停在奧辛達格河旁，坐在車裡頭，垂著眼神凝望棕綠混雜的河水。我剛經過消防局，就是她男友和那個消防隊隊長被殺的地方，就某種層面而言也是M的人生、她過往的人生終結的地方。

往往，你會捲入一些事事件，往往，你會好想要一些東西，甚至做出想都沒想過的事。我現在懂了，我都瞭解了。

過了一會兒，我又開回路上，朝小鎮北方開去。我在一條沒鋪柏油的狹窄小路右轉，在充滿車輪痕跡的路上開了幾公里，穿越這個州的森林，經過倒下的鐵絲圍欄以及被子彈打穿的「請勿擅闖」標誌。路漸漸消失了，我從車上下來，打開後車箱，拉出一把鏟子。我順著勉強稱得上小徑的路走，對著豬草和多刺的灌木猛力揮砍。老舊的狩獵營地就在這條小路繼續走四百公尺的地方。狩獵營地會是什麼模樣，我實在沒有頭緒。結果不過就是個用夾板和錫鐵搭起的破敗棚屋，外加圍了一圈石頭的營火。小屋裡面有個床墊，生鏽的內部整個噴得亂七八糟，還有一只黑掉的靴子，幾支啤酒瓶四處散落，看起來還挺新的。

此時此刻，我可以篤定地告訴你：看著這裡的床墊、酒瓶和靴子，我覺得頸子後面的汗毛都豎了起來。這地方一片死寂，沒有鳥叫，連吹過林子的風都沒有。我走出小屋，急忙繞過去到柴堆那兒，做好準備、高舉鏟子，一手緊抓著靠近鏟頸的地方。

我弄倒那些柴堆，去挖底下的土，隨即看見盲眼的蠕蟲和像蛆一樣的巨大生物，我看了覺得不太舒服，非常不舒服。但我沒有停止挖掘，呼吸也變得粗重。

「妳確定那東西還在這兒嗎？妳被逮捕之後他們沒挖出來嗎？」不管怎樣，我一定得問。

「我努力要跟我律師講這件事，他阻止了我。他說，關於這件事妳就不要說了，一個字都不要再說了，對任何人都一樣。他說，至少就陪審團的觀點，我知道的越少，感覺就越無辜。然後你看，他說，已經沒有任何活著的人曉得妳知道這件事，所以我們就當作妳不知道。到最後妳連自己知道這件事都會忘記，他就是這樣說，在那時，基本上就是當作我沒做過。」

「我的天。」

「那人兼職當政治顧問。」她說。

大約往下六十公分，我碰到了。鏟子陷進某個比稠密黏土更軟的物質，某個可以戳得進去的東西。我又多挖開一些，看見一個橡膠紅布的結實袋子。坎多拉消防局字樣印在側邊。

一小時後，我小心地開著車，因為我全身都在顫抖，所以加倍小心。轉向I—九零往東的匝道，後車箱裝了兩百三十萬元。

那些錢都是小鎮居民交出來的。為了娛樂，賭個小博，冒些風險，並真心相信錢都會用在善事上頭。是說，它的確用在了善事上，雖然稍微遲了點。畢竟，有什麼事比拯救幾個靈魂更善良呢？

白子蝸牛現正緩緩爬上窗戶，紅色的眼睛在小小的觸角上轉動：它爬進了我的世界，距離我臉前方只有幾公釐；它要告訴我，再怎麼不可能的結果，都是絕對有可能的。沒錯，選擇有力量，我做出了我的選擇。凡是讀到這句話的人，我都鼓勵你做做看。

24

二〇〇〇年三月

法蘭克．隆斯特睡得深沉，完全沒醒——即使她穿上衣服短褲、繫上鞋帶，身邊還跟著一隻小狗，就這麼溜出房子。她開始下山時，照在肩上的太陽已經又熱又燙，小狗在她前方蹦蹦跳，躍過較小的圓石，鑽過低矮的萬年青和一叢乾瘦的野龍蒿。

抵達湖邊後，她轉過身，抬頭看著那一小簇屋頂閃閃發亮的建物。全都毫無動靜，沒有任何事物擾動那場所的和平。安靜的定義是什麼，當地人最清楚了。

歐拉看到她順著岩石走近，早就拿出她那一小杯苦澀的咖啡在那裡等著。米蘭達在陰暗的小木屋中啜飲，對著那臺古老的電話陷入思考。

當她和小狗再次走上回到房子的陡峭小徑，把最後一點路走完，都變得有些氣喘吁吁。多瘤的紫杉樹樹蔭底下有個老舊的幫浦，她把水打入水槽，小狗開心地舔水，米蘭達也把嘴巴湊到出水口底下。雖說那水暖暖的，聞起來還稍微有點硫磺味。

進屋以後，她聽到法蘭克．隆斯特在浴室潑出水聲，便迅速從床底抽出兩個小行李袋，開始為自己——也為他——打包一些東西：內衣褲和新上衣。當她把衣服塞進袋子，跑出了其他物品：一張捲起的老相片。是他的母親，和她的寶貝兒子，這是他放在壁爐架上的照片。還有一幅她為那隻小狗畫的畫，以及某次他們一起坐在湖邊時找到的虎紋石頭。

最終，她把床推到一邊，抬起鬆脫的牆板，拿出加拿大護照、裝了德國馬克和瑞士銀行文件的胖信封。她把那些東西拿在手中，注視著，好像看著塔羅牌的牌陣。她逼自己去解讀裡頭的訊息。

然而某個塞在他床底的東西吸引了她的注意。一本灰色的作文本，便宜的厚紙板裝訂。她不記得以前有看過它。她把本子翻開：第一頁蓋滿法蘭克偏斜一邊的字跡，她讀了最上方那行：發生在我身上的事很普通，我可以證明。

接著傳來一陣刺耳的聲音，有輛車橫過小木屋前方的碎石子。她把筆記本丟進法蘭克的袋子，有一張摺起來、會反光的厚紙片從內頁飄出來。

現在她可以聽到外面的聲音了：大約兩到三個人。她撿起那張紙塞進口袋，拉上兩個袋子的拉鍊，推進角落。

法蘭克從浴室出來，一如往常屈著身子，以防撞到那扇低矮的門。他裸著上身，穿著牛仔褲，用一條薄薄的毛巾搓揉凌亂的溼髮。

歐拉衝進小木屋。「老俄！」她對著他喊，指著門。法蘭克轉向米蘭達，扭曲著臉看她，情緒混雜著懊悔與安慰。「待在裡面。」

於是他消失到門外，歐拉對著她皺眉。

他抵抗得比想像中更久。當塵埃落定，米蘭達偷偷看著外面，見到兩個人。一個只是個穿T恤的青少年，另一人身材粗壯，套件飽經風霜的皮背心、格紋襯衫，以及剪得極短的金髮平頭，站在法蘭克上方。他們兩人身旁彷彿包圍著一陣砂礫白粉，法蘭克則渾身上下滾了塵土，像條灑了麵粉的麵包。他就那樣躺在那裡，閉著眼睛，手臂癱軟地垂在兩邊；鼻子、嘴巴汩汩流出黑紅色的血，噗溜溜橫淌過他滿是灰塵的胸膛。

年紀大的男人進了屋，像回自己家一樣，非常仔細地把她上下打量一遍。「他在監獄裡應該不會遇到什麼問題，他不是那種容易受欺負的人。」他撢撢自己身上，牛仔褲升起一團白色粉塵，男人對她伸出一手。「我是維沙。」

她幾乎可以聽見小路的聲音，那低沉帶笑的語調。「維沙，他是妳這輩子夢寐以求的丈夫。」

她經過維沙身邊，走到外面，到法蘭克躺的地方。這個地方好開闊，就像要擁抱整片空氣，也像要將他的鮮血獻給天空。那名青少年站在他上方，槍就這麼不羈地插在腰帶上——這孩子有母親的黃色頭髮和漂亮臉蛋。

她向法蘭克俯身。

「你會沒事的。」她說。

他動了動眼睛，但沒睜開。「因為我，」他說：「妳自由了。」她將一手放在他滿是鮮血的臉頰上。

就質量而言，血液是有氣味且稠密的，有點像鴉片。

坎多拉地方消防局後面的辦公室。槍指前方，繼續往前走，她這麼對自己說，邊拿槍指著前方邊走。左輪紮實又沉重，發瘋似地晃個不停。當她經過疊在鐵桌上那些放現金的盒子，槍就像被施了魔法一樣飄浮在她前方。盒中有鈔票，也有硬幣，都是當晚的收入。可是這東西似乎不值得她多注意。她顫抖手臂盡頭的那把槍不斷誘著她繼續前進。她繞過桌子——那裡的地上——那人旁邊有一把倒地的摺椅——人已經死了。之後她便會知道他的姓名：路易斯．派特森。她將在審判中聽到這名字千千萬萬次，每提一次都令她瑟縮。路易斯．派特森，單身，消防員，擅長抓溪裡的鮭魚，當地歷史愛好者，歌唱技巧純熟，這個社區的中心支柱。這個路易斯．派特森在她面前呈大字型躺在地板上，血從耳朵流出，一邊臉頰有個大到駭人的俐落窟窿，透過那個洞，可以看到裂了的牙齒和碎掉的肌肉。他睜著眼睛，死死瞪著天花板，一手擱在靜止不動的胸膛，一灘血已經凝結在他那件匹茲堡鋼人隊運動服的肩上。

槍掉在她身旁，她站在他上方，感覺像過了好幾個小時，她就這樣目不轉睛盯著橫過他寬廣屍身上、由字母拼出的城市名稱。

接著她聽到身後傳來聲響，便轉過身，車庫那邊立著出動時要滑下去的紅梯，鄧肯・麥克雷從那個轉角出現了。他拖著一個鼓鼓的黑色垃圾袋，「啪」一聲打開。

「妳怎麼不在車上？」他連看也沒看她一眼，只是從桌上抓過疊放的現金，丟進袋子裡。

「我聽見槍聲。」

「聽好，現在先別擔心那個。」他一邊幹活兒一邊興奮地說：「他告訴我他把現金都藏在哪裡，就在一個狩獵營地的柴堆底下，州林地的路再開差不多十公里。我們有帶手電筒嗎？」

「我不知道。」

「那妳至少可以做一下這件事吧？到處找一下，找根手電筒。我要把這個放到車上。」但當他提起袋子，卻發現裡面塞了太多錢，袋子開始破了。

「該死。」他低聲咕噥。

「如果他都告訴你了，為什麼還要射他？」

「他認得我，」他跪到地上，撿起一些掉出來的鈔票。「至少我覺得他認出來了。

在酒吧裡，他整個人醉醺醺的，我以為他不會記得我。」他從底下把裂掉的垃圾袋抱在懷裡，抬到胸前。「我覺得我好像有看到手電筒掛在車庫。」

那一小把槍再次進入視線，她幾乎都要忘記它了，那冷冷的重量就在她手中。

「鄧肯。」她說。

他回頭看著她、看著槍。「老天，」他點頭示意地上，仍朝她前進。「我們是在浪費時間。」

「你明明說槍不會上膛的。」她說。

「我說這話的時候是認真的，」他停下來，又把袋子往胸口揣。「然後我就改變了心意，以防萬一。」

「你明明說槍不會上膛的。」現在她朝著他上前了幾步。

「他是目擊者，」他的臉變得蒼白，幾乎要轉為青藍色。「我是為了妳。」

當淚水湧上、滿溢滴落，她視線突然一陣模糊。「我不敢相信你竟然殺了個消防隊員。」她聽到自己這麼說。

「不，」他放開了袋子，意圖朝她靠近。「我愛妳。」鈔票四散在地。

「我真不敢相信你做了這種事。」她說。

鄧肯最知名的雙眼現在睜得好大好大，離她的眼睛好近。他雙手握住她手腕時，那眼睛真是前所未有的清晰。「米蘭達。」他喘著氣說。

她扣下扳機時，槍彈了一下。她還記得那個畫面——在她將眼皮緊緊閉上之前——血從他下巴底下的小洞汩汩流出，有如從瓶子頸部流出來的紅酒。

歐拉把兩個行李袋拿給她，用她全然不懂的語言不斷斥責。

「他流了很多血，他應該先去看醫生。」米蘭達對維沙說。他和那個青少年把法蘭克．隆斯特丟到那輛鏽黑色的俄羅斯廠牌汽車後座，在他赤裸的胸膛上，血和塵土混合成某種黏稠漿水。「去醫院他們會報警，」維沙說：「那樣對妳不好，他會沒事的。上車，我們得走了。」他把行李袋丟到後座。

「至少讓我把他身上弄乾淨。」她爬進去，打開法蘭克的袋子，奮力扯出一件上衣。她用那塊布的角角擦著法蘭克的傷口，車門在她身後關上，引擎發動。

於是村莊就這樣逐漸遠離。歐拉站在路上揮手，可以看到她開心地用一手抓著裝滿德國馬克的信封揮動。維沙的兒子撥弄著廣播，他則加快了速度。

「小路跟妳問好，她十月要出來，這都要謝謝這位法蘭克。」維沙輕輕笑著，搖了搖那顆頭髮聳豎的腦袋。「還有那個馬其頓人，怎說呢——他說要跟法蘭克說不好意思，他叫我跟法蘭克道歉。」他再次咯咯笑著。「下次不要去找巴爾幹來的，法蘭克，要是有需要，直接找俄羅斯人。馬其頓的傢伙啊，只是小嘍囉，俄羅斯人才是沙皇，那馬其頓人根本是塞爾維亞來的。」

法蘭克沒聽見這個忠告。他失去了知覺，像祈禱一樣低垂著頭，癱軟地靠在門上。

廣播一路播送音樂，陪他們走過山中顛簸的道路。雖然空無一物，但有石頭，有發育不良的常青植物，還時不時能看到一小群羊小口小口吃著乾草。米蘭達注意到他打開的袋裡的灰色筆記本，想說是不是要好好研究一番，最後她決定不要這麼做。她不需要知道他的祕密。用來處理他傷口的衣服染上了血，她把那些衣物揉成一團，塞進行李袋，拉起拉鍊。

她想起那張摺起來的紙，便從後口袋拿出來，撫順縐摺，在大腿上弄平。

紙的一側參參差差，是從一本雜誌上撕下來的，還是書呢？她迅速掃視了一下——「中學部女生田徑校隊」。一張團體照片，下方有一張比較大的照片，是個女生在奔跑，紙做的號碼牌釘在衣服上。拍下照片時，跑者的馬尾往上飛揚，一腳正好越過白色終點線上。

那天她贏了嗎？圖說似乎是這麼表示。米蘭達．格林，九年級，飛向冠軍。她對那天——或那年——完全沒有印象。

除了更衣室外走道凝滯的空氣。那條走道會經過體育科辦公室，辦公室裡面有一小臺黑白電視，一株變黃的蜘蛛草旁有一座書架。有時教練會趕上巴爾的摩金鶯隊的球局，就這麼圍成一圈，伴著自動販賣機買來的汽水和零食。可電視為什麼會在那個週二下午打開呢？誰知道。世界大賽早在好幾週前就結束了，當然也沒有任何足球賽可以看，但電視節目還是在播放著。當她經過辦公室門、全副武裝，準備要去拿比賽號碼牌，薛瓦特——那個也教她三角函數課的足球教練——大喊她的名字。「格林！進來！」

是怎麼了？米蘭達想。又是她沒交作業嗎？

「妳家老頭上了電視！」他指著那個小小的螢幕。

是，那的確是她父親。那是一九八二年的選舉日，大家預測他會輸。

「……格林希望重回國會，在經歷一個任期的議員後，四年前，他輸掉了那個賓州席次。現在格林與支持者一起看著提前選舉的回歸，並特別感謝有線電視的巨擘尼爾・波特基，他稱此人為自己的摯友，也是無價的……」

他就在那兒，緊緊擁抱那個人。那是一個超級親密的熊抱，兩人交換了一個燦爛又真心的微笑，肩上一個重拍。他就這樣抱著那名擁有藍色車子的男人。

她瞪著那張年鑑的照片，有什麼東西在體內傾倒，好像底下的車子座椅突然移動、裂開、坍塌，像是結了薄殼的深雪。現在她又多想起一些了：她奔跑時口中眼淚的味道、旁邊觀眾的吶喊、貧弱的太陽、冷澈的十一月空氣。她熱燙的眼前看見的世界是一片模糊。

還有在那之後，她獨自待在更衣室，在寒冷之中換著衣服，一面哭泣，然後想起過往回憶，接著從置物櫃門上撕掉貼紙：議員選格林。她可以聽到自己的父親喊著艾美的名字，當警察站在那宏偉門廳輝煌的吊燈底下，父親甩掉波特基想安慰他放到他臂上的手。他轉向那人，扣住他的喉嚨，波特基則發誓是她偷了鑰匙。「她才沒有，」米蘭達大吼。「你這個騙子再也不准出現在我面前。」她父親對那個人說。

一年之後，他在電視上給那人一個大擁抱。

她第二天就退出田徑隊，第二晚隨便找了個大學足球代表隊員上床。她想不出有什麼原因不能這麼做。有什麼不能的？

現在，她再次看著雙手中的照片，眼神越過那個奔跑的女孩。背景的人沿賽道排成一排，站在那兒。

在人群中，他的身高非常引人注意。他的臉瘦瘦的，蓋在前額的金髮底下。還有他的眼睛——好明亮、睜得好大，鎖定在面前飛越而過的女孩身上。他的表情——是驚訝嗎？還是受到吸引？說不定還帶著希望。他的雙臂半舉，似乎為了迎接可能到來的勝利，高舉向天。

他的嘴巴半張，永遠凍結在高喊的模樣。

「嘿囉，」維沙說，嚇了她一跳，「就是這裡了。」他一個轉彎，來到一片看起來簡直像被世界遺棄的加油站空地，停在一輛凹凹的白色福斯汽車旁邊。他交給她車鑰匙。「機場向南十公里，邊界向東三十公里。」

法蘭克似乎還在熟睡，他的面容看起來好年輕，沒有一絲皺紋，像個小男孩。

她想起賽跑那天感受到的孤獨是多麼無邊無際。父母不在身邊，也沒有姊姊。

但她現在得知了一個新訊息，她並不是孤獨一人。

她再次檢查自己的袋子：護照、提錢用的瑞士銀行文件、坎多拉那些基金，全都在。她把那張紙跟年鑑那頁一起塞回自己的行李袋，緊緊拉上拉鍊。

她用手指搓揉他的手，試圖喚他醒來。

她還以為自己聽到了他的聲音。她能聽到嗎？有個男孩的聲音壓過群眾，催促她前進？她能聽見他吶喊她的名字嗎？

當她注視著他被打得渾身是傷的側面，可以看得見那男孩嗎？可以。當她跨越終點線，在邊線瞥見他了，她清晰且明確地看見他了。一名又高又瘦的金髮男孩，有點驚訝，有點被吸引，又帶著希望。

她更用力搓揉他的手指，好像感覺到他動了。她伏向他耳邊。

「我記得你。」

她很快坐到那輛白車的方向盤前方，看著黑色俄羅斯汽車在後視鏡中退到遠處，遠遠消失在後面的路上。她將汽車推到前進檔。

往前開吧。

後記

二〇一六年十一月九日

也許你會反駁這個說法，也就是：發生在我身上的事很普通。你可能會認為這種事絕不會發生在你身上。

你感受過不可能的愛嗎？你有跟惡魔和魔鬼角力過嗎？你有沒有懸於崖邊的經驗？或在別無選擇中漫不經心地做出選擇？又或是本著一派好意，渴望成就一些超乎想像的大事？

如果你有，那麼你就比任何人更接近我的命運方向。

我不確定到底是什麼原因，讓我在今日將這厚厚的公文信封從收納它的架子拿下來。信封都已經有點破舊，也因為時間而有些霉味，但打字的標籤還在，上面有我的名字和編號。〇二八一—J—〇〇——因為我是二〇〇〇年第兩百八十一個進入NYS

DOCS設施J的，又稱奧本矯正設施的囚犯。信封左上方印著我律師的地址：伯威&史匹維律師事務所，紐約州 12601，波啟浦夕市，凱薩琳街四十二號。

信封在二〇〇九年十二月郵寄抵達此處。當時老亞瑟・伯威退休，他們要把幾間法律事務所關起來。這是法務助理寄的，裡面包含一本誤跟其他案子歸檔在一起的筆記本。那是一本脆弱的灰紙板作文簿，被我潦草的字跡填滿。那是亞瑟在我寥寥無幾的所有物中發現的——像是幾乎沒穿過的甩釣用漁夫外套，一張老舊的泛黃快照，一顆模樣特別的斑紋鵝卵石。他試圖將這潦草的筆記呈上去當證據，但法官將之駁回。當筆記本抵達這裡，我完全沒有打開它的意思。我把那東西放回信封，跟我的書和紙一起塞到架子下面，努力要忘了那東西的存在。

我還真的忘了，就這樣過了快要七年。所以，為什麼是今天呢？是因為季節更迭或晚秋的陽光嗎？是因為那光線越過了靠近手球場的圍欄，在奧本最後的幾片葉子間若隱若現嗎？選舉季節的聲音又響起了，今年是那麼吵鬧、那麼喧譁，甚至連森林組成的圍牆都要穿破——是因為這樣嗎？

不需要說，這閱讀經驗鐵定是不太愉快。即便過了這麼久，依舊相當痛苦。

但我也許還是能得到少許贖罪感，至少能有一些正面的成就。

可以確定的是，我的下場不太好。但我還是盡可能在那裡做點好事。我每隔週三的早上十一點，看電視的時段開始之前，整個房間還安安靜靜的時候，在會客室發起同儕輔導團體。雖然大多數人出現都只是為了餅乾和茶，偶爾，我還是感到自己可能真的有某種影響力。可以這裡一推、那裡一拉，稍微把某人的人生帶到好一點的道路上。管理部對我的努力表示了認可，在多年高壓式監禁後，終於給了我更多在外放風的時間，以及常規監獄探訪。有時克萊德會帶他女兒來。

一開始被定罪時——因為我收買獄卒傑洛德・利威爾走私古柯鹼和安米替林到米德福灣C單位、脅迫案件中的線人小路散布藥物，因此間接使得囚犯艾波・東妮・尼可森和薇妮・磨爾因服藥過量而死——我度過了一段非常艱難的刑期。當然，還包括幫助被我稱為共犯的米蘭達・格林逃跑。

是的，我現在可以大聲說出她的名字。畢竟她已經死了、消失了。

根據官方資料，的確是這樣。

我所有的證詞——這些證詞由紐約州、聯邦政府與國際法庭保管——米蘭達・格林在二〇〇〇年三月時死去。那仍在逃的兩個人把昏迷不醒的我丟到人行道邊欄，就在馬其頓警局前方只有咬人跳蚤的一池死水那兒。我身上凝結著我自己的血。他們把她抓走、把她殺死了。我這麼對法院說，我看到他們幹了什麼好事。我對法院說，他們把她的屍體燒成灰燼，扔進湖裡。

就他們所知，她軀體的微小分子還漂在奧賽克山陡坡下方那潭被鉀鹼汙染的水中。

就他們所知。

就我所知：她還記得我。

致謝

光這個故事自己就有個複雜的背景，而且原本很有可能永遠離不開我在現實生活的抽屜中。但它的命運的確有個令人愉快的轉折，要是沒有一些關鍵人士與組織的善意，還有支撐著我的信念，這一切都不可能發生。我要將最深的感謝獻給Virginia Paget、Bob Gangi、Susan Rosenberg、Robin Aronson以及Tara McNamara，你們在我探索服刑者生活時給了我許多幫助。麥道爾藝術村（The MacDowell Colony）及雅朵藝術村（Corporation of Yaddo），謝謝你們讓我有獨處的時間，也給了我伙伴情誼。Immergut家和Marks家、Deborah Lewis Legge、Kahane Corn Cooperman以及Doug Wright，謝謝你們從不動搖的愛。Ann Lewis和Edie Meiday，謝謝你們睿智的回應與精神上的鼓勵。James Hynes、Barrie Gillies、Miliann Kang、Anthony Schneider、Scott Moyers、James Yu以及John Townsend，謝謝你們在我走過這條漫漫長路時給我適時的、出其不意的、慷慨大方又不可或缺的鼓勵。

我也欠經紀人數也數不清、如山那麼高的感謝，Soumeya Bendimerad Roberts，妳在壅塞的收件匣中發現我，還有妳天才的校訂力，精闢睿智的辯才。能跟 Megan Lynch 共事，我認為是我的一大幸運與榮耀。她是一名極為正直又有遠見的編輯，還有 Emma Dries、Laurie McGee，以及一整個 Ecco／HarperCollins 團隊。

最後，關於故事中每個字底下蘊藏的一切，以及每天的每個瞬間，我要感謝約翰，我的磐石、我的救星。還有喬，我的喜悅。

【Echo】MO0068

死了兩次的M

The Captives

作　　者❖黛博拉・喬・伊莫嘉（Debra Jo Immergut）
譯　　者❖林零
美術設計❖高偉哲
內頁排版❖林翠茵
總 編 輯❖郭寶秀
責任編輯❖遲懷廷／許鈺祥
協力編輯❖鍾佳吟
行　　銷❖許芷瑀

發 行 人❖涂玉雲
出　　版❖馬可孛羅文化
10483臺北市中山區民生東路二段141號5樓
電話：(886)2-25007696
發　　行❖英屬蓋曼群島商家庭傳媒股份有限公司城邦分公司
10483臺北市中山區民生東路二段141號11樓
客服服務專線：(886)2-25007718；25007719
24小時傳真專線：(886)2-25001990；25001991
服務時間：週一至週五9:00～12:00；13:00～17:00
劃撥帳號：19863813　戶名：書虫股份有限公司
讀者服務信箱：service@readingclub.com.tw
香港發行所❖城邦（香港）出版集團有限公司
香港灣仔駱克道193號東超商業中心1樓
電話：(852)25086231　傳真：(852)25789337
E-mail：hkcite@biznetvigator.com
馬新發行所❖城邦（馬新）出版集團
Cite (M) Sdn. Bhd.(458372U)
41, Jalan Radin Anum, Bandar Baru Seri Petaling,
57000 Kuala Lumpur, Malaysia
電話：(603)90578822　傳真：(603)90576622
E-mail：services@cite.com.my
輸出印刷❖前進彩藝有限公司
初版一刷❖2020年10月
定　　價❖400元

城邦讀書花園
www.cite.com.tw

ISBN：978-986-5509-40-8（平裝）

國家圖書館出版品預行編目資料

死了兩次的M／黛博拉・喬・伊莫嘉（Debra Jo Immergut）著；林零譯. -- 初版. -- 臺北市：馬可孛羅文化出版：家庭傳媒城邦分公司發行, 2020.10
面；　公分. --（Echo；MO0068）
譯自：The Captives.
ISBN 978-986-5509-40-8（平裝）

874.57　　109012464